LES THÉBAINES

À l'est, le port

Paru dans Le Livre de Poche :

Les Thébaines

La Couronne insolente
De roche et d'argile
Vents et parfums
L'Ombre du Prince
La Seconde Épouse
Les Dieux indélicats
Le Chant de la Terre
La Vallée des artisans

JOCELYNE GODARD

Les Thébaines

À l'est, le port *********

ROMAN

LE SÉMAPHORE

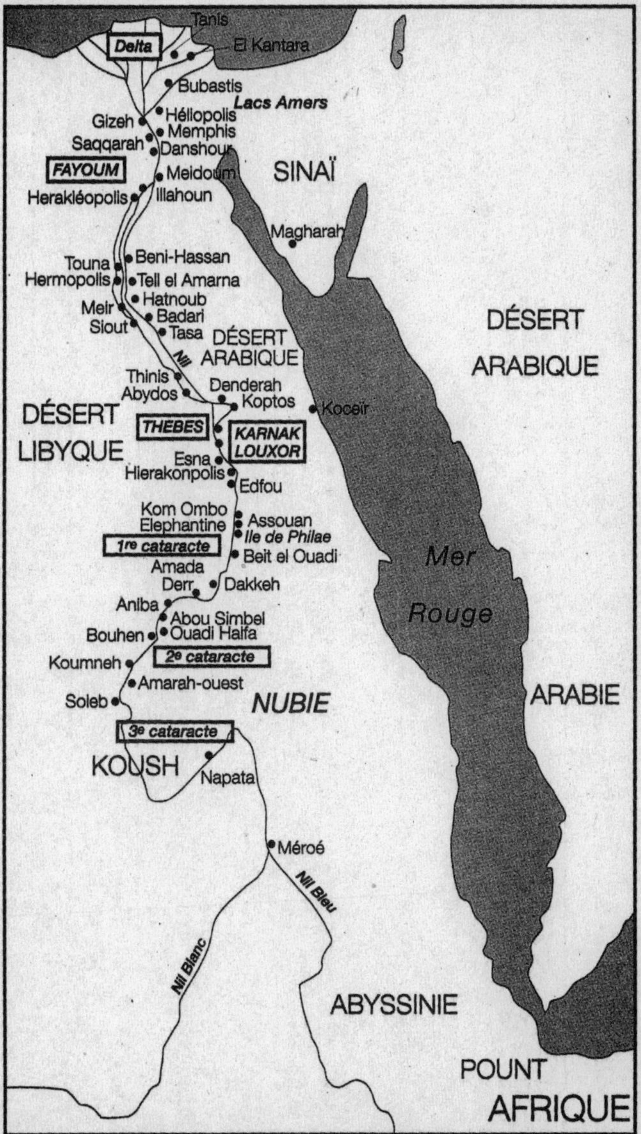

L'Égypte au temps de la XVIIIe dynastie

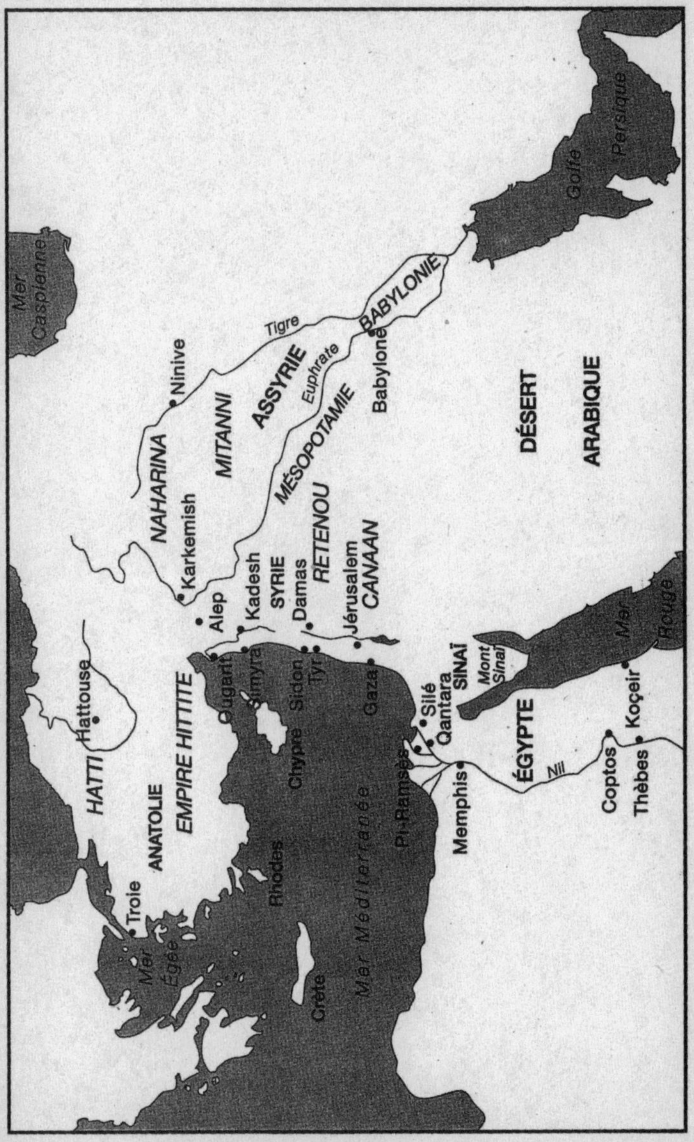

Les pays du Nord au temps de l'Égypte ancienne (XVIIIe dynastie)

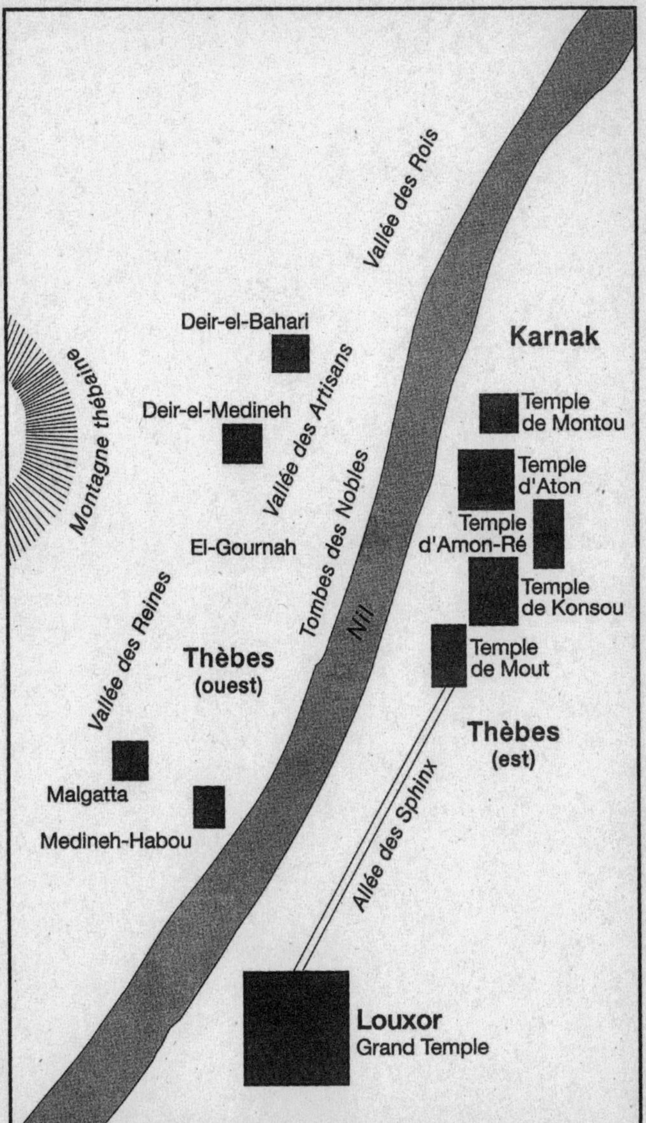

Ensemble de la Vallée thébaine (XVIIIe dynastie de l'Égypte ancienne)

Plan du Palais d'Akhet-Aton
à Tell-el-Amarna

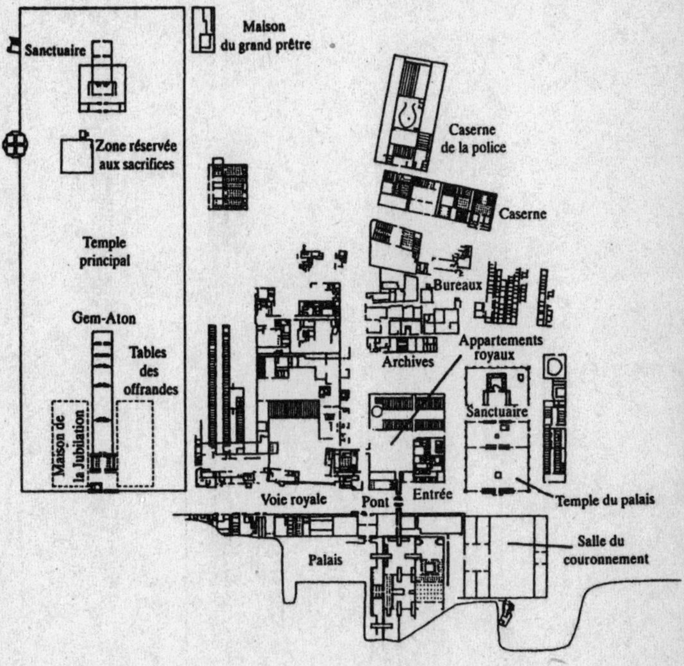

LA XVIIIe DYNASTIE ET SES PHARAONS

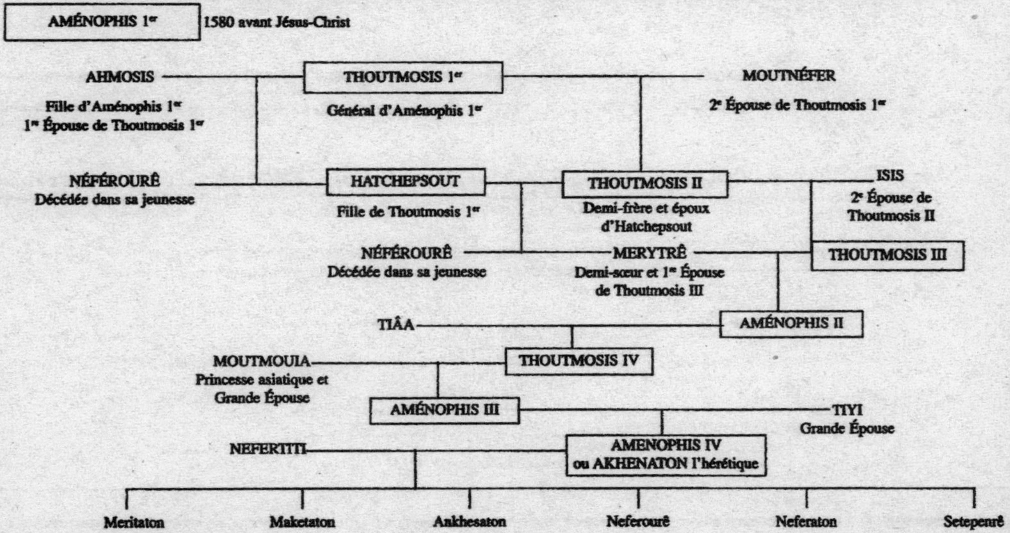

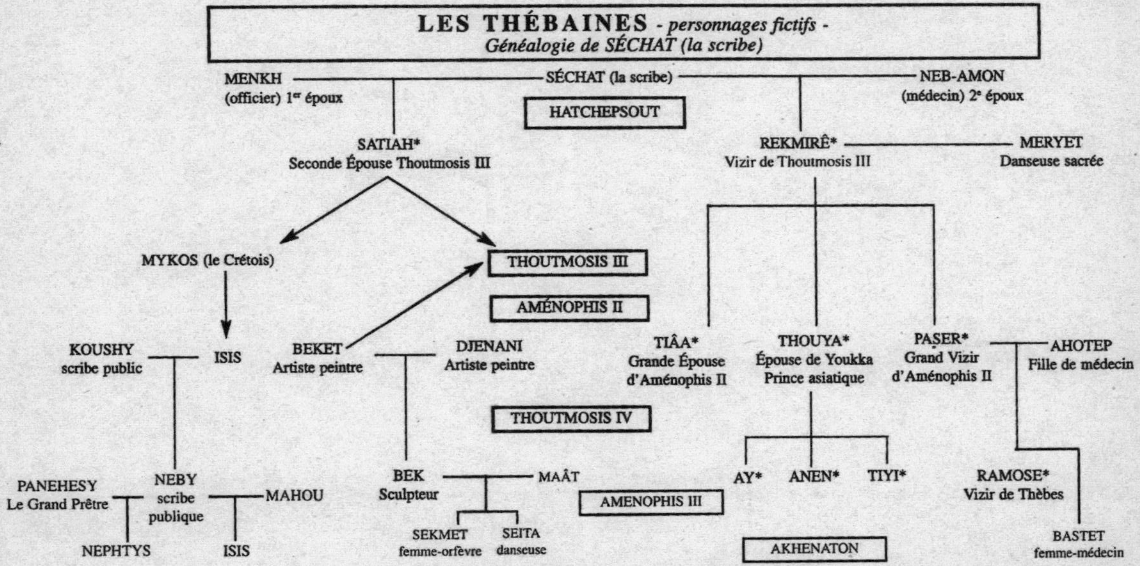

* Personnages dont les noms, fonctions ou titres sont authentiques

Je suis le Sud et je suis le Nord,
Je suis l'Est et je suis l'Ouest.
Je suis le maître de l'Univers
Sorti de l'océan avec la lumière divine.

Livre des Respirations.

....

Je monterai dans l'espace lumineux,
Je traverserai la terre et cheminerai dans la lumière, pour atteindre l'étoile.

Tu as la maîtrise de l'eau
et du flot fécondant les deux rives.

Texte des Sarcophages.

....

La tempête s'écarte du voyageur qui
se souvient du nom d'Amon et
elle devient un vent doux pour qui l'invoque
et que le naufragé soit sauvé.

Hymne à Amon.

RÉSUMÉ HISTORIQUE

Quand le père d'Hatchepsout — Thoutmosis 1er — meurt, ne laissant que sa fille héritière du trône, celle-ci décide de régner en co-régence avec son époux et demi-frère qui, de son règne assez bref, laisse peu de traces dans les annales de l'Egypte ancienne.

A cette époque de la XVIIIe dynastie, les envahisseurs sont tous repoussés des frontières, Hyksos au Nord et Nubiens au Sud. Seul demeure le royaume du Mitanni qui, par la suite, devait devenir un redoutable adversaire.

Dans cette poussée plutôt favorable, reste à développer l'agriculture et l'artisanat qui, depuis longtemps, subissaient les aléas des guerres, accroître le commerce des matières premières : le calcaire, l'albâtre et les turquoises ; enfin reprendre les échanges avec les pays voisins en favorisant davantage les transports et la navigation. Et, pour satisfaire ce vaste programme, il fallait un règne de paix qu'Hatchepsout s'apprête à suivre.

Ahmosis, Aménophis et Thoutmosis, les prédécesseurs d'Hatchepsout, avaient ainsi ouvert une nouvelle dynastie qui, de prestige en prestige, devait durer des siècles.

Quand Hatchepsout se fait sacrer Pharaon des Deux Egypte, endossant la double couronne, tenant le sceptre et le fouet symbolique, posant la barbe postiche sous son fin menton, elle prend conscience que son pays n'a plus besoin de guerre, mais d'harmonie intérieure.

Elle s'entoure de quelques vieux fidèles ayant servi son père et s'adjoint de loyaux collaborateurs tels que Hapouseneb le Grand Prêtre d'Amon, Pouyemrê le Grand Trésorier, Senenmout l'Architecte et Néhésy, le Chef de toutes les Polices.

Le règne de la pharaonne Hatchepsout se partage entre le temps des constructions et le temps des voyages.

C'est en abordant cette époque de paix où l'armée n'a plus sa place qu'Hatchepsout agrandira, fortifiera Karnak et son temple d'Amon, élèvera des obélisques à pointe d'électrum, rénovera les villes de Thèbes, Edfou, Abydos, Denderah et, descendant jusqu'à la deuxième cataracte, multipliera les temples aux frontières nubiennes. Puis, sur sa lancée de bâtisseuse, elle ordonnera la construction de sa demeure éternelle sur le site prodigieux de Deir-el-Bahari à Senenmout — son architecte et fidèle conseiller dont on soupçonna toujours qu'il fut son amant — qui se chargera avec succès de la réalisation des travaux.

Une autre partie de son règne concerne les voyages. Une expédition dirigée par Néhésy partira d'Egypte pour le célèbre Pays du Pount, pays étrange qu'il fallait trouver en accédant par l'une des embouchures du Nil ou directement par le port de Quoser, sur la côte de la mer Rouge. L'expédition en rapportera les parfums indispensables au plaisir des dieux, ceux-là mêmes qui ont placé Hatchepsout sur le trône et qu'elle ne veut pas trahir.

De son époux disparu très vite de l'Histoire de l'Egypte ancienne, Hatchepsout aura deux filles. La première, Néférourê, décédera dans sa jeunesse, la seconde, Mérytrê, deviendra la Grande Epouse du pharaon suivant, Thoutmosis III.

Après un règne d'environ dix-huit ans, Hatchepsout disparaîtra dans des circonstances que nous ignorons — trop de textes inscrits sur les bas-reliefs ont été effacés après sa mort pour que l'on puisse en savoir plus — laissant la place au troisième des Thoutmosis, fils bâtard de son époux qui, bien entendu, n'attendait que ce jour.

Ces multiples inscriptions disparues, retrouvées parfois, ajoutées à toutes celles qui malgré tout sont restées, peuvent témoigner de la grandeur et de la longévité du règne d'Hatchepsout.

Quand Thoutmosis III monte sur le trône, il ne songe qu'à étendre les frontières de l'Egypte. Ce sont les pays en bordure de l'Euphrate qu'il convoite : la Babylonie, l'Assyrie, le Mitanni, ainsi que le Naharina, contrée florissante et prospère qui grandit en puissance. Quant à l'empire Hittite, il jette un œil concupiscent sur la riche Egypte que le règne d'une femme a peut-être rehaussé au niveau du commerce et de l'agriculture, mais affaibli au niveau de l'armée.

Thoutmosis III, avide de batailles et de gloire, part pour les pays d'Asie. Il fera dix-sept expéditions étrangères, toutes légendaires, soumettant les pays conquis en leur imposant de lourds tributs. Il rapportera aussi d'impressionnants butins — dont le recensement n'est pas une mince affaire — accompagnés de princesses asiatiques et d'esclaves. Il fait de l'Egypte un empire solidement appuyé sur la vassalité des pays qu'il domine.

A sa mort, son fils Aménophis II lui succède, continuant sur la même lancée : ses expéditions guerrières ramèneront aussi butins et esclaves. Des colonnes d'hommes, de femmes et d'enfants épuisés et affamés vont sillonner les terres de l'Euphrate jusqu'au Nil, les pieds ensanglantés. Les survivants se verront enrôlés chacun selon son rang et ses capacités, esclaves, artisans, soldats.

Avec le retour de ces expéditions s'installent d'autres idées, d'autres dieux, et les prêtres d'Amon deviennent méfiants, s'opposant farouchement à tout ce qui se heurte à leur culte.

Mais Aménophis II, plus acharné encore que son père, exige que son fils Thoutmosis IV épouse une Mitannienne, faisant ainsi du futur pharaon un demi-asiatique. Ce dernier, prenant exemple sur ses proches aïeux, bafoue, lui aussi, les usages établis depuis des siècles en refusant de prendre pour Grande Epouse une fille pharaonique. Il choisira Tiyi, fille de Thouya, une Thébaine noble, et de Youkka, un prince asiatique.

Tiyi, par son sens aigu de la diplomatie, mènera une ferme politique extérieure entre l'Egypte et les pays d'Asie.

Régnant en co-régence avec son époux Aménophis III qui se repose sur les exploits accumulés de ses prédécesseurs, la reine Tiyi verra naître un vrai commerce de princesses asiatiques entre l'Egypte et les pays d'Asie et, quand celles-ci n'arrivent pas à destination, les rois étrangers se sentent déshonorés.

Durant ce temps à Thèbes, les prêtres d'Amon, installés à Karnak, sentent leurs pouvoirs s'amenuiser et leurs richesses diminuer.

Aménophis III est plus un roi bâtisseur qu'un roi batailleur. Il fait élever des monuments à Karnak, construire des nouveaux temples dont celui d'Aton, sous l'œil réprobateur des prêtres d'Amon. Il ordonne la construction de deux gigantesques colosses — appelés plus tard « de Memnon » — le représentant assis sur son trône dominant la plaine. Il fait élever le troisième pylône de Karnak, constitué de deux hauts massifs de grès et d'une porte monumentale.

Quant à Tiyi, sur la lancée de son époux, elle fait construire l'immense et luxueux palais de Malgatta — dont il ne reste plus rien — sur la rive gauche du Nil, face à Thèbes.

Les dieux égyptiens basculent. L'hérésie qui couve depuis plus de cinquante ans, engendrée par les multiples conquêtes asiatiques, éclate avec Aménophis IV, le pharaon qui se fera appeler Akhénaton. Son épouse, la mystérieuse Néfertiti — venue on ne sait d'où — parachève le chaos qui s'installe dans tout l'empire, emportant, telle une gigantesque tornade, les croyances établies depuis des siècles.

Reniant Thèbes et les prêtres d'Amon, Akhénaton fait construire une nouvelle capitale plus au nord où il vénère Aton, le disque solaire. Il instaure avec son dieu universel un nouveau style de monarchie, réforme les arts, bouleverse les idées, restructure la politique et, quand il se heurte au barrage du clergé d'Amon, retourne sa haine à l'encontre des opposants à sa réforme. Alors, son fanatisme n'a plus de limite et les massacres se décuplent, s'étendant jusque dans les provinces.

RÉSUMÉ DES THÉBAINES
(PERSONNAGES FICTIFS)

Séchat, l'héroïne avec laquelle commence la saga, est une jeune Thébaine de la XVIIIe dynastie. Issue de la haute noblesse, elle suit les cours de l'école de Thèbes aux côtés de son amie, la princesse Hatchepsout. Très éprise de son compagnon d'enfance, Menkh, qui devient Grand Capitaine de la Charrerie Royale, elle l'épouse. Mais à peine a-t-elle donné naissance à sa fille Satiah que déjà elle apprend la mort de Menkh, tué à la guerre du Mitanni dans les armées du pharaon Thoutmosis 1er. Nommée Grande Scribe Intendante des Artisans par la pharaonne Hatchepsout montée sur le trône, elle ne peut élever elle-même sa fille et la laisse à la garde de ses nourrices à Bouhen.

Veuve, Séchat va se consacrer à son métier de Grande Scribe avec ardeur. Elle maîtrise une révolte d'artisans, déjoue un complot de pilleurs de tombes, rénove des fabriques de papyrus, visite des mines d'or l'entraînant dans un lointain village nubien, assiste à la construction du temple de Deir-el-Bahari qui nécessite le rapatriement en masse de paysans, soldats, artisans, prisonniers pour travailler sur le chantier. Des millions d'hommes élèvent et transportent les gigantesques blocs de granit, s'échinent, suent et s'épuisent dans un désert où le soleil n'a nulle pitié. La position hiérarchique élevée de Séchat suscite des jalousies qui vont la heurter de plein fouet : sa fille Satiah est enlevée, prise en otage par des hauts dignitaires. Séchat va sillonner l'Egypte, de la Nubie au delta, pour tenter de la retrouver. Seul son amant Djéhouty, le Grand Vizir de Thèbes, très épris d'elle, l'aidera dans ses recherches. Enfin, tandis que Séchat retrouve sa fille cachée chez une vieille gardienne de chèvres dans les marais du delta, Djéhouty se voit contraint de prendre femme — Aména, une musicienne du temple — sur l'ordre de la pharaonne qui, pour satisfaire ses desseins, a décidé de séparer leur couple.

Séchat revenue à Thèbes, Hatchepsout lui propose de laisser la petite Satiah au harem du palais où elle sera élevée en sécurité. En exigeant l'assentiment de la jeune femme, elle s'assure de son soutien d'autant plus que sa présence en tant que Grande Scribe est indispensable pour la grande expédition maritime qu'elle projette. En effet, la pharaonne veut partir pour le Pays du Pount sur les côtes africaines, afin de rapporter épices et parfums qui plaisent aux dieux.

Hatchepsout et les Thébaines devront surmonter les dangers d'un océan qu'elles ne connaissent pas et guetter les pièges d'une jungle africaine dont elles ignorent tout. Le voyage est long et périlleux, seule

Séchat détient, d'un vieil astrologue, les précieuses cartes maritimes menant au Pount, mais on les lui vole. Neb-Amon, le médecin des pauvres de Thèbes, engagé sur l'ordre d'Hatchepsout, lui sera d'une aide efficace pour contrer ses ennemis. Leur entente se mue bientôt en une forte et lente passion qui va les rapprocher au large de la mer Rouge jusqu'en Afrique, où de multiples aventures les attendent avant le retour, espoir pour eux d'un avenir meilleur.

Au retour du Pount, Séchat renonce à son titre d'Intendante des Artisans, mais reste Grande Scribe. Elle demande d'enseigner à l'école du Palais afin de poursuivre le nouveau chemin qu'elle se trace, celui de l'amour et de l'harmonie familiale. Elle a repris à ses côtés sa fille Satiah qui est devenue une adolescente destinée à être la Seconde Epouse de Thoutmosis, le futur pharaon. Puis elle met au monde un garçon, Rekmirê, fils du médecin Neb-Amon. La crue qui tarde, engendrant la sécheresse suivie d'une invasion de sauterelles, va entraîner famine, épidémie et mort de milliers d'hommes parmi les plus défavorisés. Séchat est ainsi le témoin charnière de son temps. Après ces sombres heures, le règne d'Hatchepsout faiblit, mais se lève celui du prince qui, dans l'ombre, attendait.

Satiah, la fille de Séchat devenue Seconde Epouse du pharaon Thoutmosis III, préfère sa liberté à l'existence étriquée du harem. Délaissée par le pharaon dont elle a une fille, Beket, elle vit une passion partagée avec un navigateur crétois. Celui-ci disparaîtra dans une crue qui déferle sur le pays, franchissant inexorablement terres et villages, emportant sur son passage dévastateur bien des vies humaines. Satiah aura la douleur de perdre non seulement Mykos, son amant, mais aussi sa mère, Séchat, qui avait élevé en partie Beket.

Ainsi les années défilent et passent trois générations de pharaons glorieux et vainqueurs, ramenant butins, esclaves et nouveaux dieux asiatiques. Les Thébaines se propulsent dans un vent qui ne souffle pas de façon habituelle. Mais il y avait eu tant de sang rebelle, côté femmes, depuis que l'audacieuse Séchat avait été Grande Scribe de la pharaonne Hatchepsout, que la lignée des Thébaines ne pouvait s'éteindre sans amorcer une aube nouvelle pleine de fougue et d'énergie.

La désinvolte Satiah, la Seconde Epouse, bafoue les règles établies du Palais et du harem pour vivre sa vie comme elle l'entend, le navigateur crétois dont elle a partagé la passion lui a laissé une fille qu'elle doit cacher pour ne pas scandaliser la cour. L'indomptable Beket préfère suivre une carrière d'artiste peintre plutôt que de fonder une famille tandis que Thouya, l'aventurière, épouse un prince asiatique pour la seule joie de vivre les turbulences d'un voyage exotique et voir les bords de l'Euphrate plutôt que ceux du Nil.

Quant à Neby, la jeune scribe publique, fille de Koushy et d'Isis, elle-même issue de Satiah la Seconde Epouse de Thoutmosis III, elle sillonne le Nil, toujours à la recherche d'un travail. Contrainte de passer pour un garçon afin de fuir les prêtres de Karnak, dont l'un d'eux l'a violentée, et pouvoir exercer son métier en toute quiétude, Neby se propulse au cœur du peuple des pharaons.

De ville en ville, là où elle passe, à Denderah,

Thinis, Abydos, Hermopolis, Touna, Héliopolis, Bubastis, Neby apprend son métier de scribe public. Elle s'arrête sur les places, propose ses services, rédige pour les autres des lettres, des documents, des actes, se fait engager dans les fabriques, les ateliers ou sur les grandes exploitations agricoles où elle compte les bottes de blé ou les sacs de graines.

Puis elle rencontre Choutarna, fille du roi Kadashman, le roi de Babylone qui l'avait envoyée avec sa sœur Tahoukhipat, pour entrer au harem du pharaon Aménophis III. Mais les prêtres d'Amon organisent le naufrage du navire qui emporte tous les membres de l'expédition babylonienne. L'une des princesses est sauvée par un paysan de Memphis, puis recueillie par Ay, le frère de la reine Tiyi. Choutarna, l'autre princesse, sauvée elle aussi par le fidèle conseiller de son père, Pappalavizzi, se retrouve avec Neby en plein cœur du désert d'Arabie où elles resteront quelques années.

Revenues en Egypte, la princesse Choutarna, qui veut retrouver les assassins de sa sœur qu'elle croit morte, et Neby, qui reprend son travail de scribe public, séjournent quelque temps à Memphis.

Mêlées, malgré elles, aux complots des prêtres d'Amon, Bastet, fille du Vizir de Thèbes et Sekmet, héritière des ateliers de l'orfèvre Mériptah, vont croiser le chemin de Neby sans savoir encore que celle-ci est issue de leur propre famille.

Entre-temps, au temple de Memphis, Neby a tout appris du Grand Prêtre Panehesy, du moins ce qu'elle ignorait de l'écriture des hiéroglyphes et de l'enseignement des dieux. Puis, un trouble étrange l'envahit. Neby succombe au charme de Panehesy.

CHAPITRE I

A l'est, le port ! Celui de Thèbes s'auréolait de mille feux, des scintillements de couleurs que la lumière du matin transperçait jusqu'à l'heure du zénith. Après, elle se faisait épaisse, blanchâtre, poussiéreuse, trop forte pour l'accepter dans sa plénitude. Il fallait attendre le soir pour qu'à nouveau elle redevînt plus fluide.

La proue des bateaux serrés les uns contre les autres se relevait comme la queue d'un scorpion agressif, et pourtant, les énormes masses des navires paraissaient bien sereines dans cette aube tranquille qui annonçait le premier jour de la saison d'Akhit.

Mais l'agitation se levait vite. Dès que la lune disparaissait, le Nil devenait bleu ocré avec juste, çà et là, des petites touches argentées qui laissaient entrevoir les quelques poissons venant s'égarer près de la rive que l'œil averti de deux ou trois pêcheurs convoitait. Les pieds nus dans l'eau tiédie du matin, ils se faufilaient à travers les embarcations et les attrapaient le plus habilement du monde en arrondissant la main et, serrant fortement, ils les enfermaient étroitement pour qu'ils ne glissassent pas.

Dans ce pays où le territoire ne s'étendait que sur les rives étroites du fleuve, on pouvait dire que le Nil constituait, tout naturellement, la principale voie de communication et de transport. Bateaux, felouques, radeaux, encombraient les berges du fleuve, chargeant et déchargeant à toute heure du jour. Dès que les premières lueurs du matin se glissaient sur le port, les dockers sortaient des tavernes de Thèbes et se pressaient sur les quais. Il arrivait même que certains dormissent à même le sol, à la belle étoile, la tête calée contre une borne d'arrimage et les pieds touchant le sol humide que le fleuve venait lécher de temps à autre.

Deux radeaux pleins à craquer vinrent s'ajouter au décor matinal. Dans un instant, ils allaient décharger leur cargaison. Sans bastingage, ils étaient tressés en tiges de papyrus étroitement liées entre elles et comportaient un large fond plus creux au milieu pour permettre aux denrées d'y être solidement maintenues. Ces embarcations quadrillaient tout le port, empêchant, parfois, les autres bateaux de se placer selon les bornages fixés par les gardes côtiers et que les mariniers devaient scrupuleusement respecter.

Les deux radeaux qui arrivaient contenaient plusieurs stères de bois et, comme le chargement était parfaitement réparti au centre, ils flottaient docilement, cherchant à petits coups d'avirons précis à se placer non loin du bord. Quand les rameurs virent que la circulation s'amplifiait trop pour aborder tranquillement, ils s'enhardirent et frôlèrent les felouques qui, les unes à côté des autres, faisaient claquer leurs grandes voiles carrées afin de prendre le large d'un moment à l'autre.

A l'approche des deux embarcations qui osaient les heurter, les mariniers des felouques jurèrent en crachant dans le Nil, mais les rameurs levèrent indifféremment les sourcils et haussèrent les épaules. Puis, se frayant un chemin entre les felouques, ils arrivèrent aux bornes d'accostage et amarrèrent sans plus de façon.

De multiples petites embarcations, rapides et légères, faites pour transporter les petites cargaisons de pêche toute fraîche, flottaient aux alentours. Celles qui transportaient des céréales ou des poissons séchés avaient un fond recouvert d'une natte en jonc tressé pour éviter l'humidité qui les endommageait rapidement.

Elles restaient faciles à manier ces petites embarcations ! Et jamais elles ne se retournaient, pas plus qu'elles ne s'enfonçaient. Elles glissaient dans les voies d'eau les plus inaccessibles. Il suffisait de bien manier la gaffe et elles se tiraient toujours d'affaire, se faufilant là où les marais touffus de bosquets et l'étroitesse du fleuve rendaient impossible le passage des gros bateaux.

Et, pour parler des gros bateaux, s'en profilait un qui entrait justement dans le port. Il avait une fière allure avec sa proue et sa poupe recourbées, sa large cabine centrale plutôt spacieuse, son pont arrière qui permettait de stocker les chargements imposants par leur poids et leur encombrement, sa grande voile carrée tendue sur son mât solide en bois de cèdre, sa cale pleine à craquer de produits divers et sa lourde coque brillante aux couleurs dorées et vertes comme l'était son emblème, « La Croix d'Ankh ».

Kyos et Ayen, installés de chaque côté du navire, suspendirent leur élan et les énormes pagaies restèrent immobiles le temps de quelques secondes. Ils observèrent les alentours dont l'atmosphère leur parut trop agitée pour éviter les deux ou trois embarras coutumiers. Et, quand une anomalie commençait à poindre, les embêtements ne mettaient guère de temps à prendre la relève. C'est ainsi que, dans la lumière du soleil, les yeux fixés en direction du quai, les deux hommes heurtèrent à leur tour l'un des radeaux qui cherchait à accoster sur une aire d'abordage qui n'était point la sienne.

Ils reprirent tranquillement le lent va-et-vient de leur geste et les rames entrechoquèrent sourdement celles de leur audacieux voisin. Le radeau fit une légère embardée et son conducteur se mit à jurer.

— Va décharger ta marchandise au bout du quai ! lui cria Ayen. Ici, tu gênes et ce n'est pas ta place.

L'autre lui fit un geste vulgaire et le muet Kyos eut un rire prolongé qu'il étouffa dans sa gorge silencieuse. Minhotep manœuvrait le gouvernail avant de jeter l'ancre là où il était encore possible de le faire. Elle cria à Kyos qui se tenait à bâbord d'amorcer avec sa rame un mouvement giratoire qui lui permît de ne pas trop s'écarter du bord. De minuscules tourbillons grisâtres vinrent effleurer la surface. Puis, le navire glissa doucement, bercé par le flux tranquille du fleuve.

Minhotep jeta un regard par-dessus le bastingage et, quand les tourbillons eurent disparu, vit le reflet de la proue se dessiner dans l'eau redevenue claire.

Le mât fit claquer son étendard sur lequel on distinguait une croix d'Ankh. Quand le bateau s'approcha du bord, le sillage traça des vaguelettes modelant la surface comme des petits monticules de sable doré.

Sur les deux radeaux finalement évincés, on entendit brailler les mariniers que les felouques et « La Croix d'Ankh » avaient écartés. Ils avaient tant attiré l'attention qu'on vit arriver au pas de course le garde fluvial suivi de son armée de scribes. Cris et gestes à l'appui, ils expliquèrent qu'ils ne pouvaient décharger leur marchandise si la place leur était refusée. Le garde-côtes réclama un contrôle sur la conformité de leur licence de marinier et, pour ce faire, il exigea qu'ils descendissent à quai afin d'aller consulter, avec les scribes, les registres du port.

Le calme enfin revenu, Minhotep jeta un œil vers la cabine. Les femmes n'étaient pas encore levées. Dans un instant, Myriam descendrait sur le port pour acheter du poisson et des tranches de porc qu'elle ferait sécher ensuite pour les jours où « La Croix d'Ankh » ne faisait pas escale. Sans doute trouverait-elle aussi quelques volailles bien dodues, canards, sarcelles, pigeons, qu'elle saurait accommoder pour le bien-être du ventre de tout l'équipage.

Thoueris devait à cette heure allaiter les petits, Baken son fils, et Nephtys la fille de Neby dont elle avait la charge. Tout en jetant l'ancre, Minhotep eut un sourire satisfait. Les enfants se portaient bien, profitaient du soleil sur le pont lorsqu'il ne dardait pas ses rayons trop intenses et jouissaient de l'ombrage de la tenture que Thoueris ou Myriam dépliait quand la chaleur devenait insoutenable.

Oui ! Nephtys était une belle enfant. A sa naissance, après avoir subi une insuffisance alimentaire à la suite du manque de lait de sa mère et souffert d'un dépérissement qui aurait pu être fatal, Nephtys avait repris des forces en agrippant sa petite bouche sur le sein gonflé de Thoueris.

La batelière jeta les yeux de l'autre côté de l'embarcadère, sur les berges opposées du Nil, là où les dernières résidences s'étiraient en un fil mince. Des murs d'enceinte les cachaient des regards indiscrets. Y avait-il des heurts et des agitations dont elle ne soupçonnait pas l'importance derrière ces grandes portes de bois qui dissimulaient la vie des grands dignitaires ? Pourquoi Neby n'était-elle pas à quai ? Et pourquoi Niny, sa compagne, toujours à l'affût des navires qui entraient au port, ne se tenait-elle pas, du haut de ses petites jambes, au bout du quai noirci de monde ?

Elle appela Bâ et Kâ, les pigeons voyageurs vinrent aussitôt se poser sur ses épaules.

— Allons, mes beaux oiseaux ! Nous sommes à Thèbes. Il est temps de prévenir Neby. Elle doit venir s'assurer que sa fille se porte bien.

On ne s'entendait plus. Les cris des dockers commençaient à recouvrir les autres bruits du port. Elle vit les soldats patrouiller, les scribes enregistrer les déchargements, le garde-côtes revenir — sans doute avait-il terminé sa besogne de contrôle avec les deux mariniers des radeaux qui pestaient toujours car ils devaient accoster beaucoup plus loin sur le fleuve. Puis, elle vit des gardes-chefs surveiller une poignée de débardeurs qui soulevaient d'énormes pierres que l'on venait d'ôter d'une cale alourdie.

Des cageots de fruits et de légumes frais, des sacs de fèves, de lentilles et de pois chiches, des jarres de vin, de bière, d'huile, de lait caillé, des bottes de papyrus liées les unes aux autres, des pigeons et des canards encagés, des oies qui s'échappaient en tous sens et qu'il fallait habilement rattraper, des ânes dont le braiment cassait les ouïes les plus averties, tout ce tumulte, à présent, se déployait avec une intensité de plus en plus vive.

Le déchargement de « La Croix d'Ankh » n'était pas parmi les moins impressionnants. Mais la batelière avait tout son temps. Sa licence lui permettait de rester à quai plusieurs mois. Revenant de Crète, elle rapportait des bois exotiques et des onguents fins. Mais dans sa cargaison figuraient aussi de grandes poteries aux dessins colorés et des tissus en lainage qui servaient aux Egyptiens quand la saison d'hiver arrivait et que les nuits devenaient trop fraîches pour rester allongé et dévêtu sur sa couche. Certes, tous ces produits étaient destinés aux riches nobles de Thèbes et Minhotep n'avait aucune difficulté à les écouler à bon prix.

La batelière était satisfaite. La rentabilité de cette cargaison allait permettre à « La Croix d'Ankh » de rester une saison entière ancrée au port de Thèbes. Neby pourrait venir de temps à autre sur le bateau quand son travail le lui permettrait et, certes, à la condition qu'elle ne se fasse pas trop remarquer, car le Grand Prêtre Panehesy recherchait sa fille et se tiendrait aux aguets tant que Neby refuserait de la lui donner.

Minhotep eut un long soupir en regardant ses deux hommes d'équipage s'avancer. Ils allaient pouvoir prendre un repos bien gagné. Kyos et Ayen iraient de temps à autre dans une taverne de Thèbes boire un bon vin et, peut-être qu'un soir, elle irait les rejoindre. Myriam et Thoueris resteraient à bord avec les enfants, attendant l'éventuelle et courte apparition de Neby.

Bien que la batelière aimât déguster un bon vin dans les tavernes du port, elle n'avait ce souci de rejoindre les marins attablés que pour écouter les ragots qui s'y colportaient. Des ragots ! Certes, mais aussi des vérités qu'il fallait mesurer à leur juste proportion. Oui ! Tant de choses filtraient lorsque, par hasard, un de ces grands personnages de la cour venait s'encanailler une nuit dans une de ces auberges où l'on pouvait prendre son plaisir comme nulle part ailleurs.

Ce soir-là, Minhotep était partagée entre l'envie d'aller aux nouvelles dans l'une de ces tavernes-là et celle de rester à bord pour le cas où Neby apparaîtrait sur le quai, l'œil brillant à l'idée de revoir sa fille.

Ah ! Pourquoi s'était-elle mise à aimer cette adolescente travestie en garçon qui, un jour, avait échoué sur son bateau avec une jeune princesse asiatique recherchée par les prêtres de Karnak ?* Et maintenant, voilà qu'elle se prenait d'affection pour l'enfant qu'elle venait de mettre au monde. Il faut dire que l'étrange situation l'avait tout d'abord intri-

* Lire : LES THÉBAINES, *Le Chant de la Terre,* tome 7, Le Livre de Poche n° 15515.

guée. Elle n'était pas batelière pour rien ! Et Minhotep possédait un courage et une autorité que n'aurait pas eu n'importe quelle femme quand il avait fallu qu'elle décide.

Pourtant Minhotep ne se sentait pas plus méritante qu'une autre et si elle était devenue marinière, c'était parce que son père l'y avait poussée. Minkef, le capitaine de « La Croix d'Ankh », le commerçant de la haute mer, avait transmis ses rêves les plus fous à sa fille, ceux de sillonner le Nil jusqu'aux mers les plus lointaines pour rapporter les fins produits qu'appréciaient les grands du royaume.

Minkef, son père, veuf et sans fils — et Dieu sait qu'il ne l'avait pas regretté par la suite — l'avait tout naturellement habituée, depuis qu'elle était enfant, à gouverner le bateau, réfléchir, décider, ordonner, sillonner avec lui le fleuve du nord au sud à la recherche de marchandises qu'il achetait hors d'Egypte et revendait à Thèbes ou à Memphis.

Or, les années passant, Minhotep s'était révélée aussi bonne batelière que femme d'affaires avisée, flairant, pistant, discutant des marchandises à prendre ou à laisser, sachant réaliser son bénéfice là où il semblait être le meilleur. Elle savait charger et décharger les cargaisons sur le quai, dialoguer sans ambiguïté avec les dockers et les autres mariniers. Avec le temps — certes, l'ombre de son père l'y avait aidée — elle avait su se faire apprécier des surveillants et des gardes côtiers. Ils la connaissaient tous et l'appréciaient pour son intégrité, sa jovialité et son sens de la justice et du maintien de l'ordre.

A trente-cinq ans, Minhotep était à la fleur de

l'âge. Carrée, robuste, bâtie comme un homme, elle aimait son allure et, pour tout l'or du royaume, n'aurait pas voulu en changer.

Kyos et Ayen arrivaient près d'elle. D'un regard par-dessus le bastingage, Kyos lui fit signe que le navire était correctement amarré et qu'elle pouvait, elle aussi, prendre une détente bien méritée.

*

* *

Dans l'ombre du soir, les deux hommes aspiraient avec délice la fraîcheur qui tombait sur les rives du fleuve. Seul, le clapotis des canards et des sarcelles qui se faufilaient à travers les ajoncs bordant le Nil se faisait plus intense qu'à l'ordinaire. Un ibis passa, étrange et dédaigneux, et le regard d'Akhénaton se fit pesant quand il le ramena sur Horemheb.

— Allons ! Mon ami, mon frère, fit-il en passant son bras autour de ses épaules, cette Cité que je suis en train de construire sera la plus éblouissante qu'on ait jamais vue en Egypte. Le contredirais-tu ?

— Majesté, reprocha Horemheb, je n'ai jamais prétendu que ta nouvelle résidence manquerait de grandeur et de prestige.

— Alors, qu'essayes-tu d'insinuer ?

— Simplement que je suis un soldat.

— Et que tu refuses de vivre à mes côtés.

— Non, Majesté, de vivre en courtisan.

Le jeune pharaon prit un air dépité. Sa grande bouche se tordit en un pauvre sourire qui apitoya aussitôt son ami. Et pourtant, il savait qu'il jouait de cet air attristé quand il voulait gagner une faveur de son vieux compagnon d'enfance. Hélas, Horemheb savait aussi que, dorénavant, Aménophis le quatrième, dit Akhénaton, était le maître tout-puissant de l'Egypte et qu'il devrait suivre ses ordres sans discuter. Il tenta pourtant une dernière fois de l'amener sur une autre voie, celle de sa propre défense.

— Majesté, que dirais-tu si tu voyais les gens du Hatti s'approcher du territoire de l'Egypte ? Ils s'énervent de plus en plus.

— C'est avec leurs voisins de l'Est qu'ils ont des démêlés, pas avec nous.

Horemheb haussa l'épaule.

— Majesté, si les pharaons qui t'ont précédé...

— Ne cite pas mon père, coupa sèchement Akhénaton. Il n'a fait qu'une seule expédition dans les pays d'Asie. Quant à moi, je n'en ferai aucune. Je croyais que c'était un point sur lequel nous n'avions plus à revenir.

— Mais...

— Mon ami, c'est ainsi. Jamais je n'irai en Syrie du Nord, pas plus qu'en Babylonie ou chez les Mitanniens. Je veux rester à « La Cité d'Akhet-Aton » et pouvoir élever et honorer mon dieu comme je l'entends.

— N'en bougeras-tu donc plus ?

— Non. Je n'en bougerai plus. Pourquoi t'acharnes-tu à vouloir me faire changer d'idée ? Qu'il en soit ainsi, Horemheb, et que dans ton esprit, tu te contentes de cette réponse. Je ne déserterai pas mon futur palais, ma nouvelle capitale.

Horemheb hocha la tête et Akhénaton reprit d'une voix où l'exaltation n'avait plus de mesure, une voix au timbre qui atteignait un paroxysme de folie que son ami avait tant de fois contourné, mesuré et dont il connaissait chaque modulation.

— Ce lieu sera un rêve, un paradis, un endroit où tout sera réuni à quelques lieues à la ronde, où le soleil ne sera plus farouchement arrêté par l'obscurité des nécropoles. Ah ! Mon ami, mon frère ! La capitale ne sera plus Thèbes, mais « La Cité d'Akhet-Aton ». Nous y tiendrons toutes les assemblées, nous y créerons un village d'artisans, un port, de grandes salles d'archives. Nous y installerons la plus grande police que l'Egypte ait jamais eue.

— La plus grande des polices que le pays ait jamais eue ! répéta Horemheb. Voilà un point sur lequel je suis d'accord, Majesté. Mais, pourquoi ne parles-tu jamais d'armée grandiose et souveraine, menée par un chef hors du commun ? Seule l'époque de la pharaonne Hatchepsout s'est déroulée sans légion. Aucun autre règne n'a manqué à ce point de guerriers.

— Horemheb ! jeta le pharaon d'un ton las, je ne suis pas un soldat.

— C'est bien pour cette raison que tu dois déléguer l'un de tes proches et envoyer dans le nord une expédition afin de connaître les intentions de nos pays frontaliers.

— Je sais que tu es la personne qu'il me faut pour cette mission-là. Mais je ne veux pas d'ennuis avec mes voisins. Je veux les laisser en paix et moi, tu le sais, je n'aspire qu'à régner en toute sérénité en rehaussant mon dieu comme je l'entends.

Horemheb eut une moue exacerbée et le froncement de ses sourcils s'accentua. Il regarda son ami et lança d'un air contrarié :

— Nos voisins s'agitent, Majesté, ils s'agitent tous. Si tu ne les entends plus, ils se révolteront.

— Ils ne se révolteront pas.

— Alors, c'est pire. Ils prendront de l'assurance car ils ne sentiront plus la pression de l'Egypte au-dessus de leur tête.

— Mais enfin qu'on les laisse vivre leur vie et moi la mienne ! s'exaspéra Akhénaton en balançant ses jambes au-dessus de la racine sur laquelle il s'était assis.

— Si tu n'envoies pas de mission expéditive auprès d'eux, adresse-leur au moins quelques cadeaux afin de leur montrer que tu ne les oublies pas.

— Horemheb, tu parles comme ma mère.

— Sans doute que sur ce point, je dois avoir raison.

— Peut-être, mais j'ai besoin de mon or et de toutes les richesses que les temples de Karnak ont accumulées depuis des siècles.

Horemheb se leva et fit quelques pas sur le bord du fleuve. L'eau venait doucement rafraîchir ses pieds qu'il avait dénudés. Ses sandales gisaient à côté de celles de son compagnon. Il tourna la tête et vit les gardes qui se tenaient assez loin, disséminés à travers les bosquets de papyrus. Akhénaton aimait les sentir à proximité, mais il ne voulait pas que leur vue gênât son esprit rêveur. Les avoir sous ses yeux l'indisposait.

Immobiles et silencieux, ils pointaient leurs lances en direction du sol et portaient leurs regards vers le pharaon. Horemheb arracha une brindille de jonc et la mâcha distraitement. Puis, il cracha plusieurs fois et revint près d'Akhénaton.

— Que vas-tu faire de moi, s'enquit-il en se piquant devant lui, si tu ne veux pas me donner la place qui me revient ?

— D'abord, je vais t'offrir une épouse.

— Laquelle ? fit Horemheb d'une voix blanche.

— La sœur de la reine Néfertiti.

— Mais, c'est une fillette !

Le pharaon se mit à rire.

— Elle grandira. En attendant, amuse-toi. Profite des femmes et des voluptés qu'elles te donnent. Je sais que tu ne mégotes pas sur les charmes qu'elles t'offrent. Allons ! Tu verras, Moutjemet promet d'être aussi belle que Néfertiti, bien qu'elles ne soient pas du même sang. Elles ont toutes les deux cette allure qui les distingue des autres. Que puis-je t'offrir de mieux ?

La propre sœur de la Grande Epouse Royale !

Il observa quelque temps l'ibis aux ailes roses qui se prélassait parmi les canards en attendant qu'un poisson lui tombât dans le bec.

— Tu sembles déçu, remarqua-t-il dans un sourire vaguement narquois. Oublies-tu que, par ce mariage, tu deviendras le personnage le plus important du royaume après moi ? Je ne peux te rendre un hommage plus grand.

— J'aurais préféré un poste de commandement près d'un bataillon quelconque, murmura Horemheb.

— C'est bon ! Je te le donne.

Au cri que poussa son ami, l'ibis sursauta et s'envola pesamment.

— Tu resteras en garnison à Memphis. Forme ton armée comme il te plaît, mais je t'interdis de prendre la moindre initiative guerrière et ne me réclame pas un budget plus grand que celui que je t'allouerai. Je t'ai dit que j'avais besoin de tout mon or pour construire ma capitale.

Horemheb vint se jeter aux pieds de son compagnon.

— Je surveillerai simplement les allées et venues de nos voisins, j'inspecterai les frontières mais ne ferai rien qui pousserait nos adversaires à se rebeller contre nous.

— Relève-toi, mon frère, s'exclama Akhénaton. Tu ne m'as guère habitué à ces formes de préséance lorsque nous sommes seuls. Il faudra que tu finances toi-même ta flotte et ta charrerie. Ta famille est puissante et riche, elle t'y aidera. Je te rembourserai plus tard.

Il se racla la gorge, histoire de montrer à son compagnon que cette décision le perturbait.

— Ce n'est pas de gaieté de cœur que je t'accorde cette charge. Je voulais que tu restes à mes côtés. Mes amis sont peu nombreux pour l'instant.

— Majesté ! Chaque jour, ils viennent à toi.

— Parce que je les paie. Mais, seront-ils sincères, fidèles ?

— Le gain les attachera, tu le sais bien.

— Ah ! Horemheb ! Comprends-tu pourquoi il me faut tout cet argent ?

*

* *

Neby ne se lassait pas de regarder sa fille. Elle l'avait tenue contre elle toute la nuit sans pouvoir fermer l'œil, attentive au moindre souffle, au moindre geste. Un sourire, un son, un mouvement et Neby se tournait vers Nephtys, soucieuse de son bien-être. Ah ! Que ses préoccupations de scribe semblaient loin à présent qu'elle avait l'enfant auprès d'elle ! Elle embrassait Nephtys dès qu'elle en ressentait le désir, la caressait tout à loisir et la reprenait sans cesse entre ses bras pour le plaisir de la bercer et de lui susurrer des petits mots doux et agréables.

Pas une image de Malgatta ne lui était venue à l'esprit, pas une ombre du visage de la reine Tiyi n'avait effleuré son esprit, pas plus que la perspective de sa mission n'avait obscurci sa joie à se retrouver, là, sur le bateau de Minhotep.

Nephtys était une jolie fillette, robuste, vive et rieuse. Sa petite tête avait plus de cheveux qu'en avait eu celle de sa mère dans toute son adolescence. Oui ! Nephtys était belle. Thoueris la nourrissait admirablement bien et, mieux encore, elle portait sur l'enfant des yeux pleins d'attention. En comparaison, Baken, son fils, paraissait plus fluet. Il rechignait souvent sur le lait que lui offrait sa mère en détournant sa bouche du mamelon encore gonflé qu'elle lui présentait après avoir nourri Nephtys. Il dormait peu et pleurnichait facilement. Pourtant, Neby revoyait le jour où Thoueris berçait dans ses bras un garçon aux yeux vifs et aux gestes alertes alors que, dans les rues de Thèbes, elle recherchait une nourrice pour sa fille. Pouvait-on en déduire qu'à l'instant où Thoueris avait serré Nephtys contre elle le garçonnet s'était instinctivement senti refoulé en seconde position ?

Neby sourit à sa fille, puis la prenant contre elle, embrassa ses joues soyeuses et la petite se mit à gazouiller de joie.

— Tiens, prends-la, proposa la jeune femme à Niny qui observait l'enfant avec des yeux écarquillés de plaisir. Je vais descendre faire un tour sur le quai.

— Ne va pas trop loin, recommanda Niny en prenant l'enfant dans ses bras et en la balançant doucement.

— Je ne dépasserai pas les bornes d'arrimage.

Peu convaincue, Niny rétorqua :

— Laisse Myriam t'accompagner.

— Je n'ai pas besoin d'escorte, assura Neby en riant. D'ailleurs, Myriam prépare un ragoût de mouton aux fèves.

— Alors, dis à Thoueris d'aller avec toi. Je m'occuperai aussi de Baken.

— Elle dort. Son fils a pleuré toute la nuit. Mais, dieu du ciel, Niny ! Ne t'inquiète pas. J'ai besoin de sortir, de sentir la foule. Il faut que je marche un peu.

Niny cala l'enfant sur ses courtes cuisses et la balança doucement d'avant en arrière. Ah ! C'est que Niny la naine sentait son cœur plein à ras bord d'amour pour cette petite chose qu'elle tenait contre elle et qui respirait avec tant de confiance.

— Alors, ne tarde pas à rentrer. Si tu veux, nous sortirons ce soir.

— Ce soir !

— Oui, pour tâter les « on-dit ».

— Nous irons à la « Taverne de Min » ! leur cria Minhotep qui, allongée sur une natte à même le pont, sortait d'un long sommeil réparateur. Ce vieux voleur d'Ousert nous apprendra sans doute quelques nouvelles. Il est temps que nous sachions comment se comporte notre nouveau pharaon envers le peuple. Allons, Neby, ton amie Niny a raison. Ne tarde pas trop et ne t'éloigne pas du bateau. Tu pourrais faire quelques mauvaises rencontres que tu regretterais vite. N'oublie pas que personne ne sait où est ta fille. Jette la passerelle, Kyos, et laisse-la jusqu'à ce qu'elle revienne.

Quand Neby fut sur le quai, il lui sembla qu'une autre vie l'empoignait. Elle ressentit aussitôt l'envie d'exprimer quelque chose. Puis, abordant la foule qui se pressait sur le port et s'engouffrant parmi les dockers, les marins, les scribes, les pêcheurs, elle comprit. Dès que Nephtys n'était plus dans ses bras, elle repensait à la mission qui l'attendait. Un travail périlleux dans lequel elle devait s'investir corps et âme. Une lourde charge qui ne demandait aucun compromis, aucune faute.

Dans quelques jours, Néfertiti, la jeune reine soutenue par Tiyi, la reine-mère, lui réclamerait le meilleur d'elle-même. Etablir la liste de tous les lieux où se trouvait l'image du dieu Amon dans les temples de Karnak n'allait pas être chose facile, d'autant plus qu'elle devait œuvrer dans un nid d'espions, de fourbes et de traîtres.

Et Panehesy ! Le Grand Prêtre de Ptah, le père de Nephtys ! Vers qui se tournerait-il ? Allait-il agir pour ou contre elle ? Neby frissonna. Non ! Jamais elle ne lui donnerait sa fille, pas plus qu'elle ne serait sa concubine. Panehesy pouvait réclamer un enfant à sa femme et si celle-ci était inapte à le lui donner, l'adoption était chose courante en Egypte.

Perdue dans sa pensée, Neby sentit qu'elle se heurtait à quelqu'un. Elle leva les yeux sur un grand jeune homme dont le visage rieur la regardait. Plus loin, un débardeur esquissait de grands gestes impatients dans sa direction.

— Il me fait signe qu'il n'a pas besoin de main-d'œuvre, fit le garçon en haussant l'épaule. Voilà trois bateaux à qui je demande du travail et qui ne peuvent utiliser mes services. Ils disent que je suis un freluquet et que mes muscles ne sont pas ceux d'un débardeur.

— Que sais-tu faire, si tu n'es pas docker ?

— Tout. Je sais conduire un navire à la rame, à la voile ou au gouvernail. Je sais les mener sur le fleuve et en pleine mer. Je sais charger, décharger. Je sais même lire, écrire et compter.

— Et personne ne veut de toi ! C'est insensé. A qui as-tu demandé ? s'enquit Neby en observant de plus près le garçon.

Puis, elle regarda le marinier qui lançait toujours de grands signes dans leur direction.

— Mais, c'est à toi qu'il fait appel. A mon sens, il te réclame.

— Oui, mais depuis que je t'ai vue, c'est sur ton bateau que je veux travailler.

— Ce n'est pas mon bateau.

— Je t'ai vue en sortir.

Neby se tourna vers les embarcations et pointa son doigt vers « La Croix d'Ankh ».

— C'est le bateau d'une amie qui m'héberge de

temps à autre. Moi, je vais retourner à mon travail et, dans quelques jours, je serai à Karnak. Veux-tu que je demande à Minhotep, la batelière, si elle engage des travailleurs ?

— Tu ferais ça !

— Bien sûr. Minhotep n'a que deux hommes d'équipage, ignorant l'un et l'autre l'écriture. Elle n'a besoin de personne pour tenir ses comptes, mais parfois un homme qui sait lire lui serait utile.

Neby lui saisit le bras.

— Viens.

Elle l'entraîna sur la berge, à l'autre bout du quai, et ils longèrent le fleuve, là où les pêcheurs déchargeaient leur cargaison de poissons qu'ils avaient pris la veille. Les nasses trempaient dans l'eau et, parfois, un poisson qui s'y trouvait enfermé remuait si fort qu'il faisait trembler les mailles du panier. Anguilles, carpes, mulets, tanches, perches allaient bientôt se déverser sur le marché pour être exposés aux regards des acheteurs. Les plus grosses prises pêchées au harpon, les autres au filet, s'entassaient dans de grands cageots qui, parfois, se mêlaient aux caisses de légumes, aux cages de bois qui enfermaient les oies ou les multiples bottes de lin ou de papyrus.

Neby s'arrêta près d'un petit bosquet dont les racines s'enfonçaient dans l'eau. Puis, elle saisit une tige de roseau.

— Attends, je vais te l'aiguiser, s'empressa le jeune homme en souriant.

— Tu comprends vite. Quel âge as-tu ?

— Dix-sept ans. Et toi ?

— Un peu plus.

Il se mit à rire, farfouilla dans la ceinture de son pagne et en retira un calame et un pain d'encre enfermés dans un petit godet.

— Ton roseau ne servira à rien, j'ai ce qu'il faut. Reste la feuille de papyrus.

Puis, fouillant dans les plis de sa ceinture qu'il dut dénouer pour la circonstance, il sortit un pauvre bout de feuille grisâtre tant il était de mauvaise qualité. Il renoua sa ceinture et regarda la jeune femme, le sourire aux lèvres.

— C'est tout ce que je possède. Habituellement, j'ai toujours un morceau d'argile avec moi.

Neby se fit rêveuse, juste quelques secondes, le temps de revoir les jours sombres et lointains où, adolescente, elle sillonnait les routes à la recherche d'un client qui veuille bien utiliser ses services. Parfois, elle ne disposait, elle aussi, que d'un petit bout de feuille de papyrus ou d'un morceau d'argile qui lui permettait de montrer qu'elle savait écrire. Elle avait dû prouver ainsi tant de fois ses compétences !* Quand elle abaissa ses yeux sur le jeune garçon, elle vit qu'il avait tracé sur sa feuille quelques lignes en hiératique.

— Qu'as-tu écrit ? dit-elle en prenant le texte.

Elle lut et se mit à rougir légèrement.

— Est-ce vraiment ce que tu penses ?

— Bien sûr. Je trouve que tu es belle comme la déesse d'un temple.

— Si tu n'es pas plus sérieux, affirma-t-elle d'un

* Lire : LES THÉBAINES, *Les Dieux indélicats*, tome 6, Le Livre de Poche n° 15357.

ton tranquille, je te renvoie à l'homme qui te faisait des signes et tu iras décharger son bateau.

— T'ai-je fait du tort en écrivant que tu étais aussi belle qu'une déesse ?

— Non, bien sûr. Aimerais-tu en voir ?

Surpris, il écarquilla les yeux.

— Voir quoi ?

Elle se mit à rire et il plongea hardiment son regard dans le sien. Il avait des yeux d'une couleur indéfinissable. Quand il plaisantait, ils devenaient verts alors que leur teinte naturelle semblait presque grise. Il avança vers elle un menton lisse et triangulaire, bruni comme le reste de son visage et Neby vit qu'il quémandait une explication.

— Voir quoi ? Mais voir les déesses dont tu me parles ! reprit-elle. Hathor, par exemple, Isis, Maât, Séchat et d'autres encore. Tu écris vite et bien. Si tu veux, je t'engage.

Il se frotta les yeux d'une poigne vigoureuse. Cette fois, il ne riait plus. Son regard avait même pris une dimension étrange où l'incrédulité était proche.

— Tu m'as dit que le bateau n'était pas à toi.

— Je ne pense pas à « La Croix d'Ankh ». Je te parle d'un travail dans les temples de Karnak !

Ces mots le perturbèrent. Il semblait avoir perdu tous ses moyens. Neby vit que ses doigts s'agitaient sur les pans de son pagne qui tombaient le long de ses cuisses nues encore juvéniles.

— Travailler dans les temples de Karnak ? reprit-il. Mais qu'y ferai-je ?

— Ce que je te demanderai. Il me manque un scribe pour la mission que je dois accomplir.

Il ouvrit la bouche, mais elle l'arrêta d'un geste.

— J'ai engagé sept scribes pour effectuer ce travail, mais aucun ne m'aidera plus qu'il ne faut. Peut-être même chercheront-ils à me déstabiliser par des paroles malveillantes pour me faire perdre mon sang-froid, ma belle humeur ou simplement mon assurance et mes capacités. Pour cette raison, j'ai besoin d'un jeune scribe qui soit en même temps un serviteur dévoué, fidèle et qui accepte les besognes les plus ingrates et les plus difficiles, celles que je ne pourrai faire et qu'ils ne voudront pas exécuter. Acceptes-tu ?

Elle vit les yeux du garçon briller de joie et, sur son pagne, ses doigts se desserrer pour retomber plus mollement le long de son corps.

— Ce n'est pas tout, fit-elle.

— Peu importe. J'accepte.

— C'est un travail périlleux qui réclame une entière discrétion. Sais-tu tenir ta langue ?

Les yeux du jeune homme s'éclairèrent. Puis, il posa son index sur sa bouche et en barra verticalement le passage.

— Si tu es muet comme une tombe, alors, je t'engage. Comment t'appelles-tu ?

— Sen.

Elle lui tendit la main.

— Moi, je suis Neby.

CHAPITRE II

Mahou réfléchissait à la mission que lui avait imposée Néfertiti. Ah ! Que de nuits avait-il passées à se demander s'il devait rester à Memphis ou partir pour Thèbes ! Un trouble le frôlait, le perturbait. Une gêne effleurait son esprit. Presque une honte, celle de ne pas en avoir parlé à Panehesy. Cela créait en lui un étrange malaise qu'il s'efforçait d'oublier pour ne pas rebrousser chemin.

Un malaise n'était peut-être pas le mot. Un pressentiment plutôt ! L'idée qu'un événement impromptu allait déstabiliser sa vie de policier et lui tendre un piège que, certes, il n'avait pas prévu et dont il lui faudrait déjouer les ruses et trouver les issues.

Le Grand Mahou que l'on disait trop ferme pour éprouver la moindre des hésitations expérimentait pour la première fois une incertitude. Et celle-ci était de taille car il ne savait où et comment il devait l'aborder. Allait-il se projeter au-delà de la tourmente ou casserait-il sans même réfléchir les rapports qu'il s'apprêtait à entretenir professionnellement avec une femme qu'il ne connaissait pas ?

Il serra les rênes de ses chevaux en même temps qu'il pressa ses lèvres violemment l'une contre l'autre pour tenter de freiner sa nervosité. Cette indécision l'empêchait de vivre pleinement le triomphe qui éclatait déjà en lui. Pourtant, il sentait qu'il avait sauté le pas et il se mit à rire. Avoir été remarqué par le pharaon lui donnait la petite parcelle jusqu'à présent inexistante pour s'assurer qu'il figurait désormais parmi les plus grands.

Restait Panehesy. L'estime, l'admiration, l'amitié qu'il ressentait pour lui — il n'était ni son subordonné ni son protégé — se muait soudain en déloyauté. Un sentiment qu'il connaissait mal et dont il mesurait insuffisamment la teneur. La parole qu'il avait donnée au Grand Prêtre ne suffisait plus à alimenter sa grande ambition. Rester à Memphis pour débusquer les pièges que tendaient les prêtres d'Amon aux prêtres de Ptah ne le concernait plus.

Expliquer les choses à Kerouef avait été plus facile. Le vieil inspecteur qui lui avait enseigné l'art de son travail et qu'il considérait comme un père spirituel avait fini par comprendre l'importance de l'entreprise. Périlleuse, certes, mais éclatante si elle devait réussir.

A vingt-huit ans, Mahou était le Chef de Police de Memphis. La place que lui avait laissée Kerouef n'était pas sans prestige et toute une équipe travaillait sous ses ordres. Mahou s'apprêtait à remplir ses fonctions avec le brio qui l'avait caractérisé jusqu'à présent et qui remplissait son maître de fierté. Mais voilà que Néfertiti, la jeune et nouvelle reine, sous l'impulsion du pharaon son époux, lui offrait de travailler sous sa seule responsabilité. Proposition qui s'accouplait de promesses alléchantes allant jusqu'à une hypothétique vision de gloire qui n'était pas sans l'émoustiller. Devenir Chef de toutes les Polices d'Egypte avait de quoi faire rêver Mahou.

Mis au courant de cette proposition, Kerouef avait eu un léger haut-le-corps qu'il n'avait pu camoufler sous le regard aigu de Mahou. Puis, les muscles de son cou resté puissant et ceux de sa mâchoire étonnamment carrée qui s'étaient durcis un instant avaient repris leur décontraction habituelle et Kerouef avait retrouvé son air familier.

Etrange mission que d'accompagner à Karnak une femme scribe qu'il devait protéger parce que sa mission s'avérait délicate et dangereuse. Qu'aurait-il à faire lorsque cette femme se trouverait face à une meute de prêtres malveillants, ne reculant devant rien pour anéantir la mission de la reine ? Oui ! Un travail singulier qu'on lui avait assigné. Transcrire la liste de tous les lieux où le nom d'Amon se trouvait. C'était de la pure folie. On pouvait comprendre que Kerouef ait eu un soubresaut d'étonnement à l'annonce de ce projet et qu'il en ait éprouvé un mélange d'inquiétude et de colère.

Ce fut donc avec une certaine autorité qu'il avait dissuadé Mahou d'accepter la proposition de la reine, prétextant que le clergé de Karnak ne se laisserait jamais envahir par des idées nouvelles qui allaient à l'encontre de sa propre destinée.

Puis, Mahou était revenu sur le sujet et Kerouef,

de son côté, avait mûrement réfléchi. Voilà que inopinément, une solution éclaircissait l'obscur problème qui tracassait tant les prêtres de province depuis que ceux de Karnak prenaient tous les pouvoirs. Depuis combien de temps Horus, Hathor, Anubis, Ptah se battaient-ils contre Amon, le dieu de Thèbes ? Depuis combien de temps les prêtres de Memphis, d'Abydos, d'Héliopolis et de Denderah travaillaient-ils en silence, enfermés dans leur clergé respectif, vénérant le dieu auquel ils appartenaient et cherchant le moyen de retrouver leur indépendance ?

Or, voici qu'une solution venait à leur secours et risquait de déstabiliser fortement leur rival. Etablir la liste des lieux où était inscrit Amon paraissait peut-être un acte bien aléatoire, mais à présent qu'il en avait soupesé tous les angles, le vieux Kerouef se disait qu'il y aurait bien une suite à ce geste audacieux. Transcrire tout d'abord, effacer ensuite ! Amon affaibli, les autres dieux ressurgiraient sans plus attendre et les Grands Prêtres des temples secondaires reprendraient leur puissance d'antan.

Mahou avait gagné une partie de la bataille en convainquant son chef. Pourtant, restait un point délicat à définir auprès de celui-ci. Et ce point-là était le même qui indisposait Mahou. Le jeune scribe auquel avait été confié cette mission était une femme. Le vieil inspecteur de police avait regardé Mahou avec une interrogation dans les yeux et n'avait vu dans les pupilles de son compagnon qu'une identique question. Pourquoi une femme ?

L'air était chaud et sec. Mahou filait à toute allure sur un chemin qui soulevait la poussière. Le Nil était sans couleur tant le soleil dardait sur ses eaux la force de sa frappe. Mais ses chevaux, qu'il avait fait boire tout à l'heure, ne semblaient pas fatigués. Alors, il reprit le fil de ses pensées et la course folle qu'il imposait à son attelage.

Ah, certes ! Mahou avait fait du chemin depuis que, jeune apprenti policier, il était arrivé au plus haut de l'échelle, soutenu par Kerouef qui n'avait fait que l'encourager au cours de ses diverses missions. Quand il avait délégué son travail à la police de Memphis, mandaté quelques dignitaires, donné ses ordres et aplani les angles les plus insurmontables, on lui avait posé des questions. Un interrogatoire plus curieux que vicieux auquel il avait toutefois refusé de répondre. Kerouef lui avait signifié que mieux valait ne pas trop en dire pour éviter les complications en cas de heurts ou de conflits ultérieurs et Mahou s'était rallié au jugement de son vieil ami.

Tout en conduisant son attelage qu'il menait avec une sûreté et une maîtrise qui n'étaient plus à peaufiner, il pensait à sa brève carrière, brillante pourtant, puisqu'il avait déjà assisté à quelques grands procès dont il avait été à l'origine. Certes, Mahou savait mener une enquête comme nul autre policier. Homme de terrain autant qu'il était homme de dossier, il voyait tout, sentait tout, passait au travers de tous les obstacles. En un mot, Mahou était un policier complet. Il savait constituer des rapports clairs, nets, impeccablement mis au point, établir des procès-verbaux d'instruction avec une précision d'une limpidité extrême. Ses dossiers qui servaient aux procédures étaient bien menés. Ses enquêtes aboutissaient toujours et rien ne restait dans l'obscurité.

Haut fonctionnaire, titulaire d'une situation élevée à Memphis, il se faisait un devoir de s'occuper personnellement de tout ce qui se rattachait à sa charge, n'ayant sous sa responsabilité que des subordonnés qui l'aidaient dans l'exécution de ses multiples tâches.

Les tentatives d'effraction de maisons ou d'échoppes, les menus larcins, les constatations d'adultères n'étaient pas pour lui, il les laissait volontiers à ses hommes, préférant sillonner le fleuve, qu'il fût en crue ou non, le désert sec et brûlant même si sa gourde était vide, les forêts de papyrus, obscures et profondes, les carrières désaffectées, là où se faufilaient les agresseurs, les violeurs, les bandits dont parlait tout le pays. Pistant, flairant, supputant, dans tous ces cas de figure, Mahou se sentait à son aise. Il ne se reposait que plus tard, la solution de l'énigme trouvée et le meurtrier découvert.

Simple policier tout d'abord après avoir été apprenti, puis inspecteur et enfin Chef de la Police de Memphis, il avait déjà parcouru tant de fois les vallées désertiques des nécropoles thébaines à la recherche de pilleurs professionnels que tout tombeau dont l'apparence lui semblait suspecte et qui nécessitait une surveillance entrait dans ses compétences. Même le désert arabique ne lui faisait pas peur. Il piégeait à plus de mille coudées les caravanes aux allures douteuses. Il dépistait les voleurs de grands chemins.

Quand il était parti avec ses hommes à la

recherche de la momie d'un Grand Dignitaire, disparue sans que personne ne s'en aperçût, et qu'il l'avait retrouvée dans les tentacules du delta, dissimulée à l'intérieur d'une cabane sous des peaux de chèvres, il s'en était sorti avec les honneurs de la profession. Même la gueule horriblement crantée du saurien qui avait failli l'engloutir, alors qu'il était sur un esquif de papyrus, ne l'avait pas effrayé.

Mahou redressa son char qui, en virant brutalement, partait sur le bas-côté de la route. Perdu dans ses pensées, il n'avait pas remarqué le tournant qui se dessinait devant lui et qu'il amorçait de façon maladroite. D'une main, il rétablit l'équilibre de son attelage et de l'autre, il rectifia le tracé qu'il s'apprêtait à suivre.

Il arrivait à Thèbes, la ville aux cent portes qui offrait ses maisons étagées reliées par des terrasses en escaliers sur lesquelles les Thébains s'activaient à mille besognes diverses. Bientôt il verrait Akhénaton, le nouveau pharaon, qui n'aurait que des éloges à lui faire. Le temps était proche où il lui transmettrait les plus hautes fonctions qu'on puisse tenir en Egypte. Non ! Décidément, il ne craignait pas les Grands Prêtres de Karnak. Ceux-là mêmes, sans le savoir, l'aideraient à grimper dans une hiérarchie plus haute encore.

Il pointa ses yeux à l'horizon et vit que l'agitation sur les bas-côtés du chemin lui annonçait l'approche de la ville. Déjà, il avait vu la Porte du Nord se profiler au loin. Il ne la connaissait guère pourtant, trop peu venu à Thèbes pour en cerner les méandres, les pièges, les bouges et tout ce qui constituait la vie trépidante de la ville.

Oui ! A plus de cent lieues, il voyait se profiler la Porte du Nord et il distinguait même une caravane de chameaux qui arrivait en sens contraire. Le regard de Mahou était si affûté qu'il lui arrivait d'obtenir des aveux sans que ses hommes eussent besoin de passer aux coups. Sa méthode était moins brutale que celle du vieux Kerouef qui, souvent, n'obtenait des aveux complets qu'après avoir assujetti les coupables aux pires sévices.

La Porte du Nord était la plus empruntée. C'était elle qu'il fallait passer pour rejoindre le quartier commerçant de la ville. Tous ceux qui venaient de Memphis, d'Abydos ou de Coptos prenaient cette voie et s'ils poursuivaient la route plus au sud, en direction de Philae ou de Bouhen, ils suivaient les bords du Nil qui les y conduisaient directement.

Ayant prévu de passer sa première nuit à Thèbes dans une auberge près du port, il calcula qu'à l'aube suivante il pouvait être à Malgatta où l'attendait la reine Néfertiti.

Discrète, l'auberge dans laquelle il descendit se camouflait derrière un mur de sycomores. Mahou avait beaucoup d'ennemis à Thèbes depuis qu'il était en état d'hostilité ouverte avec le Chef de Police de la ville et, depuis la mort d'Aménophis, il sentait la capitale assez froide à son égard, si bien qu'il devait s'appuyer sur l'autorité des prêtres d'Amon pour conserver les pouvoirs que l'ancien pharaon lui avait cédés au fil de sa carrière. Cette hostilité entre Mahou et la police de Thèbes n'était un secret pour personne et il se frottait les mains à l'idée que beaucoup avaient dû trembler en apprenant qu'il avait été demandé par Néfertiti pour accomplir une mission restée encore secrète.

Mahou s'arrêta à l'auberge de Min où le tavernier Ousert l'accueillit à bras ouverts. L'aubergiste se fit même un plaisir de lui concocter une surprise, pensant qu'il serait littéralement transporté par les charmes de quelques jolies filles payées pour qu'il déliât les cordons de sa bourse et que chacun pût profiter des avantages ainsi offerts.

Mais après quelques heures, le policier resté sobre et lucide ferma sa porte aux gracieuses créatures et s'enfonça dans un profond sommeil qui lui permit de s'éveiller dans une forme acceptable. L'air matinal lui redonna des forces et son élan retrouvé, il prit le chemin de Malgatta.

*

* *

Les trois chars filaient à vive allure. Akhénaton en tête était talonné par l'attelage de Horemheb et, derrière, à une demi-tête de son cheval, Mahou les suivait. Une pression sur les rênes, un claquement de fouet dans l'air et le policier les dépassait ! Mais, depuis qu'ils chevauchaient ensemble, il percevait un léger agacement dans l'attitude de Horemheb et sentait qu'il n'aurait pas toléré que Mahou le devançât. Aussi resta-t-il prudemment à l'arrière.

Le pharaon tourna légèrement la tête dans sa direction et l'observa le temps d'une seconde.

— Tu sembles être un conducteur averti ! lui cria-t-il. Mais ne crois surtout pas que je ferme les yeux sur ton impatience à vouloir nous doubler.

Soudain, il fit une brusque volte-face sur son char tout en laissant ses mains sur les rênes et, le buste penché, apostropha Horemheb :

— Il te bat, mon ami ! Il te bat !

— Il ne m'a pas dépassé.

— Non, mais il peut le faire.

Puis, sentant que son attelage risquait de se déséquilibrer, son corps revint à sa position initiale et ses yeux se rivèrent à nouveau sur la ligne d'horizon qui s'étalait devant lui.

— Allons Mahou ! plaisanta-t-il. Tu es un policier et je t'autorise à nous ouvrir la voie.

D'un claquement sec du fouet qui, cette fois, battit les flancs de ses chevaux, Mahou prit de la vitesse et laissa derrière lui, avec une satisfaction évidente, les deux attelages. Il prit soin cependant de ne pas les perdre de vue jusqu'à ce que les portes de Malgatta se dessinassent à l'horizon.

Le convoi de chameaux qu'il avait vu la veille et qui, sans doute, s'était reposé la nuit au bord du fleuve, l'obligea soudain à freiner et il dut écarter la vingtaine de bêtes qui avançaient en sens contraire, le cou dressé et l'allure tranquille, afin de laisser passer les chars de ses compagnons.

C'était un pur hasard, une de ces coïncidences qui agencent les événements d'une façon autre que celle qui avait été prévue. Le destin, ce matin-là, avait mis le jeune pharaon et son compagnon Horemheb sur le chemin de Mahou. Akhénaton l'avait reconnu, apostrophé et, puisqu'ils devaient se retrouver à Malgatta, proposé de voyager ensemble bien qu'il ne laissât que rarement une tierce personne troubler l'intimité de ses courses en char avec Horemheb. Celui-ci ne se mesurait à lui que lorsqu'ils étaient seuls et, en ce matin déjà chaud, Mahou le gênait car il ne pouvait s'adonner à son plaisir favori, celui de battre sur la route son ami le pharaon.

Passé le fleuve, car Malgatta se situait de l'autre côté de la rive, la voie qui menait au palais de la reine-mère Tiyi était droite, vaste, bien tracée, bordée d'arbres et de bosquets dans lesquels s'ébattaient les canards et les oies sauvages. Mahou était largement en tête du petit convoi. Ses chevaux à peine fatigués filaient toujours bon train.

Au détour de la voie, une courbe s'élargissait sur deux branches. L'une donnait sur le port de Malgatta, l'autre vers les terrasses qui menaient au palais. Du côté où les bosquets s'étoffaient, une barque se balançait, attachée au pied d'un gros sycomore dont l'ombrage diffusait les bienfaits. Elle oscillait légèrement au rythme du clapotis de l'eau. Mahou lâcha ses rênes et ralentit sa course. Il dirigea son regard vers l'arbre dont les énormes racines sortaient de terre.

Debout dans l'esquif, une femme se tenait immobile, le dos tourné vers l'horizon que formaient la terre et le fleuve réunis. Sa tunique blanche était vague et plissée. Pieds nus dans la barque, elle se balançait imperceptiblement tant le va-et-vient de l'eau semblait stable. Puis, sans que Mahou l'eût vraiment souhaité, elle se retourna et sauta vivement sur le sol. Les chevaux du policier la frôlèrent, mais elle ne broncha pas et, quand elle fut devant lui, leurs yeux s'accrochèrent.

Où Mahou avait-il vu cette jeune femme ? Ce

regard brun et doré aussi profond que le crépuscule qui commence à tomber sur le fleuve ! Cette bouche au dessin pulpeux qui s'ouvrait sur un sourire plein de charme ! Ce maintien étrange qu'aucune autre femme ne pouvait imiter ! Oui ! Cette femme ne lui semblait pas inconnue. Mais, dieu de Seth ! Pourquoi sa mémoire habituellement infaillible lui faisait-elle soudain défaut ?

Neby, quant à elle, n'eut qu'à subir l'instant d'une courte interrogation. Puis le temple de Ptah lui revint à l'esprit. Les courses folles dans les rues de Memphis, aux côtés de Choutarna, les échappatoires, les abris, les cachettes qu'il fallait trouver, les questions des uns et des autres suivies de fausses réponses et les angoisses qui ne s'atténuaient que le soir, à la tombée de la nuit, quand elles glissaient dans un sommeil qui n'avait même pas l'avantage d'être profond tant leur peur était grande.

Mahou ! Oui ! C'était Mahou, le jeune policier qui, avec Kerouef l'inspecteur, les avait recherchées sur l'ordre de Panehesy jusqu'à ce qu'il les retrouvât.

Mais que dire devant le visage stupéfait du policier qui la regardait sans comprendre ? Soudain, les chevaux du pharaon et de Horemheb arrivèrent dans un nuage de poussière.

— Eh bien, Mahou ! s'écria Akhénaton en stoppant ses chevaux juste devant lui. Pourquoi cet arrêt ? Avec qui discutes-tu ?

La jeune femme s'avança et se prosterna. Puis, relevant lentement son buste avant que le pharaon ne parle, prit le parti de se présenter elle-même :

— Avec Neby, Majesté, jeta-t-elle d'une voix

volontaire. Neby, la scribe nouvellement engagée par la reine Néfertiti, votre épouse.

En une seconde, elle vit la lueur de contrariété s'inscrire sur le visage de Mahou. Elle reprit précipitamment :

— J'avais envie de voir le fleuve à cet endroit. D'ici, on aperçoit le port de Malgatta.

— Mais je te connais ! s'exclama le pharaon. Ne t'ai-je pas vue à Memphis ?

— Oui, Majesté, au petit temple d'Aton. Nous avons posé ensemble une offrande devant le disque solaire. Vous, un poème. Moi, une fleur. Je ne possédais rien d'autre à cette époque.

Akhénaton se redressa. Il savait que dès qu'il se laissait aller, ses épaules restaient tombantes et son buste se creusait. Ses yeux noirs percèrent Neby mais nulle agressivité, nulle impatience n'y laissèrent deviner le moindre soupçon de colère. Il lâcha ses rênes et se frotta le menton.

— Je me souviens, mais n'étais-tu pas...

— Un garçon, oui, Majesté. J'avais le crâne rasé et je portais une tunique d'homme.

Le jeune pharaon ne parut pas vraiment embarrassé, seule sa voix prit une intonation bizarre, conscient sans doute que sa question allait être incongrue.

— Mais, qui es-tu à présent ?

— Une femme, Majesté. Une femme comme je l'ai toujours été. Je suis née fille, mais j'ai dû rester longtemps garçon pour pouvoir exercer tranquillement mon métier de scribe public sans que personne ne me cherche d'ennui sur les places des villes et des villages où je m'installais pour travailler. J'étais jeune et sans défense.

— Tu es courageuse. Je vois que la reine a vu juste dans son choix. Mais, dis-moi, tu me parles de notre rencontre à Memphis devant le petit temple d'Aton...

— Oui, Majesté. Nous avons discouru sur les bienfaits du soleil.

— Certes, je m'en souviens. Ne m'as-tu pas dit que tu puisais dans les rayons généreux du soleil ton énergie et ta force ?

— C'est exact, Majesté.

Elle tourna la tête vers Horemheb et reprit d'un ton tranquille :

— Puis votre compagnon, celui-là même qui vous accompagne aujourd'hui, est arrivé et vous a enjoint de me quitter rapidement.

Un sourire narquois au bord des lèvres, le torse bruni, épilé comme il se devait, le cou entouré d'un gorgerin de cornaline que lui avait offert le pharaon, tenant les rênes dans sa main droite — la gauche retombait le long de son buste — Horemheb la regardait froidement.

— Il est vrai qu'à cette époque, ajouta-t-elle, il me prenait pour un pauvre petit scribe de basse envergure.

Horemheb eut un sourire crispé et ne répondit rien.

— Et depuis ? s'enquit le pharaon d'un air moqueur.

— Depuis ? Majesté, il s'est passé tant de choses ! Votre épouse, la reine, prend un plaisir évident quand je lui parle de la princesse Choutarna avec qui j'ai passé une partie de ma jeunesse.

— Je sais, je sais, fit le pharaon en élevant nerveusement sa main dans l'espace. Cette affaire ne s'ébruite que trop. Il ne faut pas la répercuter davantage.

— Majesté, je n'en parle que sur les ordres de la reine. Toutefois...

Elle hésita juste une seconde.

— Toutefois, souligna-t-elle en fixant le regard d'Akhénaton, et bien sûr avec son accord, je me servirai de cette histoire si j'en ai besoin pour remplir correctement ma mission. Il ne faut pas oublier que les prêtres d'Amon, vos ennemis, ont justement fait périr la princesse Choutarna.

Le pharaon abaissa sa main et grommela :

— Je suppose que tu tenais à me dire cela.

— Oui, Majesté.

Elle tourna son visage vers Horemheb, puis vers Mahou qui se tenait à l'écart et l'observait avec un intérêt grandissant.

— Et je tiens aussi à révéler autre chose.

— Parle.

— Majesté, à présent j'ai retrouvé ma famille. La reine n'engage pas une simple fille devenue scribe sur le bon vouloir d'un Grand Prêtre de Ptah.

— Ta famille ! Et qui est-elle ?

— Je suis issue par ma branche maternelle, celle que je ne connaissais pas, d'une famille de Thèbes des plus nobles qui soient.

— Tu me plais, fit le pharaon, satisfait. Sais-tu conduire un char ?

— Non, Majesté.

— Alors, monte dans le mien. Nous entrerons à Malgatta ensemble.

Dieu de Seth ! Mahou avait subitement tout compris et il sentit son front devenir moite. Dans quel filet venait-il de se laisser prendre ? Cette femme était le soi-disant jeune scribe auquel le Grand Prêtre de Memphis, son ami Panehesy, s'intéressait tant. Voilà pourquoi Mahou la connaissait.

Oui ! A présent, il se rappelait la silhouette étrangement féminine de cet adolescent que protégeait Panehesy. Et ce dernier savait que Neby cachait une identité de fille. Mais, pourquoi s'acharnait-il ainsi sur elle ? Avant de quitter Memphis, sa requête auprès de Mahou avait redoublé d'intensité. N'avait-il pas rappelé le policier pour lui demander de poursuivre ses recherches, de quadriller la ville avec ses hommes, de fouiller le pays s'il le fallait ?

Ah ! Dieu de Seth ! Par tous les crocodiles vivants ! Pourquoi fallait-il que la scribe qu'il devait protéger sur les ordres de la reine Néfertiti fût la femme que recherchait Panehesy avec autant d'obstination ?

Devait-il retourner le problème pour ne plus avoir à se considérer infidèle et traître envers un ami de longue date ? Il sentit qu'il devait choisir vite et bien. Panehesy ou le pharaon ? L'échec d'un travail ordonné par la reine ou la conquête de cette femme ? Après tout, l'obstacle qu'il devait franchir ne lui déplaisait pas. Bien au contraire. La complexité des faits ne faisait-elle pas partie de son métier, de sa vie ?

Quand il regarda Neby, il vit dans ses yeux une lueur qui l'engagea à poursuivre son idée de conquête.

CHAPITRE III

Akhénaton n'eut aucun regard pour les deux colosses de pierre lorsqu'il passa devant eux. Les énormes statues en quartzite rouge représentaient son père assis sur son trône, le regard perdu au loin. Elles étaient si imposantes que, passant à côté d'elles, le char d'Akhénaton ne paraissait pas plus grand qu'un jouet d'enfant. A peine les eut-il dépassées qu'il prit un malin plaisir à faire crisser les roues de son char qui soulevèrent aussitôt la poussière.

Neby se retourna pour les regarder. Immobiles, les deux géants de pierre semblaient défier la nature et même la logique des êtres humains. Quand elle leva les yeux, c'est à peine si elle vit les têtes perdues dans le ciel bleu et quand elle les rabaissa, elle prit conscience de sa petitesse et de celle du char dans lequel elle se trouvait.

Les socles de pierre étaient entièrement ciselés. Ils représentaient les reines Moutmouia et Tiyi, mère et épouse du Grand Aménophis III, et évoquaient l'unification symbolique des Deux Terres, la Basse et la Haute Egypte. Construites dans des blocs de quartzite extraits de la Montagne Rouge dans le désert oriental, les gigantesques statues ouvraient sur le temple et offraient leur regard immortel aux dieux qu'ils incarnaient.

A présent qu'ils étaient arrivés à Malgatta, Mahou et Horemheb avaient ralenti l'allure de leur char. Le policier céda la place au jeune pharaon qui, pour l'instant, se plaisait à exciter ses chevaux de la voix. Mais soudain, trop emporté par son enthousiasme, il fit une légère embardée, reprit son équilibre et se rangea moins fougueusement au centre de l'allée qui menait à la première terrasse.

Neby se tenait droite à son côté. Un instant, elle avait failli chuter sur son compagnon, mais elle s'était retenue à temps, s'accrochant à la mince rambarde qui entourait la coque du char. Dans un demi-sourire où perçait quand même une certaine appréhension, elle tourna la tête vers Akhénaton qui regardait Tiyi s'avancer.

Qu'allait dire la reine-mère en voyant cette nouvelle fantaisie de son fils ? Prendre dans son char un personnage qui n'était pas un intime de la cour ! Ses lèvres allaient encore murmurer deux ou trois griefs qui s'éteindraient vite dans les replis de sa bouche.

Quand les deux autres attelages passèrent sous le portique à ciel ouvert encadré par deux colonnes en marbre blanc, puis quand ils arrivèrent devant la terrasse, ils observèrent en silence les gens qui s'agitaient derrière la reine-mère. Valets et servantes de toutes sortes allaient et venaient afin de remplir la mission précise qui leur était assignée. Horemheb et Mahou attendirent que les palefreniers vinssent chercher leurs chevaux pour les conduire à l'écurie.

Tiyi tendit les bras à son fils. Elle semblait avoir vieilli depuis quelque temps, mais sa silhouette restait encore agile, malgré sa dernière maternité qui l'avait beaucoup fatiguée. Le regard vif et le menton volontaire, son autorité ne perdait nullement de sa vigueur et son pouvoir était toujours sans faille.

Akhénaton embrassa fougueusement sa mère qui le serra chaleureusement dans ses bras. Préoccupée par ces retrouvailles, elle glissa cependant un œil vers Neby restée debout dans le char et se tenant toujours à la rambarde de la coque. Puis un sourire ambigu étira ses lèvres charnues.

— Je vois que tu connais la jeune scribe que ton épouse veut engager pour ses besoins personnels.

— En effet, mère, nos attelages l'ont croisée. Elle rêvait à deux pas du port.

— Eh bien, puisque les présentations sont faites, allons discuter sous le kiosque du petit jardin, nous y serons à l'aise et Néfertiti nous attend.

Akhénaton revint à son char et tendit la main à Neby qui n'eut aucun mal à en descendre pendant que Penth, le surveillant des écuries royales de Malgatta, s'apprêtait à dételer les chevaux.

— Il faudra que tu apprennes à conduire un char, remarqua le jeune pharaon en regardant Neby défroisser les plis de sa tunique blanche. Ta mission t'obligera souvent à te déplacer aussi rapidement que le khamsin dans le désert et, dans ce cas, une litière est à déconseiller. Néfertiti te fournira un attelage avec des chevaux calmes et obéissants et Mahou t'apprendra à les mener. C'est un excellent conducteur devant lequel je m'incline sans rancœur.

Mahou esquissa un sourire. Voici que le pharaon, sans le savoir, allait au-devant de ses désirs. Il jeta un coup d'œil sur la reine qui le regardait d'un air amusé et il fronça aussitôt le sourcil. Se pouvait-il que ce fût Tiyi, avec l'accord de son fils, qui jetât cette jeune femme dans ses bras ? Il crut lire dans l'œil averti de la reine une équivoque qui n'était pas pour lui déplaire.

Le petit jardin dont parlait la reine-mère, avec un détachement dans la voix, se révélait un immense parc ombragé où de grands arbres, dont les essences multiples laissaient flotter de merveilleux parfums, bordaient l'étang qui s'y trouvait en plein centre.

Sous le petit kiosque de marbre rose qui le jouxtait et dont le sol était recouvert de lapis-lazuli aux veinules dorées, Néfertiti rêvait, nonchalamment étendue, la tête reposant sur un épais coussin moelleux. Méritaton, sa fille, et Kyta la nourrice qui berçait l'enfant en murmurant une mélodie à son oreille, resplendissaient l'une et l'autre du bonheur de vivre.

— Ma reine ! s'exclama joyeusement Akhénaton en s'agenouillant près de Néfertiti et en l'embrassant sur les lèvres, cette seconde maternité te va à ravir. Tu es plus belle encore depuis que tu attends notre deuxième enfant.

— C'est que je suis pleinement heureuse, mon doux époux, répliqua la jeune reine en souriant au pharaon. Et, quand nous serons installés à « La Cité d'Akhet-Aton », nous serons plus enchantés encore.

Elle se retourna vers Tiyi et lui décocha un regard de velours où se mêlait un parfait dosage d'excuse et d'autorité.

— Pardonnez-moi, ma mère, vous savez que j'aime votre présence à mes côtés, mais il me tarde tant d'être installée là-bas, avec ma propre cour et mes propres habitudes, que j'ai hâte de précipiter les choses.

— Ne te culpabilise pas, ma fille, rétorqua Tiyi en prenant l'enfant que tenait la nourrice et en le déposant dans les bras de son père. Je peux comprendre l'envie que tu as d'organiser seule ta vie de femme et de reine. Allons ! Ne perdons pas plus de temps et discutons de ce projet que je dois connaître dans tous ses détails pour le soutenir efficacement.

— Eh bien ! commença Néfertiti d'un ton calme, parlons, ma mère, puisque mon époux est là et qu'il pourra vous rassurer sur tout ce qui vous paraît trop hasardeux dans le suivi de cette affaire.

Elle se laissa couler amoureusement contre Akhénaton qui resserra ses bras autour d'elle. Mahou et Horemheb s'étaient assis en scribe de chaque côté de Tiyi et attendaient que se décante la discussion.

— Neby, poursuivit Néfertiti en se retournant vers la jeune femme, ta mission est strictement confidentielle. Personne ne doit en soupçonner l'accomplissement. En as-tu parlé ?

— Seulement aux scribes que je compte engager sur votre accord, Majesté.

— C'est bien. As-tu trouvé les personnes qu'il te fallait ?

— Je crois que oui, Majesté.

— Sont-elles sûres ?

Neby jeta un coup d'œil à Mahou qui l'observait d'un regard étrange, puis ses yeux se portèrent sur Horemheb dont le visage semblait hermétiquement fermé.

— Je crois que oui.

— Mais encore ? fit Néfertiti en levant le sourcil.

Neby était assise en retrait, non loin de Kyta et de la petite Méritaton. Elle eut un instant d'hésitation. Cette enfant avait le même âge que sa fille et l'image qu'elle offrait dans les bras de sa nourrice la lui rappelait presque cruellement. Elle saisit la petite main potelée de la fillette qui s'agitait dans l'air. Ravie, Méritaton gazouilla et, de ses petits doigts, enserra l'index tendu de la jeune femme.

— J'ai besoin de savoir qui tu as engagé, signifia Néfertiti en observant quelques secondes sa fille qui lâchait le doigt de Neby pour prendre celui de sa nourrice. Sont-ils irrémédiablement persuadés ?

— Persuadés ! Allons, ma fille, coupa Tiyi. Tu sais fort bien que tu ne peux qu'acheter leurs services !

— Pas tout à fait, répliqua Neby en posant son regard tranquille sur la reine-mère. Menen qui travaille à la nécropole de Rekmirê dans la vallée des Nobles n'est certes pas convaincu à l'idée de travailler avec une femme, mais il maudit tant le dieu Amon qu'il accepte sans discuter la besogne.

Néfertiti soupira d'aise.

— C'est parfait. Et qui as-tu recruté encore ?

— Néhéry, son frère.

— Mais ce prêtre est affecté au temple d'Aton à Karnak ! observa le pharaon étonné.

— C'est vrai Majesté, répondit Neby. Mais, tout comme son frère, il veut voir le disque solaire s'élever et le dieu Amon s'écraser.

De son index tendu, le jeune pharaon frotta son menton d'un air pensif. Sa bouche était si longue et si charnue qu'elle fendait tout le bas de son visage en un grand pli creux et sinueux. Quant à ses yeux, ils se firent plus fendus encore.

— Ainsi, dit-il d'un ton fluide, Néhéry franchit le pas. Je ne croyais pas qu'il se laisserait faire aussi vite. Ah ! Tu as fait du bon travail Neby. Quand tu auras terminé la mission de la reine, il faudra que je t'engage pour convaincre certains dignitaires de se rallier à ma cause.

— Il n'en est pas question, mon époux, s'écria Néfertiti en se dégageant des bras du pharaon. Car...

— Car, la coupa vivement Neby, en soutenant le regard clair de Néfertiti, je suis devenue sa... « chose ».

— Que dis-tu là ?

— La vérité, il me semble, Majesté.

— C'est faux et tu le sais ! s'indigna la jeune reine. Une grande amitié me lie à toi. Je veux juste ta présence continuelle à mon côté.

— Majesté ! reprocha Neby, vous avez tant de suivantes à vos ordres.

— Peut-être, mais tu es la seule à pouvoir me parler de la princesse Choutarna. Je n'ai confiance qu'en toi.

— Majesté, rétorqua Neby d'une voix sombre et basse, il ne faut pas confondre confiance et abus de pouvoir.

Neby vit le regard médusé de Mahou fixé sur elle. Comment cette jeune personne osait-elle contrecarrer les propos de la reine ? Il regarda Akhénaton qui ne semblait nullement mortifié, ni même la reine-mère d'ailleurs ! Ils semblaient tous, à l'exception de Horemheb qui lançait à la jeune femme des regards furieux, pardonner le langage audacieux de la jeune scribe.

— C'est vrai, consentit Néfertiti. J'ai sans doute tendance à faire déborder le sentiment d'affection que j'éprouve à ton égard. Mais, il m'est impossible d'oublier que tu as partagé la vie de celle que je considère comme ma sœur et j'estime que tu ne me confieras jamais assez les menus détails qui la concernaient.

— C'est pourtant ce que je fais avec une extrême précision depuis que je suis à votre service.

— Apprendre tout d'elle, déclara Néfertiti en étouffant un soupir d'impuissance. Oui ! Parler d'elle m'aide à me reconnaître moi-même.

Elle libéra ses jambes dans un grand geste nonchalant.

— Mais, bah ! Ne nous éloignons pas du sujet. Je t'apprécie, Neby, pour bien d'autres choses encore.

— Lesquelles, Majesté ?

— Tu as l'avantage de n'aimer aucun dieu de façon particulière, Amon encore moins, il me semble. Et tu es prête à vénérer Aton comme je l'exige ?

— Ce n'est pas ainsi que je vois la mission dont vous m'avez chargée, Majesté. Je suis prête simplement à ranger les gens de votre côté.

— C'est la même chose, approuva Akhénaton. Il nous faut des adeptes et nous comptons sur toi. Peu importe le dieu que tu choisiras.

— Et si je choisissais Ishtar ?

— Ishtar ! s'écria Néfertiti en souriant. Ishtar, la déesse qui règne sur la Mésopotamie !

— Choutarna m'en parlait si souvent. C'est la sœur jumelle de notre déesse Hathor. Elle aime la vie, l'amour, les joies et le bien-être de ce monde ici-bas.

— Tu es libre, lança Néfertiti, d'adorer qui tu veux, à l'exception d'Amon que j'exècre.

— Alors, je choisis la divinité qui m'a accompagnée tout au long de mes voyages avec Choutarna sans jamais me corrompre ni m'anéantir. J'y ajoute simplement le soleil qui est ma vie, ma force et mon énergie.

Personne n'osa contredire un propos aussi logique. Horemheb regarda avec ironie la jeune scribe trop audacieuse, pensait-il, pour s'en tirer honorablement dans l'accomplissement de sa mission. Un jour ou l'autre, il y aurait une faille dans laquelle elle tomberait et ce ne serait certes pas ce prétentieux de Mahou qui irait l'en retirer.

Le policier, quant à lui, jetait sur Neby un air perplexe et presque interrogateur qui semblait ne pas trouver de réponse. A vrai dire, la jeune femme l'intriguait de plus en plus. Akhénaton paraissait s'amuser de ses répliques hardies et de ses propos qui, on doit le dire, étaient d'une logique déroutante.

Quant à Tiyi, elle la regardait avec cet air à la fois détendu et inquiet qui ne laissait que bien peu d'alternative entre la question et la réponse.

— Qui as-tu choisi encore dans ton équipe ? interrogea de nouveau la reine sans plus parler de Choutarna.

— Deux scribes, Kheti et Anthor, que j'ai ralliés facilement à ma cause. L'un est assez vieux, mais il est encore dynamique et plein de sage expérience. L'autre est jeune, ambitieux et veut sortir de sa basse condition. Enfin, le troisième, plus jeune encore, qui s'appelle Sen, sera mon serviteur fidèle et dévoué. Il sait lire et écrire. Il acceptera de faire toutes les basses besognes.

— Cela te fait donc cinq hommes, conclut Tiyi, complaisante. Espérons à présent que, bien payés, ils seront à la hauteur de la tâche.

Néfertiti se tourna vers Tiyi qui, à présent, commençait à se poser des questions sur le déroulement des opérations.

— Vous avez raison, ma mère, poursuivit Néfertiti. S'ils ne sont pas convaincus par leur mission, ils le seront par la récompense que je leur offrirai. Neby, tu devras te rendre partout où le nom d'Amon est transcrit, où son image est représentée, où les offrandes lui sont faites. Partout, Neby. Partout !

Neby acquiesça lentement de la tête et eut un soupçon de sourire envers Mahou qui dardait son regard aigu sur elle. L'atmosphère n'était nullement tendue, bien au contraire, les effluves des fleurs venaient flotter sous les narines et on entendait les cris des canards s'égaillant dans les petits bosquets qui bordaient l'étang.

Akhénaton serra sa femme contre lui et posa la bouche sur sa tempe soyeuse, délicate, qui battait doucement. Quand il la descendit dans son cou et qu'il passa sa main câline sur les cuisses découvertes de Néfertiti — dénudées occasionnellement par les pans de sa robe qui s'écartaient au moindre de ses mouvements — elle eut un frémissement qui n'échappa à personne.

« Par le dieu Amon ! Ou par celui que mon fils nomme Aton avec tant de plaisir, pensa Tiyi en soupirant, si les pharaons, nos aïeux, assistaient à une telle liberté de mœurs, une telle impudeur devant des étrangers, que penseraient-ils ? Ah ! Les ancêtres de mon fils doivent remuer dans leur tombe éternelle en voyant sa main caresser en public le ventre de la reine. »

— J'ai deux amis qui viennent de Memphis, jeta le pharaon d'un ton détaché tout en poursuivant sa caresse sur la cuisse de Néfertiti, Souti et Hor. Ils sont prêtres d'Aton au temple de Ptah. C'est Panehesy qui me les envoie.

Brusquement, les yeux de Neby et de Mahou se rencontrèrent, s'agrippèrent, se choquèrent presque. Ni l'un ni l'autre ne les abaissa. Ce n'était pas un affrontement, pas plus qu'un défi où l'on doit ressortir vainqueur d'un combat intérieur. C'était plutôt une question venant du regard de l'un accrochant la réponse tombant du regard de l'autre. Cette fois, Mahou comprit — ou du moins crut comprendre — que la jeune femme en avait terminé avec le Grand Prêtre. Oui ! A présent, le policier saisissait la complexité de la situation. Son sens aigu de l'observation l'amenait à déduire que Neby était libre. Il avait flairé trop de pièges, débusqué et confondu trop de coupables terrés dans leur repaire attendant que la voie se libère, démasqué trop de voleurs et de criminels à l'affût d'un méfait dont il avait tendu lui-même le filet compromettant et enrayé trop de plans épineux pour se laisser prendre à l'ambiguïté de cette situation. La mission que Néfertiti avait confié à Neby expliquait l'essentiel de ces faits étranges.

Akhénaton lâcha la cuisse douce de son épouse et remonta sa main sur le velouté de son ventre dont la rondeur ne se remarquait pas encore. Puis, quand le regard de Mahou quitta celui de Neby, laissant dans l'esprit de la jeune femme un curieux sentiment d'apaisement et de confiance, il reprit d'une voix neutre :

— Souti et Hor te seront fidèles. Ils sont l'un et l'autre attachés à la nouvelle religion que je m'apprête à établir. Ils feront sans discuter ce que tu leur ordonneras. Et ceci parce que je l'ai imposé.

Puis, dans un geste tendre, il contourna de sa grande main le ventre doux de sa femme et posa un baiser sur son cou.

— Sois sans inquiétude, lui affirma-t-il, c'est à moi de récompenser ces deux-là. Ils ne sont plus sous les ordres du Grand Prêtre de Ptah. Ils sont sous les miens.

La question qu'osa poser Neby acheva de convaincre le policier et il fut satisfait qu'elle sût ou pût l'exposer d'une façon aussi tranquille et sereine :

— Le Grand Panehesy est-il au courant de la mission que je dois remplir à Karnak ?

— Sans aucun doute ! Comme il l'est, d'ailleurs, de la surveillance que Mahou doit exercer sur toi.

Le cœur de Neby se mit à battre plus vite et ses doigts se crispèrent involontairement sur le bord du petit siège en bois que l'on avait posé près d'elle et qui lui servait d'accoudoir. Pourquoi avait-elle posé cette question puisqu'elle savait que Panehesy en était informé ? Voulait-elle montrer à Mahou par cette question qu'elle ne se sentait plus sous la protection du Grand Prêtre ? Elle tourna son visage vers Mahou. Il y lut un appel, non de détresse, mais d'inquiétude.

« Cette jeune femme, pensa-t-il en soutenant à nouveau le regard de Neby, a vécu une forte intimité avec Panehesy le Grand Prêtre et ne veut plus le revoir. C'est évident. Elle semble le fuir, à présent. Il s'est passé quelque chose de trouble entre eux. »

— Mahou t'accompagnera dans le moindre de tes déplacements, dit Akhénaton. Il sera toujours là si tu as des problèmes.

Puis il se redressa, lâcha Néfertiti, se leva et s'approcha de Horemheb qui observait distraitement le bord du bassin d'un air détaché et distant. Il posa la main sur l'épaule de son compagnon et poursuivit :

— Et, en attendant que Horemheb parte pour Memphis où il formera un bataillon de soldats, il te soutiendra en cas de complications, quitte à envoyer des hommes pour mater les irréductibles.

— Majesté ! objecta aussitôt Horemheb, de quels obstacles insurmontables veux-tu parler ? A mon sens, il ne s'en présentera pas.

— En effet, assura Neby en posant son air tranquille sur le jeune homme arrogant. Je ne vois pas pourquoi surviendraient des complications autres que celles que j'attends et que je saurai maîtriser avec l'aide du Chef de Police Mahou.

— Cette jeune scribe a raison, Majesté, approuva calmement le policier, j'ai été formé pour parer à toutes les situations inextricables qui peuvent se présenter. Si elle me fait confiance, je n'ai besoin de personne pour l'aider dans sa mission.

Du regard, Neby le remercia. Puis, sans rien ajouter, elle déplia ses jambes, se leva et fit quelques pas en direction du bassin qui offrait son eau limpide et bleutée cernée par les margelles de marbre blanc sur lesquelles étaient disposés de larges coussins.

Du bout de la terrasse, Ahout s'avançait de sa démarche nonchalante. Elle apportait des boissons fraîches tandis que Mouti s'affairait à disposer les petits coussins rembourrés de plumes dans le dos de Tiyi. Elle les tapota, les cala tout en observant Neby qui marchait le long de la margelle du bassin. Puis elle se tourna vers Tiyi, sa maîtresse :

— Majesté, ne voulez-vous pas vous baigner ? A cette heure, l'eau est devenue plus fraîche.

— C'est moi, Mouti, qui vais me rafraîchir, lança joyeusement Néfertiti. Et pas plus tard que maintenant. Allons, Neby, accompagne-moi. La douceur de l'eau nous fera le plus grand bien.

A peine avait-elle jeté ces mots qu'elle ôtait sa tunique d'un geste vif. Elle se trouva nue au regard de tous et n'en fut nullement gênée. Neby n'hésita pas une seconde. Elle détacha le lien qui enserrait sa taille et se libéra de sa robe qui glissa le long de ses longues jambes. Nue, elle aussi, elle offrait une image parfaite aux yeux de son public restreint. Sentant le regard des trois hommes posé sur elle, Neby se fit indifférente, dressa la pointe de ses petits seins, pas plus gros que des œufs de sarcelle, et creusa davantage son ventre plat et joliment ocré qui glissait sur un pubis soigneusement épilé. L'œil satisfait du pharaon la pesa, la jaugea, celui de rapace qu'offrait Horemheb la griffa de sa concupiscence exacerbée. Quant à Mahou, s'il était mal à l'aise, il n'en laissa rien paraître et se contenta de détailler les formes agréables et gracieuses que Neby déployait devant eux.

Elle allongea les bras au-dessus de sa tête, détendit son corps souple et plongea la première dans le bassin. Néfertiti la suivit aussitôt et les deux jeunes femmes nagèrent tranquillement jusqu'à la rive opposée de l'étang où Mouti les rejoignit en courant, une serviette de lin à la main.

*

* *

Le lendemain à l'aube, un fait étrange se produisit sans que Neby s'y attendît. Invitée à Malgatta afin de préparer avec Néfertiti les détails du plan de sa mission, elle se leva très tôt selon son habitude et partit se promener sur le port.

Là, bercée par le souffle matinal du vent, une brise encore fraîche qui, peu à peu, se muait en étouffante chaleur avec les heures de la journée, assise sur une racine de papyrus ou un vieux tronc de sycomore dont les branches avaient été emportées par une crue trop forte, Neby rêvait. C'était le seul moment de la journée où ses esprits allaient tranquillement au-devant de sa fille.

Depuis qu'elle avait vu Nephtys et qu'elle était rassurée quant à sa parfaite santé, elle ne cessait de penser à « La Croix d'Ankh » ancré dans le port de Thèbes et qu'il lui était facile d'aller retrouver chaque soir. Mais ce trajet l'aurait déstabilisée et déconcentrée de sa mission. Aussi, en quittant le navire lors de son dernier passage au port, avait-elle pris la décision, en accord avec Minhotep, de ne point venir la retrouver. Bâ et Kâ, les pigeons voyageurs, serviraient de messagers pour les tenir l'une et l'autre au courant de tout ce qui arrivait tant sur le navire qu'à Karnak où Neby devait travailler.

Oui ! Neby rêvait quand le vol des deux oiseaux au-dessus de sa tête la fit brusquement redescendre sur terre. Alors son cœur bondit de joie. Elle cria et les pigeons se posèrent sur ses épaules, poussant des petits roucoulements de plaisir qui perçaient l'air avec insistance.

— Bâ et Kâ, mes beaux oiseaux ! Est-ce Minhotep qui, déjà, vous envoie à moi ? Qu'a-t-elle écrit sur vos messages ? Ah, mes doux oiseaux, que m'apportez-vous ?

Elle saisit l'un d'eux dans sa main, le caressa quelques secondes et décrocha le petit bout de papyrus enroulé autour de sa patte.

« Nephtys t'aime », lut-elle dans un murmure qu'accueillit l'oiseau avec un bruissement d'ailes aussi léger qu'un souffle de zéphyr sur l'étang.

Songeuse, elle le lâcha et le pigeon voleta par petits coups indécis, puis se posa sur un arbrisseau dont les racines frisaient l'eau. Neby prit l'autre pigeon resté sur son épaule, inspecta minutieusement son bec jaune qu'elle lissa du doigt et vit, à la base, le minuscule point noir qui le différenciait de son compagnon.

— Et toi, Kâ ! Que dis-tu ? Ah ! Dieu d'Aton ! Dieu de Néfertiti ! Ma journée va être la plus belle de toute mon existence.

« Bonne chance », lut-elle à nouveau, la bouche collée au plumage soyeux de l'oiseau.

Neby se sentit si joyeuse et de si belle humeur qu'elle pensa aussitôt revenir au palais et renvoyer les oiseaux avec un message pour Minhotep. Puis elle se dit que trop peu d'événements étaient arrivés depuis qu'elle avait quitté « La Croix d'Ankh » et que les pigeons préféreraient sans doute se reposer quelque temps dans la grande volière de la reine Néfertiti avant de repartir en direction du port. Les mains tendues vers le ciel, elle lança dans un grand geste généreux le pigeon Kâ pour qu'il allât retrouver son compagnon perché sur l'arbrisseau qui lui faisait face. Mais, quelques instants plus tard, ils revinrent à elle et, un oiseau calé sur chaque épaule, elle reprit le chemin du palais.

Marchant d'un pas lent et tranquille, les yeux fixés au loin, à la jointure du ciel et de la terre, elle aperçut une silhouette au bout du large chemin qui menait aux deux colosses de pierre. Les statues semblaient garder joyeusement Malgatta et ses habitants. Elles veillaient sur le palais sans lassitude aucune, scrutaient de leur hauteur la moindre anomalie qui pouvait se produire, jetaient une ombre bienfaisante dans l'allée centrale qui les séparait et Neby crut que l'homme qu'elle venait de reconnaître en la personne du policier Mahou s'esquivait derrière un arbre.

Elle avança d'un pas plus alerte, sentant sous ses pieds nus le dallage du chemin qui commençait déjà à chauffer. Puis, il surgit soudain sans qu'elle eût vraiment vu les yeux avec lesquels il la regardait.

— Salut à toi, Neby ! fit-il d'un ton complaisant en se courbant légèrement devant elle.

Son sourire laissait flotter une ombre qui n'était nullement menaçante. Au contraire, ses lèvres s'écartaient dans un pli détendu et serein. Son grand front se perdait dans une épaisse toison brune, drue et frisée, qui retombait juste à la limite de sa nuque aussi puissante que celle d'un taureau. Le barbier du palais venait probablement de lui raser les cheveux et poils disgracieux, car elle s'aperçut que la dernière fois, ils tombaient beaucoup plus bas.

Elle s'avança vers lui et l'observa sans rien dire. La perfection de son allure la saisit. Son nez aux narines frémissantes, sa grande bouche pulpeuse, son menton carré, ses larges épaules, tout en lui annonçait une force de caractère peu commune qu'il dissimulait habilement derrière un air apparemment désinvolte. Sa démarche était celle d'un conquérant, d'un vainqueur, même si les aléas s'acharnaient contre lui. Neby se dit alors qu'il devait tenter de dissimuler ses contrariétés et ses échecs derrière un mur compact essentiellement fait de cran et de défi. Elle soutint son regard et, de suite, elle aima ce franc sourire qu'elle découvrait dans ce premier contact.

— Le policier Mahou, l'aborda-t-elle en souriant, va-t-il m'informer que c'est déjà l'heure de ma première conduite en char ?

— Effectivement. Nous ne devons plus perdre de temps. Es-tu prête ?

Il regarda les pigeons qui roucoulaient doucement sur ses épaules. Le bec dressé, ils humaient l'air qui se réchauffait peu à peu.

— Sois sans inquiétude, le rassura Neby, souriante et détendue. Ils voleront derrière nous. Ils adorent me suivre où que j'aille avant que j'attache un message à leurs pattes et que je les envoie là où je veux qu'ils aillent.

— Et dans un temps présent, en as-tu un à leur transmettre ?

— Il y a quelque temps, répondit-elle, je t'aurais dit non pour tromper ton jugement.

Mahou hocha la tête d'un air convaincu tout en scrutant attentivement le regard de sa compagne. Puis il leva la main et, de son index pointé, désigna l'horizon en direction de Memphis.

— Je sais que ce temps-là était l'époque où le Grand Prêtre Panehesy te recherchait, murmura-t-il d'un ton qu'il voulait rendre tranquille et détaché.

Elle s'approcha de lui et son haleine qui sentait le miel et la grenade vint perturber la sienne.

— Il me recherche encore. Autant que tu le saches maintenant, affirma-t-elle en caressant l'un des pigeons qui picorait sur son épaule.

Mahou avala lentement sa salive et murmura :

— Alors, est-ce vrai que le prochain message que

tu destines à tes pigeons voyageurs n'est pas pour lui ?

— Non.

Il tourna légèrement la tête pour ne plus sentir son parfum. Ses lèvres étaient encore rougies par la chair de la grenade qu'elle avait dû croquer avant de partir.

— Et ton amie Choutarna étant morte, poursuivit-il d'un ton dilué d'incertitude, le message ne sera pas non plus pour elle ?

— Non.

Mahou fronça le sourcil, laissa glisser ses yeux sur son corps svelte, les attarda lourdement sur ses bras, son buste, ses jambes comme pour jauger ses possibilités à mener habilement un char, puis les ramena sur son visage qu'elle tendait toujours tranquillement vers lui.

— Puis-je te questionner davantage ?

— Non.

Il écarta les jambes, posa les poings sur ses hanches et se mit à rire.

— J'aimerais que nous suivions le Nil, est-ce possible ?

— Je te suggère plutôt les bordures du désert. C'est un lieu idéal pour apprendre à mener des chevaux. Il n'y a pas d'obstacle.

Dételés du char, attendant dans une attitude paisible, les chevaux étaient attachés non loin de là, près du fleuve, à un vieux dattier qui, depuis longtemps, ne donnait plus de fruits.

— Voici Orion et Sothis, dit Mahou en présentant les deux chevaux qui l'accueillirent en remuant leur crinière.

— Ce sont de jolis noms, fit-elle en regardant le plus nerveux dont le sabot raclait maintenant la poussière.

— Oui. Ceux de deux étoiles que l'on trouve au seizième jour du mois de Paophi, expliqua Mahou en prenant le bras de Neby et en le posant sur la crinière du moins fougueux d'entre eux.

Comme elle semblait surprise, il poursuivit :

— Ils sont jeunes, mais dociles et patients. Vifs quand il le faut, tranquilles quand rien ne les oblige à se comporter autrement.

Il fit peser sa main sur celle de la jeune femme, la fit glisser sur le flanc de l'animal et l'obligea à caresser le doux pelage fauve qui se mit à frémir au contact de ses doigts.

— Comme tu le vois, ce sont des petits chevaux arabes. La reine voulait attendre avant de te les offrir, mais j'ai su la convaincre qu'il fallait débuter tes leçons avec les chevaux qui t'appartiendraient. Ils sont à toi. Dorénavant, tu ne dois plus monter sur un âne.

Elle se mit à rire, égrenant doucement les sons qui sortaient de sa gorge.

— Lequel des deux suis-je en train de caresser ? demanda-t-elle en appuyant sa main sur le flanc de celui qui portait une crinière noire.

— Orion.

Il reprit la main de Neby et la posa sur la cuisse ferme de la patte antérieure. Le cheval sembla content et fouetta l'air de sa longue queue panachée.

— L'autre, c'est Sothis. Sa crinière est fauve. Plus tard, chacun te révélera les secrets qui te permettront de mieux les différencier.

Mahou détacha les chevaux et les mena vers le char que l'on avait placé sur le dallage qui menait au port de Malgatta.

— Maintenant, regarde-moi faire quand j'attache l'attelage aux chevaux.

Elle le vit fixer les attelles, puis les serrer et vérifier que tout allait bien : le timon, les jantes, la longe, les harnais, les rênes. La coque du char était en bois de sycomore, finement décorée de feuilles entrelacées. Les roues étaient cerclées de fer, les rayonnages brillaient, les essieux paraissaient solides. Quand tout fut prêt, il arrêta son geste en plein vol — il voulait juste réfléchir — et tourna la tête vers elle :

— Panehesy va te suivre où que tu ailles, jeta-t-il en lui tendant la main pour qu'elle puisse grimper dans le char.

Elle hésita.

— Monte, fit-il.

Sans bouger, elle lança ses pigeons dans les airs.

— Allez ! Mes beaux oiseaux, suivez cet attelage là où il va. Nous rentrerons à Malgatta quand je saurai conduire ces chevaux sans bavure.

Elle saisit la main que lui tendait Mahou et sauta lestement dans la coque du char et, sans le regarder, lança d'une voix désinvolte :

— Je sais que Panehesy me suivra partout où j'irai. Mais, n'es-tu pas là, à présent, pour le dissuader de m'enlever ?

D'un bond, il sauta derrière elle.

— Crois-tu que ce soit mon rôle ?

— Bien sûr que c'est ton rôle puisque la reine te paie pour cela.

Il se cala derrière elle et la pressa contre lui. Puis, il prit les rênes dans ses mains. Il avait les doigts larges, carrés et les poignets épilés. Dans cette position, elle ne voyait que ses avant-bras et ses grandes mains nerveuses qui s'agitaient sur la corde retenant les chevaux.

Elle regarda l'horizon. Il y avait encore ces traînées bleuâtres matinales qui annoncent une chaude journée. Elle respira par petits coups, s'efforçant de rester calme. Comment pouvait-elle faire pour ne pas sentir, dans son dos, le ventre musclé de son compagnon qui réagissait à chaque pas des chevaux ? Il fit claquer son fouet dans l'air et les sabots raclèrent le sol.

— Pourquoi fuis-tu cet homme ? s'enquit-il brusquement.

— Parce que je refuse d'être la concubine d'un haut dignitaire.

D'un geste vif, il fit à nouveau claquer son fouet, mais la longue lanière tressée ne toucha ni Sothis ni Orion. Le bruit cinglant qui zébra l'air les stimula simplement et les avertit qu'ils pouvaient s'élancer sur la voie libre. Ils se cabrèrent, hennirent et prirent de l'élan. Neby se retrouva étroitement calée contre la coque du char et Mahou.

— Es-tu consciente que cela va compliquer notre tâche ?

— Pourquoi ? Parce que Panehesy est ton ami ou parce que c'est un Grand Prêtre ?

Il la pressa davantage.

— Tiens, prends les rênes et fais ce que je te dis.

Quand il les lui tendit, elle lui frôla les mains et perdit son contrôle. Les chevaux firent une légère embardée et elle s'affola un instant. Alors, il serra ses doigts fins entre les siens et retint l'attelage.

— Là ! Regarde. Tu serres à droite si tu vois que le cheval défaillant est celui de droite.

— Et je serre à gauche si je vois que c'est l'autre qui fait l'entêté. Je crois que j'ai compris ! s'écria-t-elle en éclatant de rire. Ceci dit, je ne crois pas que tu aies compris les ordres de la reine. Les instructions de Néfertiti sont au-dessus de celles du Grand Prêtre de Ptah. Panehesy ne peut plus rien contre moi. Il n'a plus besoin de police pour me rechercher. Je ne suis plus à lui.

Il lâcha un instant les rênes tout en s'assurant que Neby les tenait fermement. Puis il fit glisser ses mains autour de sa taille et, d'une pression caressante, il la fit ployer à droite, à gauche, puis d'avant en arrière.

— Là ! Vois-tu comme tu peux te mouvoir aisément sur un char ? Fixe ton regard toujours au loin. Jamais sur les bas-côtés, jamais derrière, sauf en cas de difficultés. Reste droite, mais le corps flexible.

Un caillou sur le chemin vint faire tressauter les roues et projeta le char en avant. Il se retint au rebord pour ne pas s'écraser sur elle.

— Redresse-toi. Je viens de te le dire. Un conducteur de char doit rester droit et tendu comme le tronc d'un sycomore.

— Mais, Grand Mahou, plaisanta-t-elle, tu viens de m'expliquer qu'il fallait rester souple comme la tige d'un jonc qui oscille au bord du Nil !

— Certes, mais garde le balancement de tes hanches pour tes admirateurs.

— Mes admirateurs !

— Attention ! s'écria-t-il. Lâche un peu les rênes. Les chevaux prennent de l'allure, ils n'ont plus besoin d'être autant maîtrisés. A présent, ce sont eux qui décident. Quand la route est droite, lâche du mou pour les rassurer. Nous allons suivre le fleuve jusqu'à la route de Coptos. Là, nous bifurquerons à la lisière du désert. Je pourrai t'apprendre des cas de figure qui te seront utiles.

Il lâcha sa taille et reprit les rênes avec elle.

— Oui ! J'ai dit que tes admirateurs observent tes hanches. Les yeux de Pharaon te croquaient de plaisir quand tu t'es baignée nue devant lui. Et ceux de Horemheb auraient voulu les écraser de dépit parce qu'il ne pouvait les saisir.

— Et les tiens ?

Il s'écarta d'elle, ignorant la question.

— Allons, mène les chevaux toute seule. La route est droite et je n'aperçois aucun obstacle.

— Et les tiens ? insista-t-elle.

— Les miens ont vu ce que ceux de Panehesy ont regardé et touché plus d'une fois.

— Mahou ! reprocha-t-elle. Je ne veux plus que nous parlions du Grand Prêtre. Je l'ai effacé de ma vie.

— L'aimes-tu encore ?

— Non ! cria-t-elle.

Puis, d'une main, elle se surprit à faire claquer le fouet dans l'espace et, de l'autre, à diriger les rênes pour activer l'allure de l'attelage.

CHAPITRE IV

La construction de la « Cité d'Akhet-Aton » commença le jour où Neby sut parfaitement mener son attelage. Ses deux petits chevaux arabes Sothis et Orion que, chaque jour, elle connaissait davantage, avaient appris à obéir à sa voix, ses caresses et aux flatteries qu'elle murmurait à leurs oreilles.

En ce matin où le ciel se conjuguait avec une grande harmonie avec la terre ocrée du désert et l'eau grise du Nil, là où les faucons, ivres de liberté, s'élançaient à l'assaut des roches les plus hautes, une agitation inhabituelle prenait le pas sur le silence qui, depuis des siècles, avait galvanisé le temps. Entre Memphis et Thèbes, dans la courbe qui se dessinait au flanc du cirque rocheux d'Amarna, lieu qui n'appartenait à aucun Egyptien — raison pour laquelle Akhénaton l'avait choisi — allait surgir du sable la nouvelle capitale, la ville la plus fantastique des temps de l'Egypte dynastique. On était en 1359 avant Jésus-Christ.

En quelques jours se dressèrent une multitude de

tentes qui abritaient les artisans du pharaon. Sortis pour les uns de leur triste condition et pour les autres d'un rêve dont ils ne connaissaient pas encore la brièveté mais qui, au fil des jours, devait se concrétiser dans la plus pure des merveilles, tous allaient élever le nouveau palais du pharaon et de son épouse, la belle Néfertiti.

A proximité du lieu où avaient été plantées les tentes, tout un peuple s'agitait sous les monceaux de briques accumulées, les blocs d'albâtre que l'on transportait de la carrière avoisinante et la pierre que l'on devait extraire des régions plus lointaines. Certes, le nouveau pharaon ne manquait ni de main-d'œuvre ni de matières premières. Tout était mis à sa disposition pour que l'œuvre grandît en même temps que les espoirs les plus fous.

Dans les temps qui suivirent, on creusa des égouts pour les immondices bien qu'une grande partie fût directement jetée derrière les limites que l'on avait tracées avec des bornages. Puis on fora des puits aux extrémités de la ville naissante, on creusa l'emplacement du lac à proximité du palais, on installa des fabriques et des ateliers avant même d'avoir commencé le travail de construction proprement dit.

Tout était structuré, organisé, calculé. Le moindre détail avait été contourné, maîtrisé. Une ville artificielle allait bientôt sortir du sable avec les somptueux édifices qui feraient bientôt rêver chaque étranger passant devant eux. Oui ! Celui qui, par pur hasard ou par ouï-dire, entendrait parler de la splendeur que constitueraient le palais, les jardins, les étangs, les dépendances et les belles et spacieuses résidences que s'alloueraient les dignitaires et les membres de la cour, celui-là n'aurait de cesse de venir voir de ses yeux la magie de ce lieu unique.

Plus loin, dans un site limité à l'arrière du palais, de simples maisons de briques viendraient en consolider les renforts. Ces maisons-là seraient celles des artisans plus modestes, les potiers, les briquetiers, les menuisiers, les tailleurs de pierre, ceux qui travaillaient pour les Grands, les Intendants et les Chefs de chantier. Leurs maisons comporteraient deux, trois ou quatre pièces, selon l'importance de leur famille, une terrasse en étage pour saler et sécher les denrées et une cave pour le rafraîchissement des boissons et des aliments périssables. Un jardinet leur serait octroyé afin de pouvoir cultiver quelques fruits et légumes.

Mais il faut dire que la masse entière des travailleurs de « La Cité d'Akhet-Aton » n'était pas seulement composée de ces artisans-là. Restait toute une classe sociale parmi les plus défavorisés, de pauvres gens qui avaient suivi les pas d'Akhénaton en pensant que c'était peut-être la fin de leur malchance et que le nouveau dieu dont le pharaon parlait avec tant d'emphase serait plus clément que tous ceux auxquels ils ne croyaient d'ailleurs pas. Des dieux qui les avaient ignorés comme s'ils étaient des voleurs, des bandits, des parias. Pourtant, ils travaillaient de l'aube à la nuit tombante jusqu'à l'épuisement total, tirant les ânes, les bœufs, les blocs de pierres, portant les lourds chargements d'eau, de sable ou de briques, recevant les ordres, les menaces, voire les coups quand le travail ne s'effectuait pas assez vite.

Adossés contre la montagne dans des masures de boue séchée, ils devraient se contenter de la maigre pitance qu'on leur allouerait pour salaire ou des déjections que lanceraient au-dessus du mur d'enceinte leurs voisins plus favorisés, les artisans du village. Ces masures allaient se révéler les plus misérables qui fussent. Ah ! Pourquoi ce pauvre peuple avait-il quitté les bords d'un Nil qui lui apportait plus de confort dans la misère que les contreforts d'une montagne sans pitié ?

Mais revenons à l'aspect prestigieux de ce qui allait émerger du sol et plus encore, au côté laborieux qui devait en découler. De cette terre que personne encore n'avait foulée jusque-là, de cette terre limitée à l'est par la montagne et à l'ouest par le Nil, toute une cité devait réunir plus de cent mille personnes.

A cet endroit, le Nil était d'une largeur immense et les parois rocheuses, à l'arrière, s'élevaient dans une écrasante proportion, mais elles offraient au regard les flancs laiteux d'une carrière de pierres dans laquelle une porte rocheuse s'ouvrait sur une vallée merveilleuse qui s'avançait en s'élargissant sur le fleuve.

Entrepreneurs, chefs de chantier, peintres et sculpteurs s'activaient sur le nouveau site. Thoutmès, Aouta et Bek n'étaient pas les derniers à rester inactifs, mais comme l'Egypte n'en était plus au temps de l'Ancien Empire où sculpteurs, peintres, menuisiers d'art, embaumeurs, scribes, orfèvres et joailliers travaillaient côte à côte, chaque artiste avait prévu de se ménager un atelier afin de diriger les travaux autour des élèves qu'il formait.

Les temps changeaient et ce n'était pas Akhénaton, le pharaon hérétique, qui réclamait de revenir aux anciennes traditions. Ainsi les perles de verre ne roulaient plus à côté des godets du peintre, les copeaux du menuisier ne se mêlaient plus aux éclats de pierre qui voltigeaient et retombaient en poussière sur le sol et les herminettes du sculpteur ne côtoyaient plus les bandelettes ou le natron du momificateur. Chacun disposait du coin idéal pour mener à bien l'immense tâche qu'on lui avait imposée.

Maîtres ouvriers et apprentis étaient tous au travail. Ils allaient, venaient, raclaient, tapaient, martelaient, lissaient et polissaient avec cette ardeur qu'ils tenaient de leur propre enthousiasme à servir un pharaon qui leur communiquait un délire inhabituel, un dieu qu'ils ne connaissaient pas encore, une idéologie nouvelle dont ils devaient découvrir plus tard les effets secondaires.

*
* *

Le matin où Akhénaton et Néfertiti arrivèrent à la « Cité d'Akhet-Aton » sur leur char d'apparat, le ciel était d'une limpidité extrême. C'était le premier jour du mois de Pharmouti, jour où les semailles commençaient parce qu'un limon noir et fertile s'était généreusement déposé sur la terre qui bordait le Nil.

Les frontières de la nouvelle ville étaient fixées et le char du pharaon, parti de Thèbes dès que les premières lueurs du jour s'étaient levées dans un ciel transparent et rosâtre, avait filé à vive allure. C'est à peine s'il avait freiné devant les troupeaux de gazelles ou les rassemblements de petits fennecs dont le pelage doré se confondait avec le sable du désert. L'enthousiasme du jeune couple n'avait d'égal que son impatience à voir les travaux terminés.

Avant que la nuit ne tombât et que le ciel s'obscurcît, le char arrivait au galop à « La Cité d'Akhet-Aton » dans un nuage de poussière. Tiré par des chevaux blancs à la crinière vaporeuse, l'attelage était éblouissant avec sa coque plaquée de feuilles d'or et ses roues à rayonnages d'argent que des orfèvres avaient eux-mêmes façonnés.

Debout, serrés l'un contre l'autre, Akhénaton tenait Néfertiti par la taille, le buste tendu vers l'avant du char et, d'une main ferme, il dirigeait adroitement les rênes de ses chevaux. C'était la seule activité physique que le jeune pharaon s'octroyait. Il avait, en effet, horreur des autres manifestations sportives, qu'il s'agisse de chasse, de pêche ou de toute autre forme de combat de détente.

Le char s'arrêta devant la rangée de dignitaires qui attendaient immobiles. Les grands du royaume, les fonctionnaires, les courtisans, les nobles, tous ceux qui venaient de quitter Thèbes pour servir et honorer le pharaon dans sa nouvelle cité étaient présents. Seuls, quelques fidèles étaient restés à Malgatta aux côtés de la reine Tiyi, préférant s'incliner devant les anciennes traditions.

Quant aux plus irréductibles, ils avaient catégoriquement refusé de suivre le pharaon, opposant leur désaccord sur le nouveau dieu qu'Akhénaton voulait élever et s'affichant dans le sillage des prêtres d'Amon pour mieux marquer leur hostilité. Ils restaient donc à Thèbes, dans leur belle et grande résidence, convaincus qu'une erreur venait troubler l'ordre du pays et attendant que les divinités ancestrales montrassent leur colère en anéantissant l'imposteur.

Les autres, ceux qui croyaient en Pharaon et en sa nouvelle doctrine — il y en avait, certes, quelques-uns d'aussi fous que lui ou tout simplement ceux qui ne voulaient pas risquer un éloignement qui contrarierait leurs ambitions ou leurs promotions — s'inclinaient devant Akhénaton, la bouche étirée dans un sourire figé et l'œil allumé de concupiscence.

Ay, l'Intendant des Charreries Royales, Ramose, le Vizir de Thèbes, Nakht, le Chambellan, Panehesy, le Grand Prêtre de Ptah, Bek, Thoutmès et Aouta qui devaient concrétiser par leurs idées et leur travail ce bel ensemble architectural, les uns sincères, les autres plus intéressés, figuraient au premier rang de l'assemblée.

Au second rang se tassaient l'Intendant des Greniers à blé, celui des Troupeaux du Domaine, le Grand Ecuyer et l'Ecuyer Tranchant, le Capitaine de la Flotte Royale et le Grand Général des Armées. Plus à l'arrière se tenaient postés les nobles de Thèbes et de province venus se rallier à la cause du pharaon.

Quand les chevaux cessèrent de piaffer et que leurs sabots s'immobilisèrent sur le sol chaud et sableux, Akhénaton tourna le visage vers ses courtisans. Il était vêtu d'un pagne court, le buste dénudé comme un simple artisan, le cou entouré d'un pectoral ordinaire et le front ceint d'une couronne en forme de bandeau trapézoïdal, identique à celle que portait son épouse.

Néfertiti était enveloppée d'une robe légère, vaporeuse et plissée, qui s'ouvrait sur son ventre arrondi. Une cape transparente en lin blanc recouvrait son torse dénudé et, à chaque mouvement de son long cou fragile, ses épaules, sous la fine étoffe translucide, se mouvaient comme les ailes d'un cygne.

Le seul signe de royauté qui les distinguait de cette foule amassée sur les bords du fleuve, près des tentes dressées pour la nuit, était cette curieuse coiffure en forme de trapèze recouverte de pierres précieuses sur toute la largeur d'une bande horizontale.

Ay fut le premier à venir vers eux. Il aida la reine, sa fille, à descendre du char.

— Mon père, dit Néfertiti, comme il me plaît de vous voir là, en ce lieu qui deviendra le plus célèbre de tous les temps. Ah ! Comme il me serait agréable d'y voir aussi ma mère !

— Ne la brusquons pas, Majesté, répliqua le Grand Ay en souriant à sa fille. Je pense qu'elle y viendra prochainement, poussée par votre jeune sœur qui ne voudra point manquer les festivités de « La Cité d'Akhet-Aton ». En attendant, que cette cité reste un lieu de prédilection pour votre règne, ma fille, et que vous y viviez dans la vérité et dans l'éternité.

Puis, il se prosterna jusqu'au sol et attendit que Néfertiti lui enjoignît l'ordre de se relever.

Soudain, deux autres chars arrivèrent dans un fracas de roues qui éraflèrent le sol. Celui de Horemheb, suivi de près par celui de Mahou. Leurs chevaux à peine apaisés, l'haleine fumante sortant encore de leurs naseaux haletants, ils sautèrent à bas de leur attelage, tendirent les rênes aux palefreniers qui accouraient vers eux et se placèrent devant les gardes immobiles pendant que le couple pharaonique se dirigeait vers le dais royal.

Bleu et or, aussi large qu'un toit de pavillon élevé au centre d'un jardin, il avait été tendu la veille et on avait choisi de belles colonnes d'albâtre pour en soutenir les quatre extrémités. Il abritait un double trône dont le dossier et les accoudoirs en bois plaqué d'or et de lapis-lazuli scintillaient dans les rayons du soleil qui tombaient en oblique sur les bas-côtés. Voilà un spectacle qui réjouissait le cœur d'Akhénaton et il se repaissait de cette vision colorée d'azur et de soleil qui se fondait dans la nature à la teinte identique.

Le pharaon et la reine prirent place, la joie irradiant leur visage. Quand ils furent assis, Akhénaton prit la main de Néfertiti et la serra dans la sienne afin que chacun vît combien il aimait son épouse. Puis sa voix s'éleva, haute et claire, vibra dans le soleil :

— Que les Grands de ce royaume, les Chefs d'Armée, de la Flotte et de la Police Nationale s'approchent et me jurent fidélité.

Ils avancèrent tous d'un pas et plongèrent à terre, les genoux pliés et les mains posées à plat sur le sol. Leur nez touchait le sable, les grains d'une finesse extrême qui volèrent devant eux vinrent chatouiller leurs narines, ce qui leur fit lever le visage afin d'éviter l'éternuement qui les menaçait.

— Relevez-vous, dit le pharaon en posant sa main sur le bras de son épouse.

Cette attitude donnait à la célébration un ton officiel qui n'était pas du goût d'Akhénaton et il ne put s'empêcher d'y apporter un caractère personnel, voire intime, en glissant sa main sur le ventre de sa femme. Geste que chacun vit et mesura d'un œil dont la prunelle n'était certes pas indignée, juste un peu déconcertée pour les uns, étonnée pour les autres. Ah ! Il était évident que le peuple égyptien n'avait encore jamais vu une telle manifestation publique de tendresse entre un pharaon et son épouse !

Au temps de ses prédécesseurs, une fête immense aurait rassemblé devant lui danseuses, musiciennes, jongleurs, jeunes et jolies concubines encerclées de leurs servantes. Akhénaton refusait un tel spectacle. Il demanda simplement qu'on amenât les prisonniers et les esclaves qui travaillaient dans les mines avoisinantes et, quand ils furent devant le trône, il jeta d'une voix forte :

— Hommes d'Egypte, étrangers ! Que vous soyez bandits ou contestataires, voleurs ou meurtriers, jurez de me servir et d'adorer le dieu Aton toute votre vie. C'est à cette seule condition que vous serez libres.

Des murmures parcoururent l'assemblée des prisonniers et tous se jetèrent au sol, jurant bien entendu que seul ce dieu-là, un dieu dont ils entendaient le nom pour la première fois, serait leur soutien à vie entière. Certains même parmi les plus hardis déclarèrent à voix haute qu'ils iraient jusqu'à lui présenter des offrandes dès qu'ils seraient en possession d'un salaire ou de quelques biens honnêtement gagnés.

Alors, sans se préoccuper de l'œil désapprobateur de ses courtisans et de ses hauts dignitaires, le jeune pharaon ordonna qu'on les libérât et qu'après les avoir recensés on les laissât aller où ils voulaient pour commencer leur vie nouvelle.

Akhénaton n'était pas dupe et il savait que Tiyi, sa mère, aurait eu un mot de contestation, peut-être même de colère, devant un tel désir de clémence envers de vils prisonniers qui ne tarderaient pas à commettre de nouveaux délits. Mais, puisque désormais Tiyi n'assisterait plus aux assemblées officielles, Akhénaton pouvait agir comme bon lui semblait et il lui paraissait tout naturel que, pour consolider le nom de son dieu, chaque couche de société fût concernée.

Tiyi absente, Néfertiti prenait la relève et chacun le savait. D'ailleurs, elle remplissait son rôle de plus en plus naturellement, avec une sérénité qui eût étonné la reine-mère.

En observant sa fille, Ay se dit qu'elle allait prendre la parole d'un instant à l'autre alors que son époux la regardait d'un air contemplatif. Il n'avait pas tort, car Néfertiti leva le visage et pointa son fin menton vers la foule.

— Vous savez tous, jeta-t-elle d'un ton clair et plaisant, que la reine-mère Tiyi doit rester à Thèbes pour surveiller la ville et le bon déroulement de son négoce, inspecter comme il se doit les temples de Karnak et veiller à l'ordre des choses. Elle poursuivra la correspondance et les contacts avec les pays du nord, afin que nos frontières restent en parfaite harmonie avec l'Egypte et que le transfert de notre siège se fasse sans encombre.

Elle fit un léger mouvement de tête, pour s'assurer que les dignitaires l'écoutaient, puis elle reprit d'une voix tout aussi agréable :

— La reine Tiyi à Thèbes et moi, votre souveraine à « La Cité d'Akhet-Aton », tout se passera le mieux du monde. Je vous l'assure.

Le pharaon acquiesça de la tête et prit la parole à son tour :

— Ici, il n'y aura que le dieu Aton et son disque solaire à honorer. Nous ne parlerons que de lui, ne penserons qu'à lui et ne vivrons que par lui. Ces paroles étant claires, aucune tergiversation ne sera acceptée sous peine d'expulsion. Aton est, désormais, le maître tout-puissant. Les temples n'accepteront que des offrandes qui lui seront consacrées. Toutes les festivités qui s'organiseront sur ce lieu se dérouleront en sa faveur et moi, Akhénaton, le pharaon nouveau, exige de mes fidèles qu'aucun nom d'un autre dieu ne soit prononcé dans cette cité.

Un silence tomba sur l'assemblée et personne ne broncha. Ay glissa un regard vers Horemheb qui se tenait immobile. Il savait qu'il enfermait en lui de profondes convictions religieuses qu'un jour il ferait resurgir comme une ombre trop longtemps compressée. Puis ses yeux se tournèrent vers ses amis Nakht et Ramose. Ceux-là, tout comme lui d'ailleurs, sauraient adopter la souplesse de jugement et la tolérance nécessaires à la situation pour rester fidèles à leur nouveau maître.

Quant aux artistes Bek et Thoutmès, ils étaient depuis longtemps endoctrinés à la nouvelle idéologie du jeune pharaon. Trop content, enfin, de pouvoir faire éclater son style artistique personnel qui n'avait rien de commun avec les traditions ancestrales, Bek jubilait en traçant les esquisses de ses dessins, prenant pour appui non plus des sujets stéréotypés de dieux à têtes d'animaux ou de pharaons aux attitudes figées, mais des scènes vivantes et quotidiennes. Enfin, on verrait sur les parois des bas-reliefs le pharaon et son épouse respirer, s'aimer, manger, conduire un char, s'enlacer, se parler, en un mot, vivre une simple vie terrestre.

Thoutmès, quant à lui, se repaissait des images de la belle Néfertiti qu'il taillait nuit et jour dans d'énormes blocs de grès, de marbre, d'albâtre ou de quartzite. Elle lui offrait si bien et si généreusement son beau visage aux traits parfaits, son buste ou même son corps souvent dénudé qu'il ne pouvait rêver à un meilleur modèle.

Les rayons du soleil tombaient brûlants et impitoyables, mais chacun s'efforça de ne rien laisser paraître quant à la sueur qui coulait sur les visages. On récita un hymne dédié à Aton. C'était une litanie minutieusement étudiée qui se terminait par la glorification du pharaon et les bienfaits qu'il apporterait sur terre par l'intermédiaire de la foi qu'il avait en son dieu.

Le couple pharaonique paraissait détendu, aimable, prêt à céder de l'or à tous ceux qui l'honorerait avec fidélité. Il y avait longtemps que les dignitaires et les courtisans avaient compris que la chaleur intense du ciel en plein zénith ne gênait ni l'un ni l'autre et, il faut bien le dire, c'était chose étrange de voir que la cour entière suait abondamment en s'essuyant le visage et le cou chaque seconde qui passait.

Ay se tourna vers Néfertiti, sa fille adoptive, celle qu'il avait décidé d'élever en accord avec Theyi son épouse et la reine Tiyi quand l'enfant avait été trouvée dans les marais boueux du Nil, un jour de crue dévastatrice. A cette époque sa femme ne pouvait pas avoir d'enfant, puis un matin de la saison d'Akhit, alors que Néfertiti était devenue une belle adolescente, elle avait appris de ses lèvres chaleureuses la bienheureuse nouvelle à son mari comme on offre un présent auquel l'autre ne s'attend plus. Theyi était enceinte et devait, plus tard, donner le jour à une seconde fille, Moutjenet, déjà offerte en mariage au grand ami du pharaon, l'officier Horemheb.

Oui, Néfertiti, de plus en plus détendue, souriait à l'assemblée, une main soutenant son ventre arrondi, l'autre pressant le bras d'Akhénaton.

— Et vous, mes chères suivantes, dit-elle en se retournant vers Bastet, Sekmet et quelques autres jeunes femmes qui n'avaient pas hésité à la suivre en ce lieu pour l'instant désertique, je vous serai reconnaissante mille fois de votre fidélité à mon égard.

Ses lèvres restèrent ouvertes et suspendues un instant, puis l'ombre d'une grimace vint perturber le tracé de leur ligne parfaite et elle retint une contraction qui lui fit plier le ventre.

— Mon aimée ! s'écria le pharaon, est-ce donc bientôt la délivrance ?

— Pas encore, souffla la reine en se redressant. Pas encore.

Bastet s'était précipitée au-devant d'elle, bravant tous les usages. La reine lui saisit la main. Son visage blanc n'était plus crispé et elle avait repris son sourire habituel. Doucement, sa compagne tâta le ventre royal que les pans de la robe large et plissée laissaient apparaître dans une forme rebondie accusant l'avancée de la future naissance.

— Il faut vous allonger, Majesté.

— Merci, Bastet, répondit Néfertiti. Cela va mieux à présent.

— Majesté ! Vous n'êtes pas sérieuse, reprit la jeune femme d'un ton qu'elle essaya de rendre péremptoire. L'enfant doit venir prochainement. Ce n'est plus qu'une question de jours.

— Peu importe, puisque tu restes à mon côté. Tu seras là quand il faudra.

Ay s'approcha.

— Majesté ! Vous ne pouvez accoucher en public.

Il n'avait pu s'empêcher de jeter ces mots de réprimande, mais il savait que sa fille se sentait capable d'aller à l'encontre de toutes les vieilles traditions d'Egypte. Il savait aussi qu'elle ne se laisserait pas perturber par l'idée d'accoucher devant son peuple, là, devant les yeux du dieu Aton et surtout ceux de la cour qu'elle voulait braver par une provocation évidente.

Certes, pour ce jeune couple qui aimait jouer la

modernité, n'était-ce pas la meilleure image de vie quotidienne qu'il pouvait offrir au peuple ?

— Veux-tu vraiment t'allonger ? questionna le pharaon.

Néfertiti aurait voulu ne pas capituler, mais une nouvelle contraction la prit, plus forte que la précédente.

— Sans aucun doute, je vais aller m'étendre en compagnie de Bastet. Ne t'inquiète pas, mon Aimé, je serai rétablie pour le repas du soir. Mes suivantes m'aideront. Ah ! Thoutmès, jeta-t-elle en se tournant soudainement vers le jeune sculpteur, as-tu apporté le bloc de quartz pour commencer mon nouveau buste ?

— Oui, Majesté, fit le jeune homme en se courbant devant elle.

— Alors, nous commencerons demain. Et toi, Sekmet, ajouta-t-elle en pointant son index vers la jeune femme qui se tenait au rang des dignitaires, as-tu pensé au gorgerin de turquoises que je t'ai commandé ?

— Certainement, Majesté, mes artisans sont en train d'en achever la confection.

Réprimant une nouvelle contraction, Néfertiti quitta majestueusememt l'assemblée, entourée de quatre de ses suivantes.

Tard le soir, on alluma des centaines de torches près des tentes dressées dans le sable. Puis, on disposa des pierres d'autel et on apporta de l'encens pour remercier Aton d'avoir trouvé un site aussi grandiose, aussi prodigieux, aussi solennel pour élever son image. Enfin, on rassembla des cuisses de bœufs, du gibier, des poissons fraîchement pêchés et on les grilla sur de grands braseros. On amena des jarres pleines de vin, des fruits et de beaux légumes. Enfin, on apporta du pain, des oignons et de la bière pour distribuer au petit peuple qui se pressait aux limites extérieures, bien au-delà des tentes.

*
* *

— Ah ! Bek, mon ami, s'exclama le pharaon, tu as dessiné le plan le plus judicieux qui soit. Tu as fort bien su délimiter le territoire avec ces stèles frontières qui enfermeront la ville. Ce seront là de belles bornes visibles de tous.

— Le poste de douane sera dressé au nord, Majesté, déclara Bek d'un ton suffisamment ferme pour montrer qu'il avait parfaitement étudié le projet, ainsi que les entrepôts qui recevront les tributs étrangers.

Du doigt, il suivit les lignes tracées en fines hachures sur le papyrus déroulé devant les yeux du pharaon.

— Quant aux archives, reprit-il en soulignant de l'index un emplacement plus central, elles seront placées là, afin que les scribes ne soient pas trop éloignés du palais.

— Et les artisans, Bek ?

— A l'arrière, Majesté. Nous prendrons le modèle sur le village de Médineh. Il faut que les artisans soient regroupés tout en prenant garde à ne pas mêler entre elles les diverses corporations. A présent, les maîtres ont leurs élèves. Les ateliers auront ainsi plus d'importance.

— Bien, Bek. Ta ville semble parfaitement agencée.

— Majesté, dit Thoutmès qui n'avait pas encore parlé, il m'a semblé quc nous devions aussi parler des fondations de la future ville.

— Soit ! Qu'as-tu prévu ?

Thoutmès parut se concentrer un instant, puis s'approchant du pharaon, il se décida à confier son idée :

— Concevoir les fondations en briques fabriquées comme à l'ordinaire, à base de limon du Nil, ne m'apparaît guère judicieux, Majesté.

— Vas-tu me dire pourquoi, Grand Thoutmès, toi qui travailles la pierre ? plaisanta le pharaon dans un sourire déjà complice.

— Parce que si ces fondations sont renforcées de pierres finement taillées, elles seront plus solides et plus durables.

— Veux-tu dire immortelles ?

— Certes, Majesté. J'en suis convaincu.

— Et où prendras-tu la pierre ?

— Elle sera extraite des carrières de Haute Egypte et viendra par bateau jusqu'ici.

Le pharaon se tourna vers le Grand Chef de Chantier qui, jusque-là, n'avait pas encore osé donner son opinion.

— Qu'en dis-tu, Aouta ?

Aouta était un homme robuste, les épaules roulées comme celles d'un débardeur et les cuisses velues comme celles d'un bédouin venu du plein désert. Noirs et crépus, ses cheveux abondants retombaient le long de son cou trapu. Il ne portait ni perruque ni tunique. Seul un pagne court assez grisâtre dont les pans retombaient entre ses cuisses constituait son unique vêtement. Bref, Aouta était un homme de basse extraction qu'on avait engagé pour ses idées novatrices, son sens du concret et l'assiduité qu'il avait au travail. Un de ces hommes du bas peuple, compétent et travailleur, qui promettait de n'adorer que le disque solaire, dont le pharaon allait désormais s'entourer pour renforcer son pouvoir.

Flatté par la question de son souverain, Aouta se redressa.

— C'est évident, Majesté, affirma-t-il en acquiesçant de la tête, ces fondations résisteront mieux que celles de Malgatta, le palais de votre mère, la reine Tiyi.

— C'est juste, c'est juste. Je veux que ma ville résiste à tous les fléaux. Car le dieu Aton nous enverra sans doute plus d'une épreuve à surmonter. Nous ferons front en lui faisant beaucoup d'offrandes.

— Cette pierre est solide, mais offre l'avantage d'une friabilité facile à obtenir.

Akhénaton hocha la tête et sembla satisfait.

— J'ai vu en passant sur mon char que tous les ateliers de briques étaient construits. Va-t-on pouvoir commencer leur fabrication ?

— Les ouvriers sont au travail, Majesté, reprit Aouta en fixant le pharaon droit dans les yeux. Il n'y a plus qu'à perfectionner le séchage des briques. J'ai conçu un nouveau procédé qui va nous faire gagner un temps appréciable.

— Qu'est-ce donc ?

— Cet homme est un magicien, Majesté, fit Bek qui semblait ne pas vouloir ôter du mérite au chef de chantier. Il va vous expliquer l'objet de sa recherche.

Aouta eut un léger sourire et ses lèvres épaisses s'écartèrent sur des dents blanches et saines.

— Le séchage des briques tel qu'il s'effectue, poursuivit-il sans cesser de fixer le pharaon de ses yeux noirs et mordants, provoque un rétrécissement irrégulier de chacune d'elles. Ce qui diminue fortement la solidité de l'ensemble. J'ai donc prévu un système de séchage par le vide.

— Intéressant ! Très intéressant, fit le pharaon en soutenant le regard du chef de chantier. Explique-moi, Aouta.

— Sur le rang inférieur de la première pose, il faut placer les briques les unes contre les autres dans le sens de la longueur et, pour la couche suivante, il faut les disposer trois par trois dans le sens de la largeur. Entre chaque couche, il reste ainsi un espace creux où l'air peut circuler librement. J'ai remarqué que, de cette façon-là, chaque brique sèche non seulement plus vite, mais aussi beaucoup plus régulièrement.

— Astucieux, astucieux ! approuva le pharaon. Veux-tu dire qu'ainsi les briques auront toutes une dimension égale ?

— Exactement.

— Veux-tu dire aussi que le travail avancera avec une rapidité plus grande ?

— C'est évident, Majesté. De plus, j'ai conçu une nouvelle technique. Celle d'introduire des poutres de bois dans la maçonnerie pour assurer la stabilisation statique de l'ensemble.

— Parfait ! s'écria le pharaon enchanté. Je te récompenserai de ton savoir et de ton travail.

Et, se frottant les mains, il se retourna vers Bek :

— Comment as-tu dessiné la voie centrale ?

— Très large, très spacieuse.

— Pourrai-je me rendre aisément de mes appartements personnels aux diverses résidences ?

— Certainement, Majesté. Ce point-là est resté l'une de mes préoccupations principales. Vous pourrez rejoindre les résidences en traversant juste le pont couvert.

— Ah ! Tu es un génie mon ami. Et ceci, qu'est-ce ? ajouta-t-il en plissant les yeux et en pointant son index sur un grand carré hachuré et dessiné en rouge.

— C'est une grande loggia qui vous permettra d'observer le peuple lorsqu'il vous ovationnera.

— Nous l'appellerons la fenêtre des apparitions et nous y distribuerons des récompenses, signifia Néfertiti qui n'avait encore rien dit et qui se reposait sur un sofa d'osier dans un angle de la tente.

Bek hocha la tête et poursuivit d'un ton tranquille :

— La grande voie centrale suivra le Nil. Plantée d'arbres, elle s'allongera du nord au sud et sera bordée par tous les édifices importants.

— Alors, s'exclama Néfertiti enthousiaste, je veux que le petit temple de Marou-Aton soit tourné vers le sud et j'exige qu'on y creuse un lac artificiel.

— Certes, confirma le pharaon qui acceptait

toutes les idées de la reine, il faut que l'étranger venant de Thèbes longe tout d'abord cette voie bordée de pavillons aérés et alors, ce lac dont tu parles, mon Aimée, fit-il en caressant la main de sa femme, n'en sera que plus flatteur.

Bek fit quelques pas sous la tente. La chaleur du soir se faisait lourde et oppressante. Il passa l'une de ses mains derrière son cou pour en essuyer la sueur qui coulait désagréablement jusque dans son dos et revint à son plan.

— Cet étranger dont vous parlez, Majesté, qu'il vienne de Thèbes ou de Memphis, remarquera ensuite les magasins du sanctuaire d'Aton. Puis, à gauche de cette large avenue, je ferai bâtir la grande salle hypostyle du palais royal dans laquelle se tiendront les audiences.

— Bien ! Bien, fit le pharaon en déposant un léger baiser dans le cou de la reine. Il me plaît que les dignitaires, dont tu fais partie, Bek, fassent construire leur résidence tout au long des voies centrales.

— Et, quand le visiteur continuera sa marche vers le nord, poursuivit Bek d'un ton pensif, qu'il soit en bateau ou sur son char, il se trouvera dans l'obligation de passer sous le pont surélevé qui servira de communication directe entre vos appartements, Majesté, et le palais officiel.

— Je veux que, près du pont central, dit encore Néfertiti, une voie d'accès soit construite pour que les chars puissent tourner aisément, car je veux me promener quand je le souhaite et seule si je le désire. Je ne veux pas me trouver devant un ridicule problème qui réclame un conducteur à tout bout de champ.

— C'est prévu, Majesté, coupa précipitamment Aouta. Cette rampe sera en terre séchée pour éviter que les chevaux glissent, mais elle sera pavée et ombragée sur les bas-côtés de manière qu'il y ait toujours quelques attelages qui attendent.

Dans un autre angle de la tente, se tenait un homme, grand, imposant et de belle allure, qui n'avait pas encore parlé. Resté à l'écart et se tenant immobile en attendant que le pharaon lui adressât la parole, il écoutait attentivement. Puis, il avança d'un pas lent quand Akhénaton se tourna vers lui.

— Ta maison, Panehesy, sera près du sanctuaire d'Aton. Ce sera, certes, la plus spacieuse. Il faut que le Grand Prêtre qui représente mon dieu soit bien logé afin de lui rendre les meilleurs hommages.

Le pharaon s'approcha de Panehesy, fixa son regard et crut y déceler une ombre de dépit.

— Ta maison sera richement meublée et possédera jardins, kiosques, étangs et allées où l'ombrage te sera largement accordé. Je ne veux pas que tu regrettes tes domaines de Memphis que tu conserveras, bien entendu, mais sur lesquels désormais, tu ne pourras vivre qu'à la saison d'Akhit, quand les crues nous immobilisent et que nous ne pouvons rien faire d'autre que patienter.

Il attendit que le Grand Prêtre jette quelques arguments contraires, mais voyant qu'ils ne venaient pas, il poursuivit en plantant son œil pointu dans celui de son compagnon non moins affûté que le sien.

— Sais-tu que le refus de ton épouse à venir

vivre près de toi à « La Cité d'Akhet-Aton » te donne droit au divorce ?

— Oui, je le sais.

— Et elle ?

Panehesy hocha la tête.

— Allons, mon Aimé, contesta Néfertiti en souriant à son époux, n'est-ce pas le cas de ma mère qui, elle aussi, refuse de suivre mon père le Grand Ay ? Il ne divorcera pas pour autant.

D'une voix douce, le pharaon crut bon d'opposer une idée contraire à celle de la reine :

— Mais pas du tout, ma reine, Theyi est l'une des suivantes de Tiyi. Il est normal qu'elle reste à son côté, tandis que l'épouse de Panehesy est libre de tout engagement et son devoir est de venir s'installer ici.

— Mon époux bien-aimé, répliqua Néfertiti d'un ton léger, je ne connais pas suffisamment la femme de Panehesy pour en faire l'une de mes suivantes.

Elle se retourna vers le Grand Prêtre qui esquissa un sourire ambigu.

— Reconnais-le, Panehesy.

— Oh ! Peu importe ! fit le pharaon en posant son bras sur l'épaule du Grand Prêtre. Je serai magnanime. L'essentiel est que toi, mon compagnon et mon ami, tu vives à mon côté la grande expérience de l'élévation suprême de notre dieu unique que j'appelle Aton et que tu oublies celui que tu as honoré jusqu'à présent et qui se nomme Ptah.

CHAPITRE V

Les artisans de Deir-el-Médineh et des abords du Nil qui côtoyaient le village désertaient peu à peu leurs bâtisses pour vivre à « La Cité d'Akhet-Aton ». Une aube nouvelle arrivait et celui que le sort n'avait pas suffisamment privilégié mettait son espoir entre les mains de ce nouveau dieu qui les réclamait avec tant d'insistance. Là-bas, pensaient-ils, les pauvres n'existeront pas. Il y aura du pain, de l'huile et du vin pour tous comme il y a de l'air et du soleil.

Sehotep, le potier, ne cessait de tourner dans sa tête les avantages que cette mutation allait lui apporter. Un travail quasiment offert sur un plateau d'argent. La reine y veillerait. N'avait-elle pas exprimé le souhait devant l'assemblée des dignitaires que tous ses objets personnels, coffrets, pots, vases, bols, assiettes, gobelets, vasques, pieds de lampes, boîtes, coupelles, colonnes de supports, canopes et tant d'autres petits et grands objets qui servaient à sa vie quotidienne soient réalisés par son frère de lait Sehotep ?

Mais, depuis quelque temps, sa femme Nésert cherchait à lui ôter cette idée de la tête en noircissant le tableau qu'il s'efforçait de rendre euphorique.

— Je ne suis pas convaincue que cette idée d'aller là-bas soit excellente, lui dit-elle ce matin même où l'agitation du village se faisait de plus en plus dense.

— Mais pourquoi ?

Nésert pinça sa petite bouche passée au henné et ne répondit pas.

— Pourquoi ? répéta Sehotep en posant sur sa femme un regard tranquille.

Elle croisa ses yeux clairs et y lut un étonnement total.

— Par tous les dieux ! Vas-tu me dire pourquoi ? demanda-t-il encore.

Il avait cette attitude qu'il prenait parfois quand le doute saisissait son esprit, peu compliqué pourtant, mais qui s'embarrassait facilement devant la complexité des choses.

— Parce que nous sommes très bien ici, se décida-t-elle à jeter d'un ton froid. Nous avons l'atelier de mon père, cela ne te suffit-il donc pas ?

— Mais nous devons partir, Nésert. C'est ainsi et tu le sais.

— Eh bien moi, je ne le désire pas.

Son mari la regarda, incrédule. Depuis plusieurs jours, il ne comprenait plus sa femme. Elle se taisait, boudait, ne mangeait plus, restait prostrée des heures entières à regarder les tours qui ne fonctionnaient plus. Elle remuait en silence ses pinceaux dans les pots vidés de leurs couleurs puisque le Comité du village avait décidé de ne plus les emplir comme il avait décrété de ne plus faire entrer l'argile au village.

Où donc étaient passées les journées pleines d'entrain, de bonne humeur et de confiance durant lesquelles Nésert décorait les objets d'argile que Sehotep avait moulés de ses mains et que l'apprenti avait fait sécher au four pour que la jeune femme pût, ensuite, y passer ses fins pinceaux et y laisser l'empreinte de son inspiration ?

Vraiment, Sehotep ne comprenait rien. Tous les visages de Deir-el-Médineh s'illuminaient de joie. Le cœur léger, on s'agitait dans tous les sens. Les gestes devenaient plus fervents que d'ordinaire, les pas plus pressés, les mots et les propos plus vifs. Les yeux s'éclairaient de plaisir, attachant à leurs prunelles la grâce divine qui, après les avoir habités, promettait de ne plus les quitter. Assurément, les bienfaits que tous ces gens en attendaient allaient changer leur vie, la métamorphoser de sorte qu'ils n'auraient plus de souci à se faire. Jubilation et transport d'allégresse faisaient, désormais, partie intégrante de leur vie.

Alors pourquoi Nésert restait-elle là devant ses pots de couleurs à ne rien dire et ne rien faire ? Sehotep s'approcha de quelques pas et resta le temps d'une seconde la bouche ouverte, un pli profond sillonnant son large front. Puis il leva les mains et prit le ciel à témoin :

— Quel dieu faut-il donc invoquer ?

Et, lentement, ses bras retombèrent le long de son corps.

— Je veux rester là, murmura-t-elle.

— Mais le village entier sera vide !

Elle haussa les épaules. Nues et dorées, elles allaient se perdre nonchalamment dans le corsage largement décolleté de sa robe qu'elle avait choisie, ce matin-là, bleue comme l'azur profond du ciel de Médineh. En cela, Sehotep devait reconnaître que si l'attitude de sa jeune épouse restait insondable, elle ne négligeait nullement l'aspect de sa personne. Fraîchement maquillée, parfumée, vêtue avec une sobre élégance, Nésert avait décidé que, seul, son air resterait buté et fermé.

— Pourquoi veux-tu rester là où il n'y aura plus aucun travail ?

Il s'approcha plus près, toucha avec précaution son épaule et la secoua par petits coups successifs et légers, des secousses qui n'auraient pas ébranlé une mouche. Mais elle se dégagea d'un geste maussade.

— Nésert, reprit-il d'un ton plus vif, il n'y aura plus d'artisans, plus de vie, plus rien. Rien ! Tu entends ? Ton père lui-même ne veut pas rester.

— Mon père est vieux. Il ne sait plus ce qu'il dit.

— Ton père n'est pas vieux et tu le sais.

Il soupira et d'une voix atone, un ton morne où plus rien ne pouvait émouvoir sa femme, il marmonna quelques mots. Et, pourtant, ce furent ces mots-là qui déclenchèrent l'explosion :

— De toute façon, vieux ou pas, ton père ne peut qu'obéir à la reine.

— Ah ! La reine ! s'emporta-t-elle enfin. La reine ! Ta Néfertiti peut tout dire, tout faire, tout exiger. Elle claque dans ses doigts et tu accours. Tu manges dans sa main, tu te traînes à ses pieds, tu lèches tout ce qu'elle te tend comme un misérable, un chien fidèle et rampant. Dès que tu es près d'elle, tu n'as plus ni dignité, ni éclat, ni grandeur, ni la plus petite parcelle d'honneur. Avec elle, tu n'es rien.

— Nésert ! s'exclama Sehotep que la violence du propos atterrait. Serais-tu jalouse ?

Acculée devant les mots qu'elle avait enfin jetés à la face de son mari, elle fondit en larmes.

— C'est elle que tu aimes depuis toujours. Tu ne peux vivre que près d'elle, dans son ombre et son dédain.

Sehotep prit sa femme dans les bras.

— Je croyais que tu avais oublié.

— Je n'ai rien oublié. Tout s'était effacé parce que nous étions ici, à Deir-el-Médineh et qu'elle n'y venait que rarement. Loin d'elle, je respire.

— Oh ! fit-il, tu exagères.

— Je n'exagère rien et tu le sais bien. Ose nier que tu aimes Néfertiti. Quand elle est devant toi tu n'as d'yeux que pour elle et tu oublies tout le reste. Les gens disent que vous vous regardez comme des amants.

— Comment peux-tu dire cela ? C'est toi que j'aime !

Malgré l'assurance du geste affectionné qu'il eut pour elle en la serrant contre lui, Sehotep sentit la faiblesse de son affirmation. Nésert n'avait pas tort. Il aimait sa sœur de lait, non comme un frère, mais comme un amant jaloux de ses autres favoris. Néfertiti avait toujours eu ce pouvoir étrange sur lui. Enfant, elle le dominait affectueusement, lui dictait ses lois de sa voix onctueuse et caressante. Les règles d'un code qu'elle avait érigé de sa propre volonté et qu'elle lui imposait en frôlant de sa bouche légère et parfumée le visage rougissant de son jeune compagnon. Et certes, ces moments-là ne pouvaient s'oublier.

Comment Sehotep pouvait-il laisser de tels moments s'évanouir ? Néfertiti lui laissait à vie une empreinte brûlante. Il se souvenait tant ! Tant et si bien ! Le long des champs de blé ou des plantations de papyrus quand ils couraient à perdre haleine, sa main dans la sienne qui frémissait encore de mille picotements inoubliables. Ses lèvres chaudes et sensuelles effleurant sa joue — Néfertiti les avait même posées plusieurs fois sur les siennes — ne pouvaient quitter son esprit. Et plus tard lorsque adolescente, elle expérimentait avec lui les jeux troublants de l'amour juvénile, il la revoyait étendue sur le sol, entre les tiges de lin au-dessus desquelles émergeaient les fleurs bleuâtres. A tel point que, parfois, il lui semblait tenir son corps entre ses bras, alors que ce n'était que celui de Nésert.

— Allons, viens, fit-il en l'entraînant à l'intérieur de la pièce qui n'avait pas encore eu le temps de s'échauffer aux rayons du soleil. Viens.

Elle se laissa faire en réprimant ses larmes. Demain, il faudrait bien quitter ce village pour aller s'agenouiller aux pieds de la reine. Elle le savait. Rien ne pouvait enrayer ce maudit engrenage.

Néfertiti deviendrait de plus en plus exigeante envers Sehotep comme elle l'était avec Thoutmès, le sculpteur qui ne cessait de l'encenser ou même avec cette jeune femme scribe qui avait connu sa sœur babylonienne et dont elle semblait ne plus pouvoir se passer.

Il l'allongea sur la litière en briques que recouvrait un matelas serré dans une toile tendue et qui leur servait de couche. Elle réprima un sursaut de dépit quand elle sentit Sehotep peser sur elle. La prenait-il par pitié ? Rêvait-il au corps blanc et gracieux de la reine que l'on voyait en partie dénudé où qu'elle aille et sans se soucier des regards qui la désiraient ? Ses longues cuisses et ses jambes fuselées étaient toujours offertes à la fente provocante de ses robes et ses seins fuyaient en permanence le tissu de ses corsages, pourtant léger, qui voulait les enfermer.

Lasse soudain, Nésert ne sut comment cerner sa douleur. Puis, fermant les yeux, elle prit le sage parti de se laisser mollement attendrir par celui qu'elle aimait, mais qui en avait une autre en tête.

*

* *

Hopet le briquetier et son épouse Nout avaient, eux aussi, fort à faire car organiser le déménagement pour « La Cité d'Akhet-Aton » n'était pas une petite affaire. Mais l'humeur était plus joyeuse dans leur couple que dans celui de Sehotep et Nésert.

Qu'allaient-ils trouver dans la nouvelle cité où le dieu Aton devait régner en maître ? Comment allaient-ils vivre ? On disait que les artisans seraient installés dans un superbe village non loin du palais et que de grandes allées larges et verdoyantes mèneraient à chaque coin de la ville. On murmurait aussi — ce qui décuplait l'allégresse des villageois — que chacun vivrait dans une belle et grande maison de briques et non de terre séchée et que tous ceux qui travailleraient pour les dignitaires seraient récompensés. On savait aussi que ces maisons-là auraient deux ou trois pièces selon la taille des familles, une terrasse en étage pour le séchage et la salaison des aliments et une cave pour le rafraîchissement des boissons. Enfin, un jardinet pour la culture de quelques fruits et légumes.

Hopet et sa femme observaient l'euphorie des villageois avec un œil où l'inquiétude se mêlait à la sérénité. L'air s'emplissait chaque jour davantage des cris de la foule.

Les âniers partaient à toute heure, quittant Médineh pour la nouvelle cité, sans se préoccuper du chargement qu'ils prenaient en selle. Le coût du déplacement n'offrait plus d'intérêt puisque bientôt, on leur offrirait un travail plus lucratif.

Les tailleurs de pierres délaissaient volontiers leur vieille montagne thébaine où ils avaient besogné tant d'heures et de jours pour extraire le produit luxueux qui permettait d'élever d'aussi beaux monuments. Une pierre qui n'offrait pourtant à leurs yeux qu'un bien piètre salaire.

Le sourire au cœur et la main agile, cordonniers, charpentiers et cordiers avaient emballé leurs outils et ceux qui travaillaient dans les nécropoles de la Vallée et qui n'en possédaient pas attendaient, à l'ombre d'un sycomore ou d'un vieil acacia, que l'heure du départ sonnât. Pour ceux-là, depuis bien longtemps déjà, les tabourets à trois pieds, les deux ou trois paillasses et le petit fourneau qui cuisait le pain, ajoutés aux quelques sacs de froment et de fèves qui constituaient l'ensemble de leurs biens, étaient empilés devant la porte de leur maison.

Le sage Hopet et sa plus sage épouse encore doutaient un peu des effets de l'allégresse générale. Y aurait-il vraiment du bon pain pour tous ? Depuis des semaines, ils discutaient tous deux des détails de ce qu'ils allaient faire. Le ventre arrondi de Nout n'arrangeait pas très bien la situation. Le nez d'un enfant pointait alors que l'incertitude les menaçait.

— Et si nous n'avions pas de maison avec jardin ! jeta Nout en faisant la moue. Ils croient tous disposer d'un espace que l'on donnerait à un prince.

— Tu exagères, Nout, reprit calmement Hopet. Ce n'est pas un jardinet que l'on donne à un prince, c'est un parc.

— D'accord, mon époux bien-aimé, d'accord, fit Nout en souriant. Pourtant, je sais par Neby que la reine a ébruité auprès de ses suivantes que nombre de gens vivraient derrière le mur d'enceinte du palais.

Hopet hocha la tête.

— Et ceux-là n'auront certes pas une maison de briques, encore moins un jardinet pour cultiver leurs fruits et leurs légumes.

— Ils se retireront contre la montagne dans des masures de boue séchée en se contentant de la maigre pitance que les plus favorisés leur jetteront.

Nout soupira.

— On dit qu'à cet endroit le Nil possède une largeur immense. Il doit bien y avoir des berges pour les cultures !

— Non. Tout est à faire.

— Dieu du ciel ! s'exclama Nout, un brin d'inquiétude sur le visage. Vraiment, je ne sais si cet endroit sera le site exceptionnel dont on parle tant. Crois-tu qu'on trouvera une nourrice pour garder l'enfant si je dois travailler pour mieux assurer les dépenses de notre vie quotidienne ?

— Tu te fais bien du souci, mon épouse adorée, répondit Hopet en passant derrière Nout pour lui embrasser le cou.

Elle se mit à rire.

— Dieu ! Que je suis sotte ! Tu es le meilleur briquetier du village et tu feras merveille à « La Cité d'Akhet-Aton ». Je suis sûre que ton salaire sera l'un des plus gros. Peut-être même auras-tu un poste élevé ? Pourquoi pas celui de Grand Intendant des Briquetiers d'Aton !

— Et alors, plus de nourrice, plus de questions gênantes, plus d'embarras d'argent ! Tu pourras élever nos enfants.

— Et si je voulais travailler ?

— Pourquoi le voudrais-tu ?

— Tu oublies que je sais lire et écrire. Ne serait-il pas dommage d'enfermer en moi ces connaissances sans se préoccuper de ce qu'elles pourraient nous rapporter ?

— Qu'est-ce qu'elles te rapportent, tes fameuses connaissances ? jeta Hopet d'un ton ironique qu'il regretta aussitôt. T'échiner à mélanger l'eau et le sable qui servent à faire des briques, hacher la paille, remplir les creusets avec le mélange, en nettoyer les bords, surveiller le séchage et, quand tout est fait, balayer l'atelier ou mener les ânes à l'écurie.

— Oh ! fit Nout dépitée par le ton un peu acerbe de son mari. J'ai souvent aidé à compter les briques défectueuses qu'il fallait ôter de la marchandise à livrer et, parfois, j'ai même reporté sur des tablettes les listes des stockages dont l'atelier disposait.

Le bruit d'une mule qui arrivait leur fit tourner la tête. Le sabot de l'animal racla le sol et ils virent Inéni, la sœur d'Hopet, qui descendait à terre en tenant son licol.

— Tu as tort, ma tendre belle-sœur, fit la jeune fille qui cherchait des yeux un endroit où attacher sa mule. Il ne faut pas travailler pour un salaire de misère quand on sait lire et écrire.

— Oh ! répondit Nout en embrassant sa belle-sœur pour lui souhaiter la bienvenue. Mon cas est bien différent du tien. Tu n'as pas de mari pour t'apporter un salaire.

— Eh bien, cela va changer et je suis aux anges. Enfin un pharaon qui accepte que les Syriens soient traités à l'égal des Egyptiens.

— Crois-tu vraiment que Menwy sera plus à l'aise à « La Cité d'Akhet-Aton » ?

— C'est évident, nous pourrons même vivre ensemble.

— Et ton métier ? intervint Hopet.

— Mon métier ! Quel métier ? Celui d'écraser des pigments de couleurs toute la journée ! Personne ne me laisse peindre, ni même dessiner ou écrire.

Dans ces conditions, mieux vaut encore élever des enfants.

— Oh ! fit Nout. C'est un beau travail pour une mère d'élever ses enfants.

— S'il y a de l'argent au foyer. Mais s'il n'y en a pas !

Nout acquiesça, puis sourit à sa belle-sœur.

— Ne t'inquiète pas. Neby aura un œil sur toi. Elle sait que tu dessines bien et que c'est là ta vocation. Elle ne te laissera pas choir.

— Elle a raison, renchérit Hopet en prenant la main de sa sœur. Tu te rappelles comment autrefois tu dessinais sur les murs de notre maison et comment Neby restait émerveillée devant la précision et les couleurs de tes dessins ?

— Et moi, se rappela Inéni, rassurée par les paroles de son frère et de sa belle-sœur, je croyais que ton jeune ami scribe, avec ses formes déliées et son tendre regard, était tombé amoureux de ma petite personne !

Elle fit une pirouette, légère et gracieuse. Inéni était grande et brune. Ses hanches demeuraient souples et l'allure de son maintien gardait une pureté de ligne qu'avaient à cette époque toutes les belles égyptiennes. Ce n'était d'ailleurs guère étonnant que le Syrien Menwy trouvât chez sa jeune amie une séduction différente de celle qui émanait des jeunes filles de sa race. Les différences se laissent facilement attirer entre elles.

— Et que va faire Menwy à « La Cité d'Akhet-Aton » ? s'enquit Hopet.

Inéni fronça le sourcil et réfléchit quelques instants. En fait, elle ne savait que répondre. Elle haussa les épaules.

— Je ne sais pas. Il dit qu'il trouvera un autre travail. Il ne veut plus être muletier.

— Et que veut-il faire ? demanda Nout à son tour. Je sais que les travaux seront distribués d'après les compétences. Mais que sait faire Menwy en dehors de conduire des ânes dans le désert ou sur les bords du Nil ?

— Ah ! trancha Inéni dans un demi-sourire. Nous verrons bien. Je me tracasse déjà pour mon propre sort, s'il faut que je m'inquiète pour Menwy...

Elle se mit à rire sans terminer sa phrase.

*
* *

Koren regarda sa femme. Elle paraissait inquiète, tendue et se mordillait la lèvre inférieure, ce qui dénotait, chez elle, une contrariété qu'elle ne savait pas contourner faute de pouvoir la mesurer à sa juste valeur. Et, il faut dire que cet état d'esprit lui arrivait rarement.

Ankhy était une femme de tête qui ne se laissait pas prendre au dépourvu, sachant saisir à bras-le-corps les aléas de la vie. Oui ! Ankhy savait doser et maîtriser l'importance des plus graves problèmes comme les éternelles petites difficultés quotidiennes.

Koren avait des inclinations plus laxistes. Sa nature était rêveuse, pacifiste, modérée, bienveillante. Et si son tempérament honnête et travailleur ne suscitait aucun commentaire, il se laissait souvent reposer sur les solides épaules de son épouse. Pourtant, ce matin-là, il savait qu'il devait la rassurer, car son propre frère l'avait lui-même largement tranquillisé. Et, quand le benjamin de la famille, Sehotep, confident de la reine qui n'avait pas voulu être agriculteur comme la famille l'avait toujours été, apportait un renseignement, nul point ne pouvait en être contesté.

— Il n'est pas question, dit-il, que nous vivions à l'extérieur des murs de la ville, comme le seront pratiquement tous les agriculteurs.

— Je l'espère bien, sinon je reviendrai à Malgatta.

Ankhy avait jeté ces mots d'un ton presque agressif comme si le propos de Koren avait été outrageant, comme une sorte d'insulte à leur vie privée. Pourtant, elle reprit aussitôt son attitude pensive, presque soucieuse à la perspective de quitter les alentours de Malgatta où elle travaillait à l'atelier de tissage, situé sur le domaine et les champs de lin qui appartenaient à la reine Tiyi.

Avec quel regard devait-elle voir ce brusque changement qui n'allait pas, forcément, apporter de l'agrément à son travail ? D'ailleurs, quel travail allait-on lui proposer là-bas, à « La Cité d'Akhet-Aton » ? Il n'y avait aucune plantation de lin, pas plus que de papyrus, de vignes ou de champs de blé.

Elle fit une petite grimace de désappointement en regardant Koren qui ajustait tranquillement son pagne de lin, entièrement tissé par elle dans une fibre d'excellente qualité qui offrait au vêtement une blancheur irréprochable. Allait-on lui donner la responsabilité d'un atelier ou la laisser au même statut que celui des simples ouvrières dont certaines faisaient encore partie de ses proches compagnes ?

— Ankhy, ne sois pas triste, fit Koren en attachant le lien du pagne qui retenait les deux pans tombant sur le devant de ses cuisses. Je connais Néfertiti pour l'avoir souvent observée à la maison, quand notre mère en était la nourrice. Elle n'acceptera jamais des vêtements de lin médiocre, pas plus que des tissages grossiers. Et je sais par mon frère, Sehotep, qu'elle envisage de créer ses propres ateliers. Tu seras sans doute choisie pour diriger l'un d'eux.

Ces paroles rassurèrent la jeune femme, mais ne l'apaisèrent pas complètement.

— Oh ! Koren. Parfois, j'ai si peur de retomber dans la misère.

— Tu étais pauvre, Ankhy, mais pas dans la misère.

Elle s'énervait et son visage commençait à s'empourprer.

— Quand mon assiette et celle de ma mère ne contenaient qu'une purée de racines qui grattait et enflait la gorge, comment appelles-tu ça ?

— Mais Ankhy ! J'ai aussi connu ce problème de malnutrition avec mes frères et sœurs. Nous nous en sommes sortis.

— Oh ! Toi, fit-elle en esquissant un sourire à la fois vexé et railleur. Tu n'as aucune ambition.

— Ankhy ! Ne sois pas sotte. Ton salaire et le mien nous font bien vivre.

Têtue, la jeune femme poursuivit :

— On dit que les pauvres gens habiteront derrière les bornes de limitation et que leurs maisons seront accolées à la roche des falaises.

— Parles-tu des agriculteurs ?

— Bien sûr. C'est ce que tu es, il me semble.

— Ankhy ! Il y a longtemps que je ne travaille plus dans les champs.

Elle eut un regard aigu en direction de son mari et rétorqua vivement :

— Mais tu peux y retourner.

— Certainement pas.

Elle se planta devant lui et le foudroya du regard.

— Tu te trompes, les agriculteurs seront de l'autre côté du fleuve. Toutes les exploitations y seront plantées, le papyrus, le lin, le blé et même les vignes. Et toi, si tu travailles la terre, je serai bien obligée de te suivre. Je suis ton épouse, il me semble.

Koren, qui avait fini de mettre son pagne, regarda tranquillement sa femme et comme elle paraissait vraiment en colère, il tenta de l'apaiser par un tendre geste dont il connaissait l'issue réparatrice, du moins habituellement, car cette fois-ci, elle repoussa la main qui voulait amorcer une caresse et répliqua de nouveau :

— Comment le lin pourra-t-il pousser dans le sable ?

— Mais, c'est pareil pour le blé, les légumes et les fruits. On apportera le limon nécessaire.

— C'est impossible.

— Rien n'est impossible pour notre nouveau pharaon. Tu devrais le savoir.

— Akhénaton et la reine ne vivront sûrement pas dans les cultures.

— Alors, nous n'y vivrons pas non plus. Là, es-tu contente ?

Elle eut un mouvement des lèvres qui esquissait un rictus de remords.

— Tu en es sûr ? murmura-t-elle.

— Certain.

Il saisit ce moment opportun pour approcher ses lèvres du visage de sa femme.

Elle le repoussa légèrement.

— Avant de m'embrasser, dis-moi que tu ne travailleras jamais plus la terre.

Koren soupira. Dieu ! qu'il aimait pourtant sentir la fraîche odeur d'un champ labouré ou la tiédeur de la saison du Chemou quand les moissons commençaient et que les gerbes de blé s'entassaient près des bornes de clôture ! Fallait-il laisser tous ces plaisirs pour l'amour de sa femme ? Ouri, son père, et Pensilhé, sa mère, n'appréciaient guère qu'il se laissât mener aussi facilement par les désirs d'Ankhy. Il faut dire, pourtant, que l'idée de vivre dans « La Cité d'Akhet-Aton » était plus séduisante que celle d'habiter une masure sur les bords du Nil. Une masure ! Koren se mit silencieusement à rire. Et pourquoi vivraient-ils dans une masure ? Il y aurait sans doute de belles résidences, riches et spacieuses, aux abords du fleuve, de l'autre côté de la rive.

Comment expliquer à Ankhy qu'on pouvait peut-être concilier les deux hypothèses, alors qu'elle s'évertuait à tout oublier de leur discussion orageuse et qu'elle se coulait amoureusement entre ses bras vigoureux.

Il posa sa bouche sur la sienne et rien ne compta

plus que l'heure délicieuse qui devait suivre et s'inscrire sur la clepsydre au cadre de bois. Koren refit en sens inverse les gestes qu'il venait d'exécuter pour enfiler son pagne.

*

* *

Abou et Minkef les menuisiers, Minhesy le cordier, Tanefert le cordonnier et son épouse Sokheta étaient, quant à eux, ravis du changement qui s'annonçait. « La Cité d'Akhet-Aton » leur paraissait un site merveilleux où ils pourraient changer de condition et, peut-être, atteindre des sommets qu'ils ne pouvaient pas encore soupçonner. Tout était possible, se disaient-ils, et parmi eux, pas un ne se risquait à noircir le tableau fastueux qu'ils étalaient confortablement devant leurs yeux.

Depuis la veille, allongés sous les quelques arbres de la place centrale qui diffusaient de la fraîcheur, ils n'avaient pas dormi de la nuit et buvaient de la bière sous prétexte qu'elle serait intransportable et qu'elle ne pouvait être bêtement perdue. En fait, boire leur donnait un prétexte pour tout prendre à la dérision, tant ils voulaient rester euphoriques. Devenir soudainement hauts fonctionnaires ou grands dignitaires à la cour du pharaon après avoir besogné durement pendant quelques bonnes dizaines d'années ne les effrayait pas. Pourquoi pas grand conseiller et ami du pharaon ! Le pas était si près à franchir que rien ne les rebutait.

Depuis longtemps, ils avaient entassé leur mobilier, leurs provisions, leurs vêtements, leurs biens les plus précieux, ceux qu'ils avaient accumulés au cours des années de travail consacrées au site de la Vallée Thébaine. Qu'allaient-ils trouver ? Des postes de rêve ? Des mains tendues ? Des paroles d'éloge ? Des cadeaux en grand nombre ? Ce nouveau dieu qui s'imposait partout, non seulement dans la région de Thèbes, mais à présent dans le nord jusqu'à Memphis et dans le sud jusqu'à Edfou et même Kom Ombo, paraissait si généreux qu'il fallait à tout prix l'écouter et le vénérer.

De toute façon, Akhénaton et son épouse la belle reine Néfertiti prenaient l'habitude de distribuer des bijoux, des perles et divers autres présents. Parfois c'était des poignées de blé, de fèves, de pois, que les dignitaires, qui se plaçaient à leurs côtés, prenaient à pleines mains dans de grands sacs en toile de lin et jetaient à la foule en délire. Abou, Minkef, Tanefert, Sokheta, Minhesy et les autres se tapaient les côtes de plaisir à l'idée que, dans « La Cité d'Akhet-Aton », tout serait merveilleusement semblable. Jamais l'idée qu'on veuille les appâter pour animer, d'au moins cent mille habitants, la nouvelle cité ne leur était venue à l'esprit. Jamais ils ne s'étaient dit que, sans eux, la ville serait morte avant d'avoir vécu et, les effets nocifs de la bière aidant, la joie tournait en folie.

— Tes ânes sont bien chargés, Abou, constata Sokheta l'épouse du cordonnier qui ne ratait jamais une occasion de faire de l'œil à son voisin.

Et Minhesy le cordier n'était pas le dernier à prendre ces œillades pour argent comptant. Certains disaient même que Sokheta allait le rejoindre la nuit, dans son échoppe, quand Tanefert était appelé dans la Vallée pour réparer les sandales en cuir que portaient les chefs de chantiers, les surveillants, les intendants, les hauts fonctionnaires ou autres dignitaires venus sur les lieux des nécropoles. Car assurément, il n'était pas question que ces grands personnages vinssent eux-mêmes au village de Médineh faire réparer leurs sandales.

Abou regarda les six ânes qui ployaient l'échine et se mit à rire bêtement. Les pauvres bêtes portaient une charge incroyable, mais restaient cependant stoïques, car le moindre écart ou entêtement leur valait une bastonnade. Ils avaient tous été réquisitionnés pour le grand départ et pas un ne restait disponible.

Les responsables du village et les intendants des diverses corporations de métiers avaient réservé de grands chariots dans lesquels ils avaient entassé, eux aussi, leurs divers biens. C'est ainsi qu'une file de grands bœufs attelés à une vingtaine de chariots bourrés à craquer attendait aux portes de Médineh devant les dizaines d'ânes et de mules qui devaient suivre le convoi.

— Mes ânes sont peut-être chargés à mort, rétorqua Abou en s'esclaffant, mais les tiens, Sokheta, sont comme toi, ils ne chôment guère.

Sokheta vociféra une injure à l'égard d'Abou. Même le taciturne Tanefert, son mari, qui donnait toujours l'impression que la montagne entière allait lui tomber sur la tête, prit l'allusion à l'humour et rétorqua :

— Bah ! S'ils sont fatigués, on s'arrêtera en route !

Tout le monde se mit à rire, on ne sait pourquoi, et Sokheta en tête.

— Par le dieu Seth ! s'écria-t-elle, si l'on peut encore adorer quelqu'un d'autre qu'Aton, que j'ai soif ! Tu n'aurais pas de la bière, par hasard ?

Elle s'était tournée vers Minkef qui, depuis plus d'une heure, plongeait son nez dans un breuvage qu'il avait l'air d'apprécier.

— Elle n'est pas gratuite, ma bière, répondit-il en levant sur elle un regard un peu glauque.

Sokheta se planta devant le menuisier.

— Je t'ai toujours payé, il me semble, la bière comme le reste.

L'arrivée de quatre policiers stoppa les rires gras qui s'apprêtaient à sortir des gorges échauffées et, comme les esprits restaient assez éméchés, ils firent bon accueil aux quatre hommes dont l'attitude était plus raide que la leur. Ils avaient été nommés par la police de Mahou pour conduire le convoi qui se rendait dans « La Cité d'Akhet-Aton ». Des hommes de file, des surveillants, des responsables devaient les rejoindre à la sortie de Médineh dès que le départ, fixé à l'aube du lendemain, devait entamer la marche.

CHAPITRE VI

La reine Néfertiti donna à Neby une résidence comme jamais elle n'avait eu l'occasion de voir ni même de rêver. Elle qui, toute sa vie, n'avait fait que sillonner les routes du bord du Nil, sans toit la nuit et parfois sans pain à se mettre en bouche ! Neby pouvait passer et repasser devant la grande porte de cèdre, celle qui, à doubles battants, ouvrait sur les vastes pièces qui se succédaient. Elle se disait qu'une telle résidence lui aurait permis, bien souvent, de se tirer d'affaire quand pour elle, les choses tournaient mal.

Et voici qu'à force d'y avoir songé toute la nuit, à force d'avoir entassé les privilèges que cet atout majeur allait lui apporter, sans compter les honneurs et les gloires, elle commençait à prendre conscience que cette maison lui appartenait en main propre et qu'elle pouvait la diriger comme elle l'entendait. La reine la lui avait offerte pour le prix que réclamait son périlleux travail.

Ah ! Quelle maison ! Située dans les quartiers

riches de Thèbes, là où précisément elle devait résider le temps qu'elle accomplît sa mission, sans aucun doute, c'était l'une des résidences les plus remarquées de la ville. Sur les murs extérieurs courait une vigne qui donnait de beaux raisins noirâtres et sur le toit s'étageaient trois terrasses en espalier où le soleil dardait ses rayons de l'aube au crépuscule.

Une dernière fois, Neby pensa aux cabanes de paysans qui, souvent, l'avaient abritée, aux maisons des simples petits artisans où l'on se tassait pour dormir, la natte étendue sur le sol. Elle pensa aux minuscules carrés de jardins où l'on faisait pousser quelques poireaux, deux ou trois laitues et une poignée d'oignons, à condition que l'eau du canal ne fût pas trop éloignée et, parfois, un arbrisseau contre le tronc duquel elle dormait en bornait les minces limites.

Ici, tout était immense, aéré, luxueux, du sol délicatement marbré au plafond soutenu par des colonnettes d'albâtre. Les tapis, les décors muraux, le mobilier s'étalaient dans une somptuosité que ses yeux ne se lassaient pas d'admirer et, pourtant, Neby sentait qu'il lui manquait l'essentiel. Sa fille ! Elle la voyait déjà courir de pièce en pièce, traînant des jouets en bois peint, des poupées habillées de lin, des balles, des crocodiles articulés, des toupies bariolées, des barques et des chevaux en miniature.

Ah ! Nephtys, sa fille ! Plus la jeune femme y pensait, plus les yeux de l'enfant s'imposaient à elle et plus sa petite bouche rose et quémandeuse hantait son esprit. Comment faire autrement alors que l'image de l'enfant, blottie contre le sein de Thoueris, revenait à elle en quasi-permanence ? Pourtant, ne devait-elle pas l'oublier le temps que sa mission s'achevât sous peine de commettre une erreur qui pouvait lui être fatale ? Mieux valait cesser de ruminer d'hypothétiques projets qui ne viendraient que plus tard, quand elle aurait enfin gagné un salaire qui lui permettrait de vivre avec Nephtys.

Niny, son amie la naine, fidèle compagne capable de se faire tuer plutôt que de la délaisser et Sen, le jeune docker qu'elle avait trouvé sur les quais du port de Thèbes, restaient constamment auprès d'elle. Niny avait pris l'adolescent sous sa coupe. Chose qui lui était d'autant plus facile que le jeune Sen semblait docile. De nature plutôt enjouée et généreuse, il écoutait intelligemment ce qu'on lui disait et effectuait sans broncher les tâches qu'on lui commandait. D'ailleurs, Niny avait vite remarqué qu'il ne se lassait pas d'observer chaque geste que faisait Neby et qu'il tendait l'oreille à chaque mot que sa bouche laissait tomber. Niny avait aussi compris que Sen se refusait à commettre l'erreur pouvant l'évincer de la mission qu'il commençait à entrevoir comme la chance de sa vie.

Neby s'était à peine installée dans la grande maison que trois femmes firent une apparition plutôt intempestive. Deux d'entre elles étaient les sœurs de Sehotep, le potier.

Jeunes, sveltes, assez gracieuses, Netjet et Thanis déclarèrent aussitôt qu'elles avaient été envoyées par la reine pour s'occuper de son linge et de sa toilette. Elles eurent un sourire amusé devant les yeux ahuris de Neby qui ne pouvait s'imaginer en femme oisive se laissant aller mollement entre les mains, sans doute habiles, de ces deux jeunes servantes. On allait la maquiller, ce qui ne lui plaisait guère. On allait lui choisir diverses perruques à la coiffure compliquée, ce qui l'enchantait encore moins. On allait l'épiler, la masser, oindre son corps d'onguents et de parfums, passer à tous moments ses mains et ses pieds à l'eau parfumée et, enfin, la vêtir de somptueuses tuniques qu'elle n'aurait même pas à choisir. Elle ne put s'empêcher de penser à Panehesy qui, déjà, avait tenté de l'initier à l'art de séduire que les femmes de qualité pratiquaient à cette époque de l'Egypte Ancienne. Tout comme elle pensa aux connaissances qu'il lui avait enseignées et sans lesquelles elle n'aurait pu accomplir cette mission.

Quant à la troisième des servantes qui lui fut présentée, une femme plus âgée qui s'appelait Nofrou, elle avait la charge des repas que Niny surveillait d'un œil admiratif. Plus corpulente que les deux autres, Nofrou présentait l'avantage d'aimer se nourrir de façon raffinée et ainsi il ne manquerait jamais plus à Neby le petit délice gourmand qui lui avait si souvent fait défaut.

Bref, si Neby s'étonnait encore, Niny regardait tout ce luxe d'un œil neutre, trop habituée au grandiose confort de son ancienne maîtresse Ipény, la prêtresse pour laquelle elle avait besogné durant dix longues années et qu'elle avait quittée depuis que la reine l'avait engagée pour aider Neby dans sa mission délicate. Un travail bien étrange qui comportait de nombreux dangers au sein du temple de Karnak dont elle connaissait chaque coin et recoin. Rompue à tous les pièges qu'on allait tendre à la scribe, la naine voyait déjà dans son esprit les endroits les plus reculés et les plus redoutables qu'elle lui ferait éviter.

Mais, revenons à la résidence de Neby. Tout était somptueux dans cette vaste maison, depuis les lits de repos et les lits d'apparat, les coffres et les tables, les fauteuils à bras sculptés, les sièges à dossiers et à pieds fragiles en bois exotique, les tabourets recouverts de coussins moelleux. Enfin, la vaisselle, les vases d'ornement, les jarres en fine poterie décorée et les grandes urnes en albâtre joliment veiné.

La grande pièce de séjour comportait six piliers peints de motifs floraux entre lesquels étaient disséminées des petites tables qui servaient au repas. En haut des murs passés à la chaux courait une frise de feuilles entrelacées. Une grande fenêtre descendait jusqu'au sol. Elle donnait sur le sud et se fermait par une mince plaque de pierre, plus petite que l'ouverture, et disposée de telle sorte qu'elle permettait, sans cacher la vue extérieure, de faire circuler un léger courant d'air à travers toute la maison.

Dans chaque coin de la salle, s'élevaient de hautes cruches qui se terminaient en pointe vers le bas. Elles tenaient sur une armature de soutien et contenaient du vin, de la bière ou du lait caillé aromatisé au miel ou à la grenade. Quand la nuit tombait, des lampes alimentées à l'huile de ricin, montées sur des supports, jetaient des ombres sur les parois blanchies des murs. Une grande clepsydre posée sur un socle de pierre venait distraire l'œil et c'est en la regardant que l'on remarquait la petite porte qui donnait sur la cuisine.

Pourvue d'un grand four creusé à même le mur, équipée de multiples niches qui enfermaient ustensiles, ingrédients, paniers de jonc divers et autres multiples objets nécessaires à la vie quotidienne, la cuisine était une belle salle claire. Elle s'ouvrait sur les dépendances, l'écurie, l'étable et deux petits bâtiments annexes qui constituaient la laiterie et la boulangerie.

Toutes construites sur le même principe, ces maisons de Thèbes étaient de véritables palais. Chaque pièce disposait d'un tabouret carré en pierre pour recevoir un brasero. Ces appareils de chauffage, dont certains étaient pourvus d'un mode de cuisson, fonctionnaient au charbon de bois incandescent et servaient à se chauffer le soir quand le vent froid soufflait sur la ville. Il faut dire qu'en pleine saison d'Akhit, quand la crue montait à l'assaut des villages, les nuits devenaient si fraîches qu'une couverture en lainage étendue sur la couche était toujours la bienvenue.

Et des braseros, il n'en manquait pas chez Neby. Ils constituaient un signe de richesse, un luxe grandiose dans une maison. Les plus beaux, certes, étaient sculptés et décorés. Neby en avait un dans sa vaste salle de séjour et un autre dans chacune des chambres qui se situaient à l'étage. Et, que dire de ces chambres qui laissaient flotter un parfum d'encens mêlé à celui des fleurs de lotus ! Elles avaient toutes des cuvettes à toilette et des boules de graisse contenant des essences arabes ou exotiques qui se libéraient quand la chaleur était trop forte, puis fondaient dans des petits récipients de grès, de porphyre ou d'onyx.

Confortablement calée dans un sofa d'osier, à l'ombre d'un palmier qui étendait son ombrage sur la terrasse à ciel ouvert, Neby se prit à rêver. Elle glissa son œil vers le dallage en carreaux de céramique. Netjet y avait posé des nattes de roseaux pour que les visiteurs pussent s'y asseoir ou s'y reposer. Et, la veille, Thanis avait apporté des palmes que l'on fixait au mur par des supports et que les servantes utilisaient dès qu'il fallait éventer un invité.

La terrasse donnait sur un vaste jardin où un bassin carré offrait au regard son eau bleu argenté sous une couche rose de nénuphars. Glissant silencieusement sur l'eau tranquille, quelques canards à la gorge verte et au bec orangé se mêlaient, sans aucune gêne, aux poissons et autres plantes aquatiques.

*
* *

On avait donné à Mahou une résidence non loin de celle de Neby dans laquelle il devait vivre le temps que durerait sa mission. Il y avait amené quelques hommes sûrs, bâtis comme des lutteurs et sachant manier les armes, qu'elles fussent matraques, flèches, lances ou haches.

Entre les deux habitations, des annexes en briques ajoutées récemment permettaient à l'équipe des scribes qu'avait engagée Neby d'y dormir et manger à son aise.

Sortant de sa maison, Mahou renifla distraitement l'air tiède du matin et rectifia la position de son gorgerin de bronze, encastré de perles bleues, que venait de lui offrir le pharaon. Il descendait jusqu'à son torse dénudé et bruni par le soleil. Mahou avait des épaules, des abdominaux et un dos musclés, luisants de l'onguent que son serviteur venait de lui passer avec dextérité. Certes, une habileté qui mettait aussi en jeu ses capacités de masseur et de rebouteux.

Oui ! Mahou se sentait dans une forme extraordinaire. Il s'assura que le bracelet assorti à son gorgerin qui enveloppait l'un de ses avant-bras était bien fixé et que le khôl qui cernait ses yeux ne coulait pas. Il jeta un œil satisfait sur l'état impeccable de ses sandales et la netteté de ses orteils manucurés qui sortaient des fines lanières de cuir. Puis, rassuré par ces pensées réconfortantes, il se dirigea vers la résidence de Neby, la scribe.

Elle l'attendait toujours rêveuse sur le sofa d'osier, mais quand Netjet l'annonça, Neby se leva et vint à sa rencontre :

— Salut à toi, Grand Mahou. Je suis heureuse de t'annoncer que nous pouvons commencer notre travail. Tout est enfin prêt. Nous entrerons dès demain à Karnak. Je détiens le sceau royal qui me permet de pénétrer dans le temple sans que les prêtres trouvent à redire.

Elle fit un signe à Sen qui vint aussitôt déposer dans le creux de sa main un scarabée de turquoise dont le ventre était gravé des quelques mots qui formulaient l'ordre du pharaon.

— Apporte-moi de l'encre et un papyrus, Sen.

Quand il revint — il faut dire que déjà Sen avait tout prévu — il imprégna le sceau d'encre rouge et le tendit à Neby qui tamponna le papyrus d'un petit coup sec et nerveux.

— Tiens ! Lis.

L'ordre disait que Neby et son équipe avaient reçu les instructions du pharaon, le maître tout-puissant des Deux Egypte, pour s'infiltrer là où Neby le jugerait nécessaire afin de lire les inscriptions des bas-reliefs et d'établir la liste de tous les dieux — et particulièrement celui d'Amon — qui se trouvaient présents à Karnak.

— Et tes scribes ! Sont-ils prêts ?

— Je les ai convoqués. Ils seront tous là d'un instant à l'autre. En attendant, veux-tu te désaltérer ? Te rafraîchir les pieds ? Te promener sur les bords du bassin ?

Il ne répondit pas de suite et, un instant, elle fut déstabilisée par le regard perçant qu'il lui jetait. Il lui semblait que son œil critique et acerbe fouillait son état d'esprit et, pour l'instant, elle pensait stupidement que Panehesy chercherait à tout savoir sur sa promotion sociale et le danger qu'elle encourait vint subitement troubler sa conscience.

— Que crains-tu ? s'enquit Mahou en laissant filtrer dans ses yeux une lueur plus clémente.

Ce fut elle qui ne répondit pas, trop surprise par le geste qu'il venait de faire et, quand sa main se trouva dans la sienne, il la serra juste le temps de voir passer dans son regard une ombre de plaisir.

— Ne crains rien. Mes hommes sont forts, armés et bien formés.

— Je n'ai pas peur.

Il retenait sa main mais elle la retira brusquement car Sen revenait vers elle d'un pas précipité, l'air maussade de voir le soudain intérêt que lui portait le policier. Ses yeux croisèrent ceux de la jeune femme et il faillit lui dire que lui aussi pouvait veiller sur elle. Mais il était trop jeune, trop inexpérimenté pour imposer des mots qu'il n'osait pas prononcer et, surtout, il refusait de commettre la bévue qui l'aurait disqualifié aux yeux de Neby. Mahou surprit son regard, le toisa, hocha la tête et eut un sourire narquois qui, pour Sen, parut être le plus dédaigneux des verdicts. Une honte subite traversa l'esprit du jeune homme, puis Mahou se pencha sur Neby et chuchota :

— Je serai toujours derrière toi et je m'efforcerai d'être ton ombre.

Elle sourit.

— Ce n'est peut-être pas nécessaire, déclara-t-elle d'un ton légèrement sarcastique. Sais-tu qu'à présent je conduis mon char de façon presque parfaite ?

Mais Sen revenait à l'attaque :

— Les scribes ! fit-il en se plantant devant Neby.

— Qu'ils viennent. Nous avons beaucoup à discuter.

C'était Anthor et Kheti, les deux scribes de Deir-el-Médineh, suivis de Souti et Hor que Neby ne connaissait pas encore. Les deux hommes n'avaient pas plus de vingt ans et Sen se sentit tout de suite proche de leur apparente jeunesse. Si le pharaon Akhénaton avait recherché et entretenu leur amitié, c'est qu'ils étaient tous deux prêtres d'Aton au temple de Memphis.

Ils se courbèrent devant Neby dans un salut assez respectueux, les yeux plaqués au sol. Quant aux deux autres, ils n'en éprouvèrent ni le besoin ni l'intérêt et ils allèrent se poster debout, le regard braqué sur elle, dans un angle de la terrasse. Quand Netjet et Thanis les eurent tous désaltérés avec une boisson de bière fraîche, Neby se tourna vers Sen.

— Va chercher Niny, je ne peux pas commencer la discussion sans elle.

Mahou arpentait la terrasse avec sécheresse et nervosité. Il semblait à Neby qu'il aurait aimé que cette discussion avec les scribes se termine au plus vite pour la retrouver sur le char, lovée dans le creux de son buste, pour lui montrer une dernière manière de bien mener les chevaux. Ah ! Ils les avaient déjà menés bon train le long du fleuve, sur les bords herbeux qui filaient en direction de Coptos ou contre la lisière du désert qui menait aux oasis les plus proches. Les leçons de Mahou ne s'étaient pas heurtées à la mauvaise volonté de la jeune femme. Bien au contraire, elle y avait mis tant de plaisir et d'aptitude que les chevaux Orion et Sothis, parfaitement adaptés à la voix et à la main de Neby, voulaient, à présent, n'être menés que par elle.

Le parfum fort et musqué que dégageait le corps puissant de Mahou lui avait fait oublier celui de Panehesy, plus doux et plus sucré. L'unique fois où Mahou l'avait trop violemment serrée, alors qu'il voulait rectifier un tracé mal engagé sur le bas-côté de la voie, Neby s'était volontairement projetée en avant et, consciemment, avait heurté le rebord du caisson. Dépité, Mahou n'avait pas insisté.

Niny arriva presque en courant. Elle était essoufflée et essuya son visage d'un revers de manche.

Par ce geste inélégant, voulait-elle oublier l'arrogance des deux nouveaux venus ?

Il s'agissait de Néhéry et son frère Menen qui, menton levé et buste redressé, la suivaient d'un pas tranquille et nonchalant. Ils toisèrent Neby d'un œil suffisant puis sans rien dire, allèrent rejoindre les autres.

— Ah ! Niny, s'exclama Neby d'une voix joyeuse. Sans toi, je ne puis rien faire.

L'un des deux scribes nouvellement arrivés se rebiffa :

— Tu oublies que je suis affecté au temple d'Amon, jeta-t-il aigrement, et que j'en connais chaque labyrinthe.

Niny se planta devant lui et, les mains plaquées sur les hanches et ses jambes courtes fortement écartées, l'apostropha :

— Peux-tu me dire, alors, où débouche exactement le petit temple d'Amon quand on l'aborde par la Porte de l'Est ?

— Par un souterrain qui donne directement sur les remparts.

— Mais encore ? insista Niny, sûre d'elle.

Néhéry hocha la tête dans un sourire convaincu.

— Les remparts passés, ce n'est plus le domaine d'Amon, affirma-t-il.

— Tu te trompes et tu connais mal la mission que la reine a ordonnée à Neby. Faire une liste complète de toutes les inscriptions qui portent sur Amon. Or, au-delà du rempart de la Porte de l'Est, se poursuit un conduit qu'il faut dégager en ôtant le tas de pierres qui l'obstrue. Ce conduit débouche sur un médiocre autel dédié au dieu Amon. Ce n'est qu'une simple table d'offrande où l'on ne dépose jamais rien, car peu de prêtres en connaissent l'existence. Toi, le premier.

— Qui a élevé ce temple ? questionna Neby, intriguée.

— Une concubine asiatique du pharaon Thoutmosis III. Reniant la déesse Astarté, elle voulait prier Amon pour retrouver les bonnes grâces du pharaon qui ne l'honorait plus de sa présence.

Sur la mine suspicieuse du scribe, Niny brassa l'air de ses mains qu'elle agitait interminablement dans l'espace.

— Et, d'après toi, fit-elle en levant l'une après l'autre ses petites jambes pour se balancer tranquillement au rythme de ses mots, où mène le petit jardin d'acacias sur la droite du temple d'Amon-Kamoutef ?

— Sur le reposoir de la barque sacrée, répondit le scribe un peu moins sûr de lui.

— Non, tu te trompes. Je ne parle pas du jardin que l'on atteint une fois passé le dromos de Mout. Je t'ai dit sur la droite, non sur la gauche.

— Là encore, c'est un rempart. Y aurais-tu découvert un nouveau conduit ? fit le scribe ironique.

— Pas un conduit, cette fois, rétorqua la naine avec la même ironie que celle de Néhéry. Plutôt un monticule caché par un amas de feuillages et de branchages qu'il faut débroussailler pour remarquer que la bosse ainsi formée n'est qu'un minuscule sanctuaire. Mais cet autel est dédié au dieu Aton. Il a été élevé autrefois par un prêtre qui n'acceptait pas que la reine Hatchepsout, soutenue par Amon, reste au pouvoir.

Elle se tourna très fière vers son amie Neby.

— Il me semble que c'est une information qui intéressera Néfertiti, car elle pourra agrandir ce temple. On voit d'ailleurs, au travers de quelques broussailles, une partie du disque solaire et une petite main qui s'en échappe.

Niny se redressa. Saisie par l'importance de sa déclaration, elle tendit son buste qui semblait toujours énorme vu la petitesse du reste de son corps, et elle s'applaudit à grands coups.

— Voilà, Neby. J'en connais d'autres de cette trempe-là et je te les apprendrai tous.

Néhéry ravala sa salive mais, soutenu par son frère Menen, refusa de paraître ridicule. Il s'apprêtait à rétorquer quelques vérités quand Sen se planta à nouveau devant Neby.

— Le matériel, souffla-t-il.

— Ah ! Oui, le matériel. Avez-vous ce qu'il faut pour écrire ?

— Non ! jeta le plus vieux, celui avec lequel Neby aurait sans doute le moins de problèmes à résoudre. Le matériel appartient à l'administration du village. Nous n'avons rien pu emporter.

— Alors, il faudra...

Elle fut interrompue par l'arrivée d'une jeune fille qui la regardait d'un air médusé.

— Inéni ! s'exclama-t-elle. Dieu ! Que tu as changé !

La jeune fille rougit et se laissa embrasser par Neby qui en profita pour chuchoter à son oreille qu'elle était devenue si jolie que tous les hommes la regardaient.

— Ciel ! murmura Inéni à son tour, tu m'as quittée garçon et je te retrouve femme !

Mais Neby la repoussa doucement.

— Nous parlerons plus tard, veux-tu ? Dis-moi juste comment va ton frère, mon ami Hopet, dit-elle cette fois d'une voix plus forte.

— Très bien. Il m'a chargée de te saluer.

— Sais-tu pourquoi je t'ai fait venir ?

— Je m'en doute.

— Je n'ai aucun dessinateur dans mon équipe. Toi seule sais prendre des esquisses et relever des tracés. Tu dresseras donc le plan de tous les temples qui citent le dieu Amon. Sen t'aidera.

Elle le chercha du regard. Il n'était pas loin d'elle.

— N'est-ce pas, Sen ? Tu assisteras Inéni dans sa tâche. Tu en es fort capable. Et, ajouta-t-elle en se tournant vers les scribes qui, à l'exception du vieux Kheti, s'étaient tous regroupés et tassés dans l'angle de la pièce, comme s'ils devaient traverser le mur sans qu'on les voie, puisque vous êtes six, nous ferons trois équipes de deux, afin de travailler plus efficacement. Je serai tantôt avec l'une, tantôt avec l'autre, selon l'ampleur du travail.

Elle s'arrêta et se mit à penser une brève seconde à l'enseignement de Panehesy et de ses scribes lorsqu'elle faisait son apprentissage au temple de Memphis et toute l'organisation d'un long et délicat travail lui revint à l'esprit.

Son regard se heurta à celui de Mahou. Elle eut un instant de panique, mais se reprit aussitôt. Certes, Panehesy lui avait tout appris, tout. Les rouages, les dangers, les astuces, jusqu'à l'assurance qu'elle devait montrer même si elle ne l'avait pas. Neby savait que le moindre écart la mènerait à la chute.

Elle releva la tête et reprit tranquillement :

— Nous commencerons par le grand domaine d'Amon, l'enceinte et le temple de Montou, le temple de Maât, celui de Mout et de Khonsou. Nous poursuivrons dans le secteur d'Osiris et dans celui de Ptah. Les recherches y seront plus longues et plus méticuleuses, car Amon y est moins représenté.

Aucune objection ne venant contrecarrer son propos, elle poursuivit d'un ton toujours aussi calme, bien qu'une grande nervosité imprégnât son esprit :

— Puis, nous pénétrerons dans les magasins des offrandes et nous attaquerons les pylônes, les uns après les autres et enfin les salles hypostyles et la cour des obélisques.

Elle plongea ses yeux dans ceux de Mahou, les reporta sur Néhéry qui l'observait un sourire ironique au bord des lèvres et conclut :

— Nous terminerons par la grande allée des béliers, la cour bordée de sphinx et le débarcadère qui, lui aussi, comporte des inscriptions. Je veux que chacun de vous établisse une liste complète sur le lieu où il sera affecté et me la remette chaque soir.

Néhéry et ses compagnons ne bronchaient pas, ne disaient rien et l'observaient sans pitié. Elle croisa à nouveau le regard froid et imperturbable de Néhéry et lui lança sèchement :

— Puisque c'est toi qui, après Niny, connais le mieux Karnak, je te charge de faire le rapport correspondant à chaque journée de travail. Je ferai moi-même la synthèse de tous tes comptes rendus.

Ne cherchait-elle pas la difficulté en responsabilisant davantage celui qui la narguait le plus ? Non ! Cela lui permettrait de mieux le cerner et, par ricochet, d'éviter peut-être quelques pièges. Elle se leva et se dirigea vers la fenêtre ouverte qui donnait dans la grande salle de séjour. Elle sentit les regards se tourner vers elle. Devait-elle réfléchir encore avant de poursuivre ou allait-elle se lancer dans la complexité — pour ne pas dire le danger — que les diverses opérations allaient forcément engendrer ?

Quand elle se retourna, elle vit que Mahou la regardait d'un air étrange. Attendait-il, lui aussi, qu'elle poursuivît dans ce sens ? Elle le fit après quelques réserves.

— Je sais que vous me narguez et que sans doute vous ne m'aimez guère. Mais, que vous le vouliez ou non, nous avons un point commun. Et ce point-là est un signe qui véhicule le même désir, celui d'atteindre les honneurs qui ne vous ont pas été donnés par le dieu Amon. Un autre dieu peut le faire et c'est moi qui ai été désignée pour subtiliser le premier et le remplacer par le second.

Anthor et Menen firent un pas en avant. Les autres ne bougèrent pas.

— Quant à nos adversaires, poursuivit-elle encore, il ne faut pas minimiser leur importance. C'est pour cette raison que nous avons Mahou et ses hommes avec nous. Peux-tu me dire Néhéry qui, à Karnak, te semble le plus menaçant ?

Néhéry eut un vague sourire qui s'apparentait à la décontraction mêlée d'incertitude. Depuis que Neby avait fait savoir aux autres qu'il devait coordonner l'ensemble du travail et en faire un rapport général chaque soir, il avait sans doute décidé — pensait la jeune femme en l'observant avec attention — de lui faire meilleur visage et de donner à son attitude plus de condescendance. Elle avait donc eu raison de poursuivre son idée. Elle en fut, à présent, convaincue. C'était par lui que lui viendrait l'estime des autres.

— Le plus menaçant, je ne sais pas, répondit-il. Mais, le plus faux et le plus hypocrite sera de toute évidence Oseramon.

— Comment est-il ? s'enquit Neby en remarquant que Souti et Hor s'étaient rapprochés de Néhéry.

— Retors sur tous les points. Son beau visage est trompeur et ses doux yeux rêveurs ne sont que fourberie. Quant à ses lèvres au dessin parfait, elles ne savent que lancer des mensonges. Oseramon est le bras droit du Grand Prêtre.

— Et les autres ?

— Le vieux Baken, toujours Intendant du Trésor, est d'une ambition démesurée. Il ne pense qu'à conserver ses pouvoirs afin d'agrandir ses richesses. Cette idée le rend dur, exigeant, impitoyable, prêt à écraser par tous les moyens celui qui barre son chemin. Ceci dit, il ne s'attaque qu'à moins puissant que lui, alors qu'Oseramon serait prêt à pulvériser son propre maître.

— Y en a-t-il de plus torves ?

— De plus torves, non. Mais de plus cruels, oui. Ahmose, le porteur du sceau d'Amon qui, avec Pérouhé, n'en est pas à son premier meurtre. Quant à Anen...

Neby sursauta. Elle flanqua ses yeux devenus

d'une froideur immense dans ceux de Néhéry et jeta d'une voix basse et mordante :

— Je n'ai pas besoin de renseignements sur le Grand Prêtre Anen, j'en fais mon affaire personnelle.

*
* *

Quand les scribes furent partis, Mahou se mit à maugréer qu'il n'avait pas prévu d'assurer la surveillance des six scribes, mais uniquement celle de Neby.

— Engage des hommes supplémentaires, rétorqua la jeune femme. Je pense que le budget que t'accorde la reine est sans limite.

— C'est exactement ce que je vais faire, confirma le policier. Je n'ai absolument pas l'intention d'aller perdre mon temps dans le dos de tes hommes. Je vais détacher deux autres policiers pour chacun de tes groupes.

Il lui prit le bras et l'entraîna vers l'extérieur.

— A présent, il faut que je voie si tu es en mesure de conduire correctement ton char. Tes paroles de réconfort sont une chose, tes actes en sont une autre. Allons ! Dis à tes gens que tu pars et que tu ne rentreras que plus tard.

— Si je dois revenir à la nuit tombée, Niny pourrait prendre Sibou, sa mule, et nous accompagner. Sibou est un animal extraordinaire. Elle arrive à suivre au petit trot un attelage qui ne file pas trop vite.

— Je n'ai besoin ni de ta naine, ni de ton jeune

soupirant pour t'apprendre à conduire les chevaux. Je veux être seul avec toi.

Neby se mit à rire.

— Mais je te répète qu'à présent, je ne fais plus d'erreur. Sothis et Orion me connaissent et je les maîtrise parfaitement.

— Et si tu as un char qui te piste ? rétorqua Mahou, têtu.

— Je filerai plus vite que le vent et je serai aussi véloce que le meilleur conducteur de Thèbes. Orion est plus prompt qu'une flèche et peut, sans difficultés, entraîner Sothis dans une course effrénée.

— Et si le char adverse te prend de plein fouet sur le côté ?

Elle sentit la pression du bras de Mahou sur le sien.

— Ainsi, tu ne me fais pas confiance. Eh bien, allons-y, trancha-t-elle.

Mais il récidiva :

— Allons, tu ne réponds pas à ma question. Comment t'y prendras-tu si tu te fais sottement piéger dans ton propre attelage ?

Son bras rivé au sien, elle se laissa conduire à l'écurie.

— Très bien, tu vas donc m'apprendre à sortir du traquenard dans lequel je pourrais me fourvoyer par mégarde.

Une heure plus tard, ils sortaient de Thèbes et prenaient la route de Philaë en direction du sud. Neby tenait fermement les rênes de son char, décidée à prouver ses capacités quant à la façon dont elle menait ses chevaux. A ses côtés, l'attelage de Mahou frôlait le sien.

La jeune femme tourna la tête sur le côté et vit le visage de son compagnon qui fixait la ligne d'horizon. Soudain, il freina et laissa Neby prendre de la vitesse. Elle fit cingler son fouet dans l'air chargé des premières lueurs du soir.

— Il ne faut pas trop s'éloigner de Thèbes ! cria-t-elle. Nous devons entrer dans le temple de Karnak, demain à l'aube.

— Je croyais que tu voulais te rendre à Philaë.

— Certes non ! s'exclama Neby. Comment pourrions-nous être de retour à Thèbes avant la nuit tombante ?

Ils conduisaient côte à côte, le long du fleuve tranquille. Un autre char les croisait, parfois. Un âne ou deux chargés de paille se laissaient dépasser. Un troupeau de bœufs qui s'arrêta sur la berge pour se désaltérer leur créa quelques soucis, mais le bouvier qui les conduisait les mena si bien à la baguette que la voie fut libérée en quelques minutes.

— J'ai une question à te poser, dit soudain Mahou qui tenait assez lâchement ses rênes pour être à la hauteur de Neby. Et j'ai besoin que tu y répondes sans aucun détour.

— Est-ce d'un ordre professionnel ?

— Tout à fait. Cela fait partie du vocabulaire que tu as savamment jeté à tes scribes, tout à l'heure.

— Alors, je vais satisfaire ton désir.

Mahou réduisit l'espace entre son char et celui de la jeune femme. Puis son regard se fit lointain. Il fixa la ligne d'horizon. Mais son attention revint vite à Neby et il retourna la tête vers elle.

— Que veut dire le propos que tu as lancé au

visage de Néhéry, le scribe de Karnak, en ce qui concerne le Grand Prêtre d'Amon ?

— Dois-je vraiment te répondre ?

Les chars avaient un peu ralenti, comme si la réponse de Neby devait avoir quelque influence sur le rythme de leur allure.

— C'est forcément essentiel. Anen est le Premier Prêtre d'Amon. Il n'y a personne à Karnak qui soit placé plus haut que lui. Pourquoi as-tu dit qu'en ce qui le concernait, tu en ferais ton affaire personnelle ?

— Parce que c'est mon désir et ma volonté !

— Tu dois me répondre. Pourquoi ?

— Parce que ce monstre, ce dégénéré, ce fou voulait briser, anéantir mon intimité d'adolescent quand il me prenait pour un garçon. Oui ! Mahou, il voulait violer mon corps autant qu'il désirait pulvériser mon esprit et mes enthousiasmes d'enfant.

— Que faisais-tu à Karnak ?

Elle écouta le cahot tranquille des roues sur la route et expliqua d'une voix monocorde :

— C'est une longue histoire. Mais en deux mots, je vais te la raconter, car tu as été désigné par la reine pour me protéger tout au long de cette mission et tu dois tout savoir pour mieux me secourir en cas de difficultés.

Le rythme des chevaux s'était encore atténué et ils allaient, à présent, d'un petit pas tranquille, laissant les chars cheminer paisiblement côte à côte.

— Je suis la fille d'un scribe public. Après la mort de ma mère, mon père et moi avons sillonné le Nil, de ville en ville, en quête perpétuelle d'un ouvrage. Pour mieux m'insérer dans le monde du travail, mon père avait imaginé de me faire prendre l'apparence d'un garçon, afin d'être moins agressée sur les routes. Partis du sud, nous arrivions à Thèbes quand mon père fut pris de fièvre et mourut.

Elle s'arrêta quelques instants, prête pourtant à poursuivre ce monologue jusqu'au bout.

— Désemparée, perdue, affamée, je suivis sans le savoir l'enterrement d'une noble thébaine. Puis je me laissai volontairement enfermer dans le temple parce que j'avais vu de la nourriture en quantité innombrable déposée sur les autels des dieux et j'attendis la nuit. Les prêtres m'ont trouvée un matin, prise pour un garçon car j'avais le crâne rasé, menée devant Anen qui, sans même me faire subir de test, n'a jamais voulu croire que je savais lire et écrire. Il se contenta de me faire cruellement battre à mort. Plus tard, j'ai compris que ce n'était pas pour avoir volé de la nourriture aux dieux qu'il m'imposait ce supplice, mais parce que je refusais de me plier à ses exigences sadiques et malsaines. Voilà, c'est tout. Ta curiosité est-elle satisfaite ?

A vrai dire, le récit de Neby n'avait guère étonné Mahou qui connaissait, par les bruits indiscrets qui arrivent toujours aux oreilles les plus fermées, les actes malveillants du Grand Prêtre. Mais qui pouvait attaquer le frère de la reine Tiyi ? Qui pouvait l'incriminer ? Anen était assez rusé pour qu'on ne le prît pas sur le fait. Ce n'était nullement le premier récit du genre que Mahou entendait sur les inconduites du Grand Prêtre Anen, l'intouchable. Mais cette histoire-là, se dit-il, c'était lui qui en ferait son affaire personnelle, pas Neby ! En se mesurant avec un tel personnage, elle n'avait aucune chance d'échapper à la mort.

— Allons, Neby ! File, hurla-t-il, prends de la vitesse et laisse-moi à l'arrière. Grise d'air tes poumons et fixe l'horizon.

La route était large et droite et les contreforts du désert se dessinaient dans une clarté blanchâtre sur les bas-côtés, derrière le fleuve qui serpentait et les rangées serrées des maisons thébaines qui, cependant, se raréfiaient à mesure que l'on quittait la ville.

Resté en arrière, Mahou menait habilement ses chevaux. Depuis longtemps, il savait les freiner, les motiver, les rassurer, les exciter. Il savait aussi les soigner quand une écharde ou un caillou se coinçait dans leur sabot ou qu'une luxation enflait l'articulation de leur jarret fragile.

Et Mahou connaissait tous les chars. Aucun ne lui résistait. Les petits chars de course, légers, rapides, aussi maniables que des jouets qu'il menait avec un grand art dans les compétitions sportives. Ah oui ! Mahou avait gagné plus d'un trophée dans les courses de char. Ces petits attelages-là servaient aussi d'attaque dans les batailles. Ils avaient simplement une coque plus épaisse pour parer les coups de flèches ou de matraques dans le feu de l'action.

Quant aux chars utilisés dans le désert pour les chasses à l'antilope ou à la gazelle, ils étaient aussi maniables que ceux des combats et Mahou, bien qu'il sût pareillement les conduire, ne les utilisait que pour la chasse à l'homme, préférant courir après le bandit qu'après le gibier.

Restaient les chars de résistance, grands et lourds,

qu'il fallait, en cas de guerre, charger d'armes jusqu'en haut de la coque. Ceux-là se maniaient avec difficulté, face à l'ennemi, sur les champs de bataille.

Enfin, on ne pouvait oublier les chars d'agrément où l'on pouvait aisément se promener à deux, debout côte à côte. Parfois même, un creux se dessinait à l'arrière de la coque pour accueillir une troisième personne, souvent l'enfant de la famille.

Mais, pour l'instant, Mahou menait ses chevaux mollement, laissant Neby prendre de la vitesse. Elle entendait derrière elle le bruit régulier des sabots sur la route, mêlé à celui des roues. De la voix, elle flatta ses chevaux et respira une grande bouffée d'air qui venait tout droit du Nil. Le ciel était encore de ce bleu limpide, presque agressif, qui ressemblait à la pierre de lapis-lazuli. Mais, dans quelque temps, il s'adoucirait et commencerait à se zébrer de petites stries rosâtres qui annonçaient le coucher du soleil.

Soudain, Neby entendit derrière elle le bruit des sabots changer de rythme. Le char de Mahou prenait de la vitesse. L'air cinglait ses oreilles et elle dut se ranger rapidement sur le côté pour le cas où son adversaire viendrait la heurter. C'était, pensa-t-elle, la première précaution à prendre. Mais le char de Mahou vint s'abattre contre le sien, ce qu'elle n'avait nullement prévu et l'essieu de sa roue avant-droite accrocha celui de sa roue avant-gauche. Elle bascula sur le côté et perdit l'équilibre. Un instant, elle prit peur et serra violemment les rênes. Son char penchait dangereusement et Mahou la serrait davantage.

— Ton cheval de gauche garde encore son sang-froid, cria-t-il, tiens-le ferme et tire fortement sur les rênes de droite. Allons, Neby, à présent, libère une main et fais cingler ton fouet. Il faut impressionner ton adversaire. Ne sens-tu pas qu'il essaie de te renverser ?

— Je le vois bien, cria Neby affolée, mais je ne sais plus quoi faire ! Orion semble ne plus m'obéir et Sothis est apeuré. Je ne l'ai jamais vu ainsi.

— Et toi ? cria Mahou en projetant son attelage sur celui de sa compagne.

— Moi, je ne sais plus.

— As-tu peur ?

— Oui.

— Alors, respire une grande bouffée d'air et calme d'abord tes esprits.

La coque de son char avait si violemment heurté celle du char de Mahou qu'un bruit sec de cassure vint à son oreille. Un bruit fracassant qui annonçait la fin de sa gloire.

— Par tous les dieux ! jura Mahou, libère une de tes mains et lance ton fouet vers mon visage. A présent, il faut agresser ton adversaire sinon, il va te massacrer.

— Mais, je vais te blesser !

— Neby ! vociféra Mahou. Ce n'est pas un jeu. C'est un exercice violent. Allons, du nerf ! N'es-tu donc qu'un fragile personnage fait pour poser tranquillement le calame sur le papyrus ?

— N...on !

Orion se mit à hennir et Sothis l'entraîna dans une panique qu'elle ne savait plus maîtriser. Une seconde plus tard, les chevaux se cabraient, rejetant l'attelage à l'arrière tout en basculant sur le bas-côté.

Elle lâcha les rênes de sa main gauche et saisit le fouet qu'elle fit cingler en direction de Mahou. L'extrémité de la fine lanière atteignit les reins d'un des chevaux qui se mit à hennir, imitant ses compagnons d'infortune. Un nouveau coup atteignit le policier en pleine poitrine. Un troisième accrocha son visage et le lien de cuir s'enroula autour.

— C'est stupide, cria Neby tremblante. Je veux arrêter tout de suite. Ecarte tes chevaux. Quoi que tu en dises, je sais que c'est un jeu pour toi et si tu ne le cesses pas immédiatement, je me jette devant ton char et je me fais piétiner et écraser par tes chevaux.

Elle laissa tomber son fouet et attendit. Mahou écarta ses chevaux, les calma de la voix, sauta de son char et saisit l'encolure d'Orion qui venait de basculer sur Sothis. Il rétablit l'équilibre et la sérénité de l'attelage après beaucoup d'efforts. Neby se tourna vers lui et vit la balafre que son fouet avait imprimée sur son visage.

— Ce n'est rien, fit-il en riant.

Quand elle voulut toucher du doigt l'éraflure, il saisit sa main et y posa la bouche. Puis, d'un geste brusque, il l'attira contre lui et, levant son visage, chercha ses lèvres.

Neby se laissa faire. Elle sentit la bouche de Mahou presser durement la sienne. Un baiser farouche, aussi violent que l'avait été cet exercice qui lui prouvait que le combat de char était un sport d'homme et non de femme. Elle répondit à ce baiser avec une douceur qui surprit le policier mais dont il refusa les effets trop alanguis. Neby dut se plier aux exigences de Mahou. Une pulsion qu'elle ne pouvait pas définir l'imprégna tout entière. C'était un mélange de crainte et de bien-être et elle n'arrivait pas à scinder le premier sentiment du second. Cela brûlait son corps, le meurtrissait et le guérissait à la fois. Elle ferma les yeux. Où étaient la légèreté et le parfum des lèvres de Panehesy ? Celles de Mahou écrasaient sa bouche sans souci, sans pudeur et pourtant, elle se laissait faire, consciente que c'était ainsi qu'elle oublierait le Grand Prêtre.

Elle se laissa conduire lorsqu'il la fit glisser sur le sol. Son buste contre le sien, il la pressait de tout son poids. Elle se tut et ne se retira pas. Alors, d'une pression puissante, il écarta de ses jambes musclées celles de la jeune femme pour y encastrer son grand buste dénudé recouvert du pectoral que lui avait offert le pharaon. Elle sentit les maillons de bronze accrocher sa peau délicate.

Soudain, il se détacha d'elle pour la fixer un instant. Voulait-il vraiment voir dans ses yeux un signe de désaccord ou d'assentiment avant de poursuivre cette étreinte ? Neby n'en fut pas certaine. Mahou voulait simplement exprimer son désir de sentir contre sa peau celle de sa compagne et non ses vêtements.

Alors, d'une main sans doute trop assurée, il entreprit de dénuder son corsage, mais Neby redressa son buste sans qu'il s'y attendît et profita de sa surprise pour se lever brusquement.

— Non, Mahou, jeta-t-elle fermement. Je dois

rentrer à Thèbes et me lever demain à l'aube pour conduire mes scribes à Karnak.

Il ne dit pas un mot, ne fit aucun geste pour la reprendre. Il se leva, le visage rougi et la respiration courte.

— Un jour prochain, Mahou, murmura-t-elle. Quand nous nous connaîtrons mieux.

CHAPITRE VII

Le lendemain à l'aube, juste avant de monter sur son char, Neby eut la surprise de voir apparaître Myriam. Minhotep et Thoueris avaient réussi à la convaincre que sa présence serait plus utile près de Neby qu'aux côtés de Nephtys qui ne manquait de rien et que personne ne pouvait trouver, trop bien cachée sur « La Croix d'Ankh ».

Debout sur son char, à côté d'elle, Niny se sentait nerveuse. Silencieuse, elle observait le vol d'un faucon qui planait au-dessus de leurs têtes, tournoyant dans l'air, ses grandes ailes dépliées et son œil dardant la crête de la montagne thébaine que l'on apercevait derrière l'horizon. Niny avala une grande gorgée d'une atmosphère déjà lourde et chaude qui, tout à l'heure, allait peser sur le temple. Elle redressa le buste. Sa tête arrivait à peine à la taille de Neby.

A l'avant, Mahou ouvrait la route avec deux de ses hommes. Neby les avait jaugés, en silence, quand le policier les lui avait présentés. Puis, ses yeux avaient croisé ceux de Mahou et s'étaient reposés sur les deux soldats, grands, forts, musclés à souhait, et sachant certes manier la lance, la matraque et la hache.

Niny ne disait rien. Seules, ses jambes trahissaient son angoisse par le va-et-vient de ses pieds qu'elle déplaçait sans pourtant avoir l'air de les bouger. Même ses mains grassouillettes qui se crispaient sur le rebord du char semblaient en désaccord avec son esprit qui bouillonnait. Dans un instant, elle serait devant son ancienne maîtresse qui n'allait pas manquer de l'humilier afin de mieux l'écraser. Pénétrer ces lieux qu'elle avait quittés de plein gré et qui lui rappelaient tant de mauvais souvenirs n'était pas pour lui plaire. Mais Neby avait une mission dangereuse à remplir et elle devait l'aider, voire la seconder, pour une totale réussite.

— Tu aurais dû me laisser monter Sibou, dit-elle à Neby d'un ton morne.

— Non, il faut imposer notre arrivée, assura sa compagne en rectifiant le maniement de ses rênes, car Mahou empruntait la voie la plus courte pour atteindre la grande porte de l'enceinte. Tu sais bien qu'un âne aurait fait mauvais effet. Nous ne sommes pas des serviteurs du temple, ni des colporteurs, ni même de pauvres errants venus, le dos courbé, quémander du pain ou quelques oignons. Nous devons entrer par la grande porte, celle que les prêtres franchissent.

Dans son regard, Niny sentit passer une lueur décidée. Elle se redressa et toute son inquiétude s'envola. On eût dit que le faucon qui s'éloignait haut dans le ciel l'avait emportée avec lui. Seule restait une immense fierté. Elle ne pensa plus aux dix longues années passées à Karnak au service de la Grande Prêtresse d'Amon, quand elle n'était qu'une vulgaire servante, naine de surcroît, qui n'avait droit qu'aux ordres et aux éternelles moqueries des autres.

Ah ! Certes Neby avait mille fois raison. Revenir au temple juchée sur une mule — si belle fût-elle, car Sibou n'était pas n'importe quelle mule — n'aurait guère rehaussé son prestige et les railleries de certains serviteurs n'auraient fait que desservir Neby elle-même. Elle décida donc d'oublier complètement ses craintes et se tourna vers sa compagne.

— As-tu pris le lapis-lazuli ?

— Oh ! Comment peux-tu penser que j'aie pu l'oublier ? Toute la nuit je n'ai pensé qu'à lui. Là, je le sens battre contre mon sein, accroché à mon cou.

Un lapis-lazuli que lui avait remis la reine et qu'elle tendrait, d'un air superbe et froid, au Grand Prêtre qui la regarderait médusé. Une pierre éclatante, profondément bleue et délicatement veinée d'or, offerte pour remplacer celle qu'elle avait dérobée quand elle était enfant, enfermée à Karnak.

Quand les chars arrivèrent devant la grande porte, celle qui menait directement au domaine d'Amon, Neby fit des yeux le tour de l'enceinte et arrêta son regard sur le mur de pierres qui enfermait la ville. Les chars stoppèrent dans un nuage de poussière qui aveugla un instant le soldat de garde. Celui-ci haussa le sourcil sans rien dire et ce fut son compagnon qui se tenait juste derrière lui qui se mit à crier :

— Oh là ! Que venez-vous faire ?

Il détailla la belle allure des attelages, mais il eut un œil soupçonneux sur le visage des deux femmes. Mahou et ses deux hommes venaient de s'écarter pour intervenir dès qu'elles en auraient besoin.

— Nous voulons entrer à Karnak ! cria Neby d'une voix forte pour se faire entendre.

— Que venez-vous y faire ?

— Voir le Grand Prêtre.

Les soldats se mirent à rire. Le plus petit se tint les côtes pour mieux s'esclaffer.

— Passez par l'une des petites portes de l'enceinte, cria-t-il à son tour, et si les gardes ne vous bastonnent pas trop le dos, alors vous pourrez réitérer votre demande.

— C'est nous qui allons te bastonner ! s'écria de loin Mahou en colère. Ces jeunes femmes portent le sceau royal de la reine Néfertiti et moi celui du pharaon Akhénaton. Alors, tu ferais bien de nous laisser tout de suite entrer par cette porte sinon, dans quelques jours, tu risques de te retrouver là où tu renvoies les mendiants.

Il sauta au bas de son char et le menaça de sa cravache.

— Et ce n'est pas moi qui viendrais t'apporter de l'eau fraîche ou du pain.

Les deux soldats se turent. L'un à côté de l'autre, le casque relevé et l'arme en main, ils observaient à présent celui qui s'était retourné contre eux et qui les haranguait.

— C'est en effet ma garde personnelle, jeta Neby

d'un ton ferme, et c'est le Grand Chef de Police Mahou, engagé par sa Majesté le pharaon Akhénaton qui vient de te parler.

Elle se tourna vers Niny :

— Donne-moi le papyrus et le calame.

Descendant elle aussi de son char, elle attendit que Niny lui présentât sa palette de scribe. Puis, tranquillement, comme au temps où elle était dans la rue à rédiger un document pour l'un de ses clients, elle apposa le sceau à l'encre noire sur la feuille de papyrus qu'elle venait de dérouler devant les yeux ahuris des soldats.

— Tiens, va porter ceci à ton chef et dis-lui que nous ne voulons pas attendre davantage.

Quelques instants plus tard, un prêtre se présenta. Il était encadré par deux autres gardes qui arboraient un air aussi malveillant que leur maître.

— Il est interdit d'entrer dans ce temple par cette porte-là, fit-il en lui jetant un œil sombre.

Mahou se planta devant lui, menaçant, encadré de ses deux hommes qui levèrent aussitôt leur arme.

— Et moi je te dis que nous allons pénétrer dans le domaine d'Amon par cette entrée-là et non par une autre. Le sceau de la reine Néfertiti ne te suffit-il donc pas ?

— Qui nous dit que ce sceau est authentique ? rétorqua le prêtre dont le crâne luisait d'huile et les yeux d'impertinence.

Neby rétorqua d'une voix sèche :

— Allons, va dire à ton maître, le Grand Prêtre Anen, que je ne fabrique pas des documents falsifiés, moi !

Elle appuya suffisamment sur le mot « moi » afin

de lui donner une importance qu'elle ne voulait pas amputer par la faiblesse de sa voix. Et elle se rendit compte que les murs de l'enceinte où ils se trouvaient avaient sans doute des oreilles, car deux autres prêtres accouraient.

Oui ! Ce mot-là devait sonner fort au travers du mur d'enceinte car quelques secondes plus tard, un troisième prêtre, le crâne oint d'huile sacrée et les pieds nus, s'approcha et leur dit d'un ton revêche :

— Rangez vos chars à l'intérieur de l'enceinte et attendez que le portier personnel du prêtre Oseramon vienne vous chercher. C'est lui qui décidera si vous pouvez ou non voir le Grand Anen.

Une surprise devait attendre Neby et, bien évidemment, Niny en particulier qui ne pensait pas se heurter de suite à la Grande Prêtresse. Car ce fut Ipény en personne qui se trouva brusquement devant elles. Comme autrefois, elle avait un reptile autour du cou, un cobra royal qui se tenait immobile, la tête posée sur l'une de ses épaules, lové dans les anneaux bruns et luisants qui glissèrent, subrepticement, quand il entendit la voix de sa maîtresse.

— Mais c'est ma fidèle servante, la naine !

— Je ne suis plus ta servante ! s'indigna Niny, déjà révoltée du ton que prenait Ipény. Je suis celle de Neby, la Grande Scribe Royale de la reine Néfertiti.

— Neby ! fit-elle négligemment, j'ai entendu ce nom quelque part, il me semble.

— Oh ! répondit Neby, en reculant devant le reptile qui commençait à dérouler ses anneaux dans le cou de sa maîtresse, c'est un nom très commun. Ne sois donc pas étonnée de l'avoir déjà entendu.

Ciel ! Pourquoi paniquait-elle ainsi devant ce reptile pervers et menaçant qui lui rappelait une si douloureuse enfance ? Elle se revoyait petite fille, pétrifiée d'horreur devant le cobra royal qui n'écoutait que la voix douceâtre de sa maîtresse, la langue sifflante comme elle et prête à mordre.*

— Peut-être as-tu même une servante ou un jeune serviteur qui porte ce nom-là ?

Bien qu'Ipény semblât ne plus maîtriser sa mémoire, elle vit la crainte dans les yeux de Neby. C'était le regard affolé d'une enfant, d'une adolescente peut-être. Mais, de quelle servante ou de quelle esclave s'agissait-il ?

Pour éviter de se ridiculiser par une de ces pertes de mémoire qui la taraudaient de plus en plus et dont elle connaissait les effets dévastateurs, elle se tourna vers son ancienne servante.

— Tu n'as jamais eu peur de mes reptiles, Niny, persifla-t-elle d'un ton affreusement mielleux. Sans doute les dieux voulaient-ils compenser, par cette grande indulgence, les défauts de ton vilain corps difforme qui ont si souvent gêné mes yeux épris de grâce et de beauté. Pourtant, dieu d'Amon ! Comme j'ai pu effrayer plus d'une de mes servantes avec ces chères petites bêtes qui n'obéissent qu'à moi !

Elle s'arrêta de parler, réfléchit un instant et, voyant que la mémoire ne lui revenait toujours pas, elle reprit de façon plus cinglante :

— Je vieillis mais je ne suis pas sourde ! Or, j'ai entendu ces prêtres et ces gardes dire que tu étais scribe et que tu travaillais pour la reine Néfertiti.

* Lire : LES THÉBAINES, *Les Dieux indélicats.*

Je suis au courant de ta mission et j'ai encore suffisamment de pouvoir pour me mêler de cette affaire. Et ce n'est pas Anen, le Grand Prêtre, qui m'en empêchera.

Elle caressa les écailles du serpent dont les anneaux se déroulaient lentement le long de son cou.

— Je serai souvent derrière toi, Neby la scribe, fit-elle d'un ton sarcastique. Avec mon cobra, bien sûr. Lui et moi, nous ne nous séparons jamais.

Puis, elle se tourna vers les deux prêtres qui, depuis son arrivée, se tenaient à l'écart.

— Je tiens à vous accompagner. L'entretien que cette femme demande au Grand Prêtre me concerne au plus près. Je ne veux pas la quitter d'un pouce.

Elle se tourna vers Niny :

— Toi, reste là !

— Il n'en est pas question, répliqua Neby sèchement. Tu sembles oublier qu'elle n'est plus ta servante, mais la mienne. Niny m'accompagne partout où je vais.

Ipény sourit et sifflota quelques notes harmonieuses. Le cobra sortit sa langue et Neby recula. La prêtresse se mit à rire.

— Et ceux-là ? fit-elle en montrant du doigt Mahou et ses deux hommes.

— Ils m'accompagnent.

Mahou qui bouillait d'une rage contenue depuis quelques instants bondit vers les trois femmes.

— Je porte moi aussi le sceau du pharaon Akhénaton, déclara-t-il d'un ton caverneux, et je suis mandaté pour protéger cette jeune femme. Alors, si je vois ton reptile rôder sournoisement auprès d'elle, je n'hésiterai pas, crois-le bien, à le trancher en deux.

— Tu me sembles bien sûr de toi, soldat.

— Je suis Mahou, Chef de Police.

— Que craignent le nouveau pharaon et son épouse ? Que nous égorgions leur protégée ? Que nous la transpercions d'un coup de lance ? Certes, dans ce cas, ta protection, renforcée par la présence de tes hommes, lui sera utile. Mais que feras-tu si nous lui donnons du poison à boire ?

— Alors, c'est ma présence qui lui sera nécessaire, jeta Niny. Tu oublies, Ipény, qu'ici je connais tous les recoins, tes cuisines comprises et mieux encore je connais tes servantes. Et laisse-moi te dire que, malgré mon corps affreux et difforme que tu as supporté pendant dix longues années, je n'avais pas que des ennemis auprès de moi. Alors, méfie-toi et ne l'oublie pas.

Un grand prêtre, soudain, surgit de l'ombre. Nul ne sut comment il débouchait sur le chemin qui les menait aux appartements du Grand Prêtre.

— Oseramon, fit Ipény, dans quelles dispositions se trouve ton maître ?

— Il ne veut pas recevoir cette scribe. C'est donc avec moi qu'elle s'entretiendra.

— Il n'en est pas plus question que de laisser ma servante entre tes mains.

— Alors, si tu ne veux pas traiter ton affaire avec moi, tu peux quitter de suite ce temple.

— Je traiterai avec ton maître.

Devant le mauvais entêtement d'Oseramon, doublé d'une folle arrogance, Mahou dut intervenir. Il pointa sa lance contre le buste du prêtre et vociféra :

— Cela suffit à présent, conduis-nous devant Anen ou je t'enfonce la pointe de ma lance en plein cœur.

Oseramon ouvrit la bouche pour rétorquer, mais il sentit la lame effilée chatouiller désagréablement la peau glabre de son torse nu.

— S'il faut des morts dans cette affaire, nous n'hésiterons pas. Dans ce cas, tu pourrais fort bien être le premier.

Le prêtre recula d'un pas, puis de deux. Mahou retira lentement la pointe de sa lance.

— Suivez-moi, jeta Oseramon d'une voix blanche.

Ce fut Ipény qui, la première, lui emboîta le pas. Dans un pesant silence, ils contournèrent quelques galeries, traversèrent un jardin empli d'arbustes florifères aux senteurs entêtantes et débouchèrent sur un portique soutenu par deux colonnes d'albâtre.

Quand ils arrivèrent dans la grande cour des appartements personnels des Grands Prêtres — la résidence d'Ipény n'en était pas très éloignée — une jeune femme vint au-devant d'eux. Grande, mince, les cheveux d'un noir d'ébène relevés en un haut chignon piqué d'un peigne en or serti de turquoises, elle avait des yeux étrangement clairs et une bouche souriante. Vêtue d'une tunique longue et blanche, elle s'avança avec souplesse.

— C'est Sourrara, chuchota Niny en frôlant le bras de Neby, la fille d'Ipény. Méfie-toi d'elle. Elle est pire que sa mère.

La jeune fille brune s'arrêta.

— Oseramon ! s'exclama-t-elle en détournant ses yeux du prêtre et en les dardant sur Neby. Que fais-tu donc avec cette belle jeune femme, toi qui n'aimes que la compagnie des prêtres ?

Oseramon lui jeta un regard sombre et Neby crut voir entre eux s'abattre une haine mortelle. Elle saurait s'en souvenir. C'était peut-être là un élément de désaccord dont elle pourrait se servir un jour. Elle croisa la pupille froide du prêtre et soudain, tout lui revint. Oseramon ! Le jeune scribe adolescent au temps où elle-même, enfant, était enfermée à Karnak ! Oseramon, courbé en deux devant Anen, acceptant le moindre de ses caprices, jouant avec les mots et les regards du Grand Prêtre, savourant les doigts caressants qu'il passait sur son visage, son corps. Oui ! Oseramon qui l'avait sauvagement jetée dans les bras de ses tortionnaires quand, sur l'ordre d'Anen, ils l'avaient fouettée à mort.

Apparemment, personne ne la reconnaissait. Seule Ipény semblait se souvenir de quelques petits éléments troubles. Demain, peut-être, après une nuit de profonde réflexion, se rappellerait-elle qui elle était ? Peut-être reverrait-elle en mémoire les grands yeux effrayés de l'enfant qui tremblait devant son cobra qu'elle menaçait de jeter sur elle.

Ah oui ! Comment Neby pouvait-elle oublier la langue sifflante du serpent qui allait et venait au-dessous de ses petits yeux rouges et l'air satisfait et plus cruel encore d'Ipény qui obtenait ainsi tout ce qu'elle voulait de l'enfant ?

— Sourrara, ma fille ! Voici Neby, la scribe personnelle de notre reine Néfertiti, celle qui a été désignée pour élever le dieu Aton dans notre vieille cité de Karnak et, bien sûr — cela va de pair — tenter d'amoindrir le nom d'Amon puisqu'elle doit en relever chacune des inscriptions qui se trouvent ici, chez nous.

*
* *

Mahou suivait assez discrètement avec ses deux hommes. Quand Neby et sa compagne furent arrivées devant la porte des appartements du Grand Prêtre, Oseramon les fit attendre dans la grande salle d'audience prévue à cet effet. Neby eut un léger tremblement. Elle se rappelait si bien cet endroit ! Rien n'était changé. Elle regarda Mahou et le coup d'œil qu'il lui jeta lui ramena les forces qu'elle perdait.

Un garde s'approcha, écarta d'un geste sec Ipény et Sourrara qui durent se contenter de rester derrière la porte en y collant leur oreille indiscrète. Dans leur grande contrariété, elles eurent pourtant un sourire satisfait quand elles virent qu'Oseramon s'était vu, lui aussi, éconduit par son maître.

La double porte de cèdre s'ouvrit sur une vaste salle qui sentait la myrrhe et l'encens et Neby fut étonnée de ne plus voir d'intermédiaire s'interposer. Le Grand Prêtre lui faisait face.

Lui non plus n'avait pas changé. Neby reconnut instantanément sa longue silhouette et son visage en triangle. Toujours grand, sec et nerveux, le front dégagé, les joues creuses, il était à peine ridé pour la quarantaine d'années qu'il devait avoir. Il s'avança, s'arrêta et son visage sembla se bloquer subitement. Alors, Neby sut d'instinct qu'il était bien le seul, parmi tous ces gens qu'elle connaissait ici, à l'avoir reconnue.

Elle sut aussi que ce jour-là, elle tenait sa revanche devant la cruelle Ipény, la prêtresse et son hypocrite fille Sourrara. Devant Oseramon aussi, l'ambitieux, le traître, le fourbe. Ne manquaient plus que les deux hommes qui l'avaient autrefois fouettée jusqu'à ce qu'elle tombât inanimée, presque morte.

Mahou restait en arrière, à l'écart avec ses deux hommes, l'œil aux aguets et l'ouïe ouverte. C'est à peine si Anen les voyait tant son regard restait obsédé par le visage de Neby.

— Tiens, voici pour que tu doutes encore quelques instants. Après, j'achèverai de te convaincre.

Elle dénuda son buste et offrit à son regard incrédule ses deux seins entre lesquels pendait l'énorme lapis-lazuli encastré dans un cercle d'or. Anen était blanc de peur et de rage contenues.

— Je t'offre aujourd'hui la vue d'un buste de femme et non celui d'un jeune adolescent que tu convoitais autrefois. Tes mains, dont je refusais les caresses, me harcelaient. T'en souviens-tu ?

Mahou restait éberlué et ne savait plus s'il devait admirer le cran de Neby ou cette jeune poitrine menue, fine et joliment galbée qu'elle lui avait refusée la veille. Il avala péniblement sa salive et se souvint de ces récents instants. Dieu de Seth ! Comme il l'avait serrée sous son corps puissant, brûlant, et comme il l'avait respirée, désirée et dieu qu'il la désirait encore ! Pourquoi avait-elle refusé d'entrouvrir son corsage comme elle le faisait à présent devant ce monstre de prêtre ? De la langue, il humecta ses lèvres et reprit ses esprits en tentant d'oublier cette jeune poitrine qu'il avait sous les yeux et que, jusqu'à présent, il n'avait fait que deviner.

Neby fixait froidement Anen.

— C'est bien moi, Grand Prêtre. Me reconnais-tu ?

Elle dégagea de son cou le lapis-lazuli et le lui tendit.

— Voilà ce que la déesse Hathor m'a prêté autrefois. Une belle pierre en vérité ! Je la lui rends. Veux-tu que je la dépose moi-même dans le creux de sa main, là où je l'avais prise ou préfères-tu la lui remettre toi-même ?

Sans mot dire, il saisit la pierre d'une main qui tremblait. Jamais encore il n'avait vu un tel lapis.

— C'est la reine Néfertiti qui me l'a offert. Tu remarqueras sans peine que ce bijou est encore plus gros et plus beau que celui que j'avais emprunté.

Elle vit que son regard s'affermissait et qu'il reprenait ses esprits. Neby s'approcha de lui, frôla de son doigt la manche longue de sa tunique.

— Nous sommes quittes à présent, laissa-t-elle tomber d'une voix blanche. Du moins sur ce point-là. Reste l'autre. Il est de taille aussi. Mais nous avons tout le temps. Nous resterons à Karnak durant de longues semaines.

Elle referma son corsage.

— Puisque mon corps ne peut plus t'intéresser, à présent qu'il a pris les formes d'une femme, je pense que je ne t'obséderai plus. Mais, si tu me cherches pour te venger, tu trouveras toujours Mahou et ses hommes sur ton chemin. D'ailleurs, je crois que vous vous êtes déjà croisés.

Anen semblait sortir d'un mauvais rêve et, pour la première fois depuis qu'elle se trouvait face à lui, elle entendit sa voix :

— En effet, admit-il d'un ton cassant en se tournant vers Mahou. Mais à cette époque, tu n'étais qu'un petit policier, juste bon à surveiller d'un œil tout ce qui gigotait autour de toi.

— Ravale ton arrogance, Grand Prêtre, reprit Mahou les yeux flambants de colère, car maintenant, un mot de moi et le pharaon peut ordonner ta mort.

— Il ne le fera pas, ricana Anen.

— Et pourquoi ?

— Il y a bien des choses que tu dois encore apprendre, petit policier. Car tu sembles ignorer que jamais ta mauviette de pharaon n'ira contre la volonté de sa mère. Or, Tiyi est ma sœur. Elle n'ordonnera jamais ma mort.

— Non, répliqua Neby vivement, mais un coup de lance est vite porté devant une gorge ou un buste nu qui s'avance trop près. C'est ce que Mahou expliquait tout à l'heure à ton ami Oseramon.

— S'il faut du sang dans ce temple, vociféra le Grand Prêtre, eh bien il y aura du sang !

— Je croyais que ta réputation était celle d'un poltron, lança ironiquement Mahou. On dit même que tu as peur des chevaux et que tu es incapable de conduire un char. Sais-tu au moins tenir une arme ?

— Ricane donc, petit policier. Ricane. Mes

armes ne sont pas les tiennes et elles seront plus redoutables.

Il s'approcha de Neby et lui souffla à voix basse :

— Si je sais mater les adolescents, je saurai bien mater une renarde.

— Moi ! Une renarde ! répliqua-t-elle à son tour. Tu te trompes Grand Prêtre, je ne suis qu'une scribe déterminée à mener ma tâche jusqu'au bout. C'est ainsi que je t'anéantirai.

Puis elle poursuivit, cette fois, d'une voix haute et claire :

— Je respecterai la déesse Hathor, car je crois qu'elle m'a bien protégée tout au long de ces dernières années. Je respecterai aussi le dieu Ptah, car un prêtre dont je tairai le nom m'a appris à le connaître. Enfin, je ne toucherai pas à la déesse Isis, parce que c'est le nom de ma mère.

Elle se tut quelques instants afin de s'assurer qu'Anen l'écoutait bien et, voyant qu'il ne perdait pas un mot de ce qu'elle disait, elle reprit en dardant les yeux sur les siens :

— Et que ma mère était la fille de Satiah, la Seconde Epouse de Thoutmosis le troisième.

Une information que ni le Grand Prêtre ni Mahou ne connaissaient et qui fit un effet frappant si l'on en jugeait par les mains agitées de l'un et les orteils frémissants de l'autre. Neby aurait pu savourer sa joie si la porte ne s'était ouverte juste à ce moment-là. Elle vit Ipény et sa fille et sut qu'elles avaient tout entendu depuis le début de l'entretien.

— Il t'est certainement difficile de prouver cette affirmation, siffla Ipény.

— Tu peux questionner le Grand Bek, peintre

personnel de la reine Tiyi. C'est mon oncle du côté de ma grand-mère. Tu peux questionner aussi Ramose, le Grand Vizir de Thèbes, c'est mon autre oncle du côté de mon grand-père.

Elle eut un sourire de vainqueur qu'elle posa effrontément sur Ipény.

— Je suis peut-être restée longtemps dans l'ombre mais à présent, je suis côté soleil et prête à élever son dieu Aton.

Puis, son sourire tourna en un rictus amer.

— Comme je suis prête à effacer le dieu Amon partout où je vais le trouver. Car, décidément, ce dieu n'a rien fait pour moi ! C'est ainsi que je te détruirai, Anen, quand tu n'auras plus une seule goutte d'Amon dans les veines pour te protéger ou te défendre.

Un silence lourd pesa et quand Neby baissa les yeux, elle vit le cobra ramper à ses pieds, prêt à monter à l'assaut de ses jambes. Elle cria. Mais la lance de Mahou avait déjà transpercé le reptile, le tenant cloué au sol. Un de ses hommes se précipita sur le cobra qui se tordait en roulant sur lui-même dans l'écaille brillante de ses anneaux. Ipény hurla à son tour, mais le policier venait de trancher le cobra en deux.

— Voilà, fit Mahou d'un ton tranquille, à présent, vous pouvez annoncer que la première mort s'est tenue dans le bureau du Grand Prêtre.

CHAPITRE VIII

Dans le grand domaine d'Amon, le début des recherches commença donc par le temple de Montou. Après viendraient le temple de Maât, celui de Mout et enfin le plus petit, celui de Khonsou.

Regarder, observer, relever, mais ne rien effacer. Il fallait tout inscrire. Telles avaient été les consignes de Néfertiti. Avec un peu d'expérience, le travail avancerait sans doute plus vite que Neby se l'était imaginé.

Le premier matin, alors que Neby et ses scribes venaient de s'introduire, sous l'œil malveillant des prêtres, dans l'enceinte du temple d'Amon, la jeune femme s'était aussitôt plantée devant les six hommes de son équipe et les avait regardés droit dans les yeux avec une fermeté et une assurance qu'elle tenait à leur montrer. Puis, elle avait fait quelques pas vers eux et déclaré d'un ton calme :

— Vous devez partir à la chasse de tout ce qui concerne le dieu Amon, à commencer par son nom que vous trouverez inscrit partout.

Elle les dévisagea un par un, s'attardant sur les deux plus récalcitrants de l'équipe, et répéta d'une voix plus forte :

— Partout. Puis, vous ferez la liste des inscriptions qui le concernent, celle des hymnes qu'il a reçus, des offrandes qui lui ont été faites. Vous mentionnerez d'une façon précise tous les lieux où vous relèverez ces indications. Je veux un travail net, impeccable et conforme à tout ce que je viens de dire.

Comme le jeune et arrogant Anthor faisait mine de s'éloigner sans même la regarder, elle le prit sèchement par le bras et l'obligea à s'arrêter.

— J'insiste également sur les voyages, les batailles, les conquêtes des pharaons qui, lors des siècles passés, ont encensé le dieu Amon chaque fois qu'ils revenaient d'expédition.

Néhéry soutint son regard. Dans ses yeux brillaient cette lueur insolente qu'il tentait, depuis leur première entrevue, de communiquer aux autres.

— Est-ce clair ?

Personne ne lui répondit.

— Celui qui fera son travail en se moquant de moi sera renvoyé sur-le-champ. Que ceci soit formel dans votre esprit. Je ne transigerai pas.

Sur ces mots, elle avait envoyé une équipe dans le temple de Montou et une autre dans celui de Maât et elle se réservait la charge d'aller de l'une à l'autre pour surveiller que tout fût bien fait.

Seul, le vieux Kheti n'avançait pas vite. Mais il effectuait son travail consciencieusement et, pour Neby, il se révélait d'une grande utilité, car il freinait l'arrogance et l'agressivité des autres.

— Qu'est-ce que cela change pour vous qu'une femme vous commande ? avait-il dit au début des recherches. Vous allez toucher un bon salaire et vous obtiendrez, par la suite, une promotion qui vous distinguera des autres. La reine n'oubliera jamais le travail que vous avez fait. Cela vaut bien la peine de poursuivre cette mission dans les meilleures conditions possibles !

Anthor avait été le plus récalcitrant. Silencieux, hautain, paresseux de surcroît ou feignant de l'être, car les renseignements que Neby avait obtenus sur lui ne mentionnaient ni mollesse ni fainéantise, il s'était heurté de plein fouet avec elle dès le premier jour et le début des travaux n'allait pas changer les choses.

— Ne gâche pas les feuilles de papyrus, Anthor, tu retranscriras plus tard ta liste. Utilise les tablettes et les ostracas, il y en a des tas entiers empilés à chaque coin des temples. Cela te permettra d'effacer lorsque tu fais une erreur.

— Je ne fais jamais d'erreur, lança effrontément le jeune homme.

— Alors, prouve-le.

— Je n'ai pas de palette, poursuivit-il avec la même arrogance.

— Si ! Tu en as une. Sen te l'a remise hier matin ainsi qu'à tous les autres.

Anthor secoua la tête.

— Non, je n'en ai pas.

— Sen ! appela Neby.

Resté dans les parages pour examiner les lieux avoisinants, le jeune scribe arriva en courant.

— Il paraît qu'Anthor n'a pas sa tablette.

— Il l'a reçue comme tous les autres, assura Sen en lançant un regard furibond au menteur.

Neby se planta devant Anthor qui souriait avec ironie.

— Alors, où est cette palette ? répliqua-t-elle imperturbable.

Anthor haussa l'épaule.

— Il ne m'en a pas donné.

— Alors, si tu n'as pas de matériel, va-t'en. Je n'ai pas besoin de toi. Tu es rayé de mon effectif. J'en ferai part à la reine.

Le jeune homme réfléchit un instant et, voyant que son jeu était compromis, se caressa le menton qu'il avait fort avancé et complètement imberbe.

— C'est bon, laissa-t-il tomber froidement, j'ai dû la déposer quelque part et je ne me souviens plus où. Je la retrouverai sans doute. En attendant, je vais travailler sur des ostracas.

Neby n'ajouta rien et lui tourna le dos. Elle devait soigneusement examiner les alentours et ne pouvait plus perdre de temps à de futiles observations qui, pourtant, se révélaient nécessaires pour la bonne exécution de son travail.

De toutes parts, elle sentait les yeux inquisiteurs des prêtres. Le temple semblait dormir, mais elle percevait mille petites anomalies qui la rendaient méfiante et l'obligeaient à rester sur ses gardes en permanence. Certes, Mahou et ses hommes arpentaient les allées voisines où les palmiers étouffés par l'épaisseur des murailles lançaient dans le ciel leurs cimes vertes et dentelées.

Souti et Hor ne se quittaient pratiquement pas. Pareillement nonchalants, ils travaillaient mollement l'un à côté de l'autre, ne se parlaient pas mais se jetaient sans cesse des coups d'œil entendus, échangeaient des sourires équivoques et se faisaient des gestes dont eux seuls connaissaient les tenants et les aboutissants. Rapidement, Neby se rendit compte qu'elle avait eu tort de ne pas les séparer. Ensemble, ils allaient de toute évidence se monter la tête et la jeune femme pressentait une altercation qui ne tarderait pas à les opposer.

Si Menen n'était pas encore convaincu par les capacités de la jeune femme et s'il se laissait bercer nonchalamment par des gestes qui ralentissaient son travail, Néhéry, le responsable, avait fort heureusement changé d'attitude envers Neby. Le premier soir, voyant que la besogne était pratiquement restée au point mort, il avait fortement tancé les récalcitrants et les avait menacés des pires punitions si bien que, le lendemain à l'aube, chacun était à son poste et ne plaisantait plus.

Ah ! Certes, les sentences que Néhéry avait dû faire entrevoir à ses compagnons devaient être lourdes, car Souti et Hor ne se regardaient plus le sourire au coin des lèvres et Anthor, le nez sur les parois des murs, cherchait avec un soin méticuleux les endroits où le dieu Amon figurait. Lorsqu'il découvrait un élément satisfaisant, il l'inscrivait sur la tablette qu'il avait, comme par hasard, retrouvée au pied de la paillasse qui lui servait de couche.

Au pied des édifices, la ligne bleuâtre que traçait l'ombre venait donner quelque fraîcheur à la saisissante chaleur qui oppressait les travailleurs. Le sol scintillait des réverbérations insolentes du soleil. Les portes des temples restaient closes et quand les scribes de Neby les ouvraient, il se passait comme une étrange pesanteur qui s'alliait à l'incandescente pureté de l'air. Les lignes verticales des édifices s'amenuisaient dans le flamboiement des lampes et des torches que la jeune femme ne se privait pas d'allumer afin de garder l'œil sur chaque angle, chaque détour de labyrinthe ou de soubassement, chaque allée qui menait au travail.

Les scribes de Neby travaillaient à présent avec une régularité sinon vive et alerte, du moins acceptable et les commentaires douteux ne tombaient plus. Une trêve semblait s'être instaurée et la jeune femme put enfin entrevoir des instants moins tendus.

Cependant, si les scribes besognaient à présent correctement, rien ne leur était épargné. L'odeur des prêtres de Karnak stagnait partout où ils passaient. Leurs ombres menaçaient. Leurs pas se devinaient. Leurs yeux perçaient les lieux les plus fermés.

Quand les hommes de Neby se trouvaient à l'intérieur des temples, des bruits insolites venaient les troubler. Le crissement d'une porte, le déplacement d'un objet, d'une offrande, le glissement sournois d'un insecte. Etouffée par l'épaisseur des murs, une musique aux sonorités lentes et calfeutrées, d'une langueur exténuée qui se perdait dans les dédales des lieux souterrains, arrivait parfois à leurs oreilles, sans doute pour tranquilliser leurs esprits et amoindrir — ou carrément détourner — l'attention soutenue de leur discernement. Les prêtres voulaient-ils tromper les travailleurs sur l'obscurité d'un infernal enfermement par cette musique obsédante ?

Quand ils œuvraient à l'extérieur, le sadisme des

prêtres allait jusqu'à fermer les puits les plus proches, à l'heure du zénith, afin que les scribes de Neby et ses hommes de police prissent conscience de l'obsession insupportable de l'éternel azur et de l'accablement d'une chaleur incessante.

Telle était l'ambiance de travail sur ces lieux que devait maudire Neby quelque temps plus tard.

*
* *

Le prêtre Soushem, affecté depuis plusieurs mois à l'entretien des allées qui menaient au domaine de Mout, releva la tête puis délia ses membres. Depuis plusieurs heures qu'il était recroquevillé entre deux sphinx dont la rangée bordait la cour intérieure, il sentait la lente et insupportable ankylose de ses jarrets et de ses pieds. Devant lui, le lac sacré offrait son étendue d'eau bleutée, argentée par le dur soleil qui tombait, et sur sa droite, à quelques dizaines de coudées, l'épaisse muraille formant l'enceinte du domaine de Mout filait jusqu'à la palmeraie qui fermait le lieu.

Mais ce n'était ni le lac ni le mur qu'observait depuis des heures Soushem, le petit prêtre-jardinier pour lequel Oseramon avait bien voulu accorder quelques attentions depuis plusieurs jours. C'était le temple de Khonsou, tapi à l'extrême gauche du domaine de Mout et presque adossé au mur d'enceinte, que surveillait l'homme. Car, en filant vers sa cachette, il avait aperçu Neby discutant avec le vieux Kheti qui, d'un geste lent, passait ses doigts déformés sur une inscription dont les signes s'effaçaient sur l'usure de la pierre.

Il avait vu Neby tourner la tête, puis reprendre sa discussion. Peu après, elle était repartie pour rejoindre le chef Néhéry qui travaillait dans le grand temple. Soushem avait même vu l'ombre de Mahou se profiler derrière la jeune femme, mais il n'avait pas vu celle de ses hommes et cela l'inquiétait.

Il aurait voulu s'approcher de la petite cour intérieure dont l'allée menait à la nécropole qui protégeait l'autel dédié à Mout et, plus au fond du sanctuaire, au naos qui enfermait sa statue. Mais comment faire pour ne pas attirer l'attention ? Le policier laissait traîner ses yeux partout et ses hommes restaient invisibles.

Soushem s'inquiéta. Qu'allait faire Oseramon s'il ne lui donnait pas satisfaction ? Certes, sa mission était complexe, mais elle valait bien qu'il la réussît pleinement. Entré par force au temple de Karnak, le petit prêtre Soushem ne pensait qu'à en ressortir. Et voici qu'Oseramon, soudain, lui proposait de s'en aller par la grande porte, une poignée d'or entre les mains ! Cette récompense qu'il ne pouvait obtenir nulle part ailleurs, vu son importance, valait bien réflexion. Or, si ce chapiteau se descellait comme il l'avait prévu et tombait subitement sur la tête de cette jeune femme scribe, il serait enfin libre de vivre une existence de rêve à l'abri de tous soucis matériels.

Mais un ennui arrivait car Neby venait de quitter le petit temple de Khonsou pour aller rejoindre celui de Mout qui n'offrait aucune irrégularité de parcours. Soushem jura à voix basse et reprit sa position recroquevillée entre les deux sphinx qui le dissimulaient. Soudain, il vit le vieux Kheti remuer les bras dans l'espace pour appeler le plus jeune de l'équipe, presque un adolescent qui, aussitôt, courut chercher la jeune femme.

Soushem respira. Un soulagement intense vint libérer son esprit qui commençait à bouillonner de colère. En absorbant une bouffée d'air chaud, puis en la rejetant silencieusement, il vit Neby accourir à son tour près du vieux scribe. Ensemble, ils repassèrent les doigts sur les inscriptions de la façade sans doute effacées par le temps.

Soushem savait que deux prêtres artisans avaient gratté intentionnellement les signes sur la pierre afin d'en atténuer une partie pour attirer l'attention de Neby. Puis, ils avaient descellé l'un des blocs qui formaient le fronton de la porte. La dalle de granit était si grosse qu'en basculant, puis tombant dans le vide, elle pouvait heurter et entraîner la mort de deux personnes.

Pour l'instant, Soushem avait repris espoir. Passé ses premières craintes, le plan semblait parfaitement fonctionner. Les inscriptions illisibles avaient réussi à faire hésiter la jeune femme et son compagnon. C'est donc avec un intérêt sans cesse croissant qu'il observait maintenant le haut du portique où celui qui devait faire pivoter la pierre se trouvait complètement dissimulé. Celui-là, qu'on appelait le prêtre Seth, en raison de la mauvaise énergie qui courait dans ses veines et qu'il avait sans doute empruntée à ce dieu néfaste, attendait le signal de Soushem.

Pour sa part, ce n'était pas une poignée d'or qu'il

attendait d'Oseramon après la réussite de son exploit meurtrier, mais une ascension prodigieuse dans l'échelle de la hiérarchie du temple d'Amon. Aussi s'acharnait-il à réussir son coup.

Mais l'heure du dénouement n'avait pas encore sonné. Neby était allée chercher Inéni et le scribe Néhéry afin d'en savoir davantage. Lorsqu'ils arrivèrent sur les lieux, la tête du vieux Kheti était juste sous la pierre.

— C'est bizarre, constata-t-il en effleurant à nouveau de son doigt les hiéroglyphes, plus je les regarde, plus j'ai l'impression que c'est un martelage mal exécuté et non une simple usure occasionnée par le temps.

— Qu'est-ce qui te fait dire ça ? s'enquit Neby.

— Le blanc crayeux du pourtour.

— Il a raison, affirma Néhéry. C'est un martelage récent qui n'a pas été correctement fait.

— Intentionnellement ?

— Sans doute, reprit Néhéry.

Neby s'approcha et inspecta de plus près le travail.

— Dans quel but les prêtres auraient-ils fait ça ?

— Peu importe, fit Inéni. Puisqu'on sait que c'est un hymne du pharaon Ahmosis dédié au dieu Amon. Nous pouvons tout de même le porter sur nos listes en mentionnant que les noms sont illisibles.

Sen, qui était reparti sans donner d'avis quant à l'anormalité des inscriptions de la façade du temple de Khonsou, revenait avec sa palette et ses feuilles de papyrus. Neby le regarda s'approcher et, brusquement, fit un pas vers lui. Soudain, un instinct lui fit lever les yeux et elle cria.

Blanc de rage, Mahou vit Neby se précipiter sur Kheti tombé à la renverse, la tête fracassée, inerte.

— Ne reste pas là ! hurla-t-il. Laisse-nous faire.

— Sûrement pas, fit Neby, les larmes aux yeux. D'ailleurs, je crois qu'il est mort.

— C'est mieux ainsi, murmura Mahou, il aurait pu avoir les jambes ou les reins brisés. A son âge, c'eût été irrémédiable.

Atterrés, Souti et Hor regardaient le triste spectacle. Alerté lui aussi, Anthor qui travaillait plus loin leva les yeux et vit la flèche filer comme un éclair dans un ciel d'orage. L'un des hommes de Mahou exultait.

— Je l'ai eu, le traître ! Je l'ai eu !

Il se précipita vers le portique du temple, suivi de son compagnon qui, main sur la corde tendue de son arc, s'apprêtait, lui aussi, à tirer sur la silhouette qu'ils avaient tous les deux aperçue lorsque Kheti avait succombé sous le poids de la pierre.

— Ah ! Grand Mahou ! exulta encore le policier. Il ne va plus nous gêner longtemps celui-là.

Le prêtre tomba lourdement à ses pieds, la gorge transpercée par la flèche. Souti et Hor tremblaient, bien que Souti lançât à Neby un coup d'œil aussi noir que du charbon de bois.

— Tu peux partir, Souti, fit la jeune femme en ravalant un sanglot. A présent, tu sais que ce travail est dangereux. Je t'avais prévenu et je ne te retiens pas. Toi aussi, Hor, tu peux suivre ton compagnon.

— Je reste, déclara le jeune homme.

— Maudite besogne ! grommela Mahou entre ses dents.

Il releva Neby, restée penchée sur le pauvre vieux scribe qui venait de payer le désir insensé de la reine Néfertiti avec sa pauvre vie terrestre.

— C'est toi qui devrais partir, murmura-t-il entre ses dents. Cet endroit est un enfer.

— Pourquoi ? Vois ! Je suis triste et malheureuse, mais je ne tremble pas.

Elle regarda Inéni.

— Elle non plus d'ailleurs. J'ai dit que je ne retenais personne. Et s'il me faut rester seule, je poursuivrai ce travail.

Elle se pencha sur Kheti et lui ferma les yeux.

— Je donnerai des instructions pour qu'il ait une momification honorable et que sa tombe soit confortable.

*
* *

Bastet restait calme. Ce n'était certes pas le premier accouchement dont elle allait s'occuper. Pourtant, celui-ci accaparait son esprit, lui insufflant une crainte inévitable, l'appréhension d'un piège dont elle ne pourrait plus se dégager. Néfertiti n'allait-elle pas, après cet accouchement, réclamer sa présence continuelle comme le pharaon avait réclamé celle de Pentou son mari ?

Comment allaient-ils donc, l'un et l'autre, pouvoir assurer la grandeur de leur métier, le développement des multiples connaissances que celui-ci exigeait s'ils restaient enfermés au palais de « La Cité d'Akhet-Aton » ? Pentou rêvait d'opérer les cœurs et les cerveaux. Bastet rêvait de guérir les entérites, les plaies et les brûlures, les dysenteries, les glaucomes si répandus dans son pays, les bronchites, les névralgies, les foulures même, les fractures et les douleurs articulaires.

Quel stratagème leur préparait donc le couple royal ? La réussite ! La gloire ! La renommée parce qu'ils suivraient, pas après pas, ceux du pharaon et de son épouse ?

Pentou était revenu de Memphis. La Maison de Vie attenante au temple de Ptah, hautement spécialisée dans le domaine de la médecine et de la chirurgie, l'avait congratulé, élevé au titre de Grand Médecin Royal. Il faut dire que le pharaon Akhénaton, ayant entendu parler de ses grandes compétences, avait demandé qu'il fût affecté à son service personnel. Il faut dire aussi que la santé du jeune monarque présentait des anomalies. De violents maux de tête, accompagnés de troubles visuels et de quelques tremblements le prenaient dès qu'une contrariété venait obscurcir son esprit.

Mais qu'allait faire Pentou quand il aurait fini d'ausculter le roi, prescrit une ou deux potions et quelques autres remèdes aux effets apaisants et que celui-ci, repris par ses débordements religieux, retrouverait ses enthousiasmes et ses dévotions au dieu Aton ?

Ce n'était certes pas dans les idées ni dans les projets de Pentou de ne servir que la seule volonté de Pharaon, pas plus que ce n'était dans les desseins de Bastet de n'accoucher que les futurs enfants de la reine et ceux de ses suivantes.

Leur entrée à « La Cité d'Akhet-Aton » n'avait pas été sans effets secondaires. Partis de Thèbes dans un état d'esprit plutôt réservé, contrairement à certains autres dignitaires dont l'euphorie était visible, ils s'étaient rapidement vus piéger dans les mailles d'un filet qui se refermait inexorablement sur eux.

Certes, leur résidence était l'une des plus belles. Située dans l'enceinte du palais, elle avait été bâtie dans l'axe central, juste en bordure de la grande allée qui menait aux appartements royaux.

Les rues de « La Cité d'Akhet-Aton » étaient encore vides mais dans quelques semaines, elles allaient vivre de mille bruits, mille couleurs, mille senteurs. Sur les bords des allées désertes, les maisons aux murs flamboyants de blancheur s'étalaient, agressant le ciel de leurs terrasses étagées et les palmiers dardaient leurs fûts écaillés. Acacias, mimosas, figuiers, tamaris et grenadiers déversaient une cascade de feuillages et rafraîchissaient l'aridité du lieu.

Seul le quartier des artisans était installé, aussi ne voyait-on dans les rues transversales que quelques porteurs d'eau, leurs deux jarres suspendues à un bâton traversant leurs épaules et quelques muletiers qui, juchés sur leur monture, transportaient du bois, du sable ou des céréales.

Bastet était entrée la veille à la « Cité d'Akhet-Aton ». A l'aube suivante, la reine la réclamait et Bastet dut se rendre au palais. Le pavillon royal était flanqué de deux ailes confortables reliées par un pont gigantesque sur lequel on voyait toute cette partie de la ville, composée par la section des dignitaires et des notables. Les murs étaient bas, les balcons fleuris, les portiques à colonnes décorées de boutons de lotus. Les fontaines jaillissaient de toutes parts et les angles des cours intérieures offraient aux visiteurs de grandes urnes décorées, fermées par de solides bouchons d'argile qui, une fois ôtés, laissaient couler une bière fraîche. Tout n'était que corniches, panneaux, piliers, chapiteaux ornés et colorés, produisant un effet d'éclat et de splendeur.

Les grands portiques de granit, de porphyre et de marbre s'ouvraient sur les appartements royaux. Même à Malgatta, dans le palais de la reine Tiyi, Bastet n'avait pas vu de telles magnificences. L'ombre des galeries rendait les lumières plus adoucies, les formes plus souples et plus mouvantes, les couleurs plus scintillantes. Les bassins parsemés de fleurs en éventail laissaient entrevoir quelques ibis ou quelques hérons qui se posaient délicatement sur l'eau, le cou fluide et l'aile remuante.

Enfin, la tonnelle bordée de petits arbustes taillés en cône menant à la grande baie qui ouvrait sur la chambre de Néfertiti apparut à Bastet dans toute sa splendeur. Des murs au plafond et tapissant le plancher, une couleur vert tendre s'imposait aux yeux des visiteurs. Un vert amande doux au regard qui se mêlait à la couleur lilas des lotus en fleur.

Une joueuse de flûte, presque nue, lui barra la route. Assise sur le sol, les jambes croisées et repliées sous elle, la jeune musicienne sortait de sa flûte une mélodie suave aux accents alanguis. Plus loin, deux autres jeunes filles qui jouaient de la cithare activaient gracieusement leurs doigts sur les cordes en laissant traîner des accords langoureux qui se mêlaient aux senteurs de lotus, alors qu'une troisième jeune fille arrondissait ses mains autour d'une harpe en forme de conque, dont l'extrémité se terminait en tête de chat aux oreilles attentives et relevées.

La jeune femme se tint un instant, presque respectueuse, devant la grande harpe ornée à l'effigie de son nom. Bastet ! La déesse des chats.

Puis elle tourna la tête et vit que, debout et calée contre le mur, se tenait une autre musicienne tenant contre elle un instrument haut de taille et dont les cordes, encastrées dans un châssis de bois doré, s'élevaient à mi-hauteur du mur. Bastet n'avait jamais vu ce curieux instrument à trois cordes, démesurément long qui, disait-on, venait du pays du Mitanni. Levant son bras mince, la musicienne parvenait à saisir l'une des cordes, la plus aiguë, puis l'autre un peu plus grave avant de terminer sa mélodie sur la plus douce et la plus suave.

Lorsque Bastet passa devant elle, ses lèvres roses, que l'on devinait parfumées, esquissèrent un sourire délicat, précieux, avenant et, de son instrument encore inconnu à Thèbes, d'où sortait cette cascade de notes nostalgiques, elle escorta les pas de la jeune praticienne vers les appartements de la reine.

Une nuée de servantes déboucha soudain d'on ne sait où, elles saluèrent Bastet en plongeant bas sur le sol. Presque nues elles aussi, offrant aux regards des visiteurs leurs seins menus et fermes, leurs cuisses longues et fines en haut desquelles une seule bande de lin emperlée servait à la fois d'ornement et de cache-sexe, elles se préoccupèrent de Bastet.

L'une lava et parfuma ses pieds, une autre posa dans sa coiffure un cône d'onguent afin qu'il coulât, avec la chaleur, dans les boucles de ses cheveux et laissât partout autour d'elle l'odeur de jasmin et de myrrhe qu'il dégageait. Une troisième lui tendit un plateau sur lequel une coupelle de lait frais à la grenade était posée. La jeune praticienne but quelques gorgées et la servante lui proposa un linge odorant pour qu'elle pût s'essuyer les lèvres.

Quand Bastet pénétra dans la chambre de Néfertiti, une odeur d'encens et de camphre lui saisit la gorge. Deux matrones avancèrent. D'un regard rapide qui fit le tour de la grande pièce, Bastet remarqua que les braseros avaient été avancés, ainsi que de grandes cuvettes où bouillait de l'eau.

Les tables de bois précieux avaient été écartées ainsi que les objets qui les encombraient. Deux fauteuils admirablement sculptés, le dossier recouvert de feuilles d'or et les pieds incrustés de cornaline et de lapis-lazuli, se tenaient dans les angles de la chambre.

Le lit où Néfertiti était allongée paraissait immense. Deux chevets en bois doré l'encadraient et le repose-tête sur lequel ses longs cheveux dénoués, brillants et noirs, s'épandaient laissait dépasser un large coussin moelleux brodé de fleurs et d'oiseaux multicolores.

Néfertiti la regarda s'avancer. Ses traits étaient d'une délicatesse incroyable. Sa nonchalance et sa mélancolie, pour l'instant, s'accordaient pleinement à son état de femme enceinte sur le point d'accoucher. Des reflets roses et ocrés, dus aux rayons solaires matinaux qui entraient dans la pièce, effleuraient son visage où ses grands yeux verts, allongés par le khôl que sa maquilleuse avait pris soin de lui poser dès son réveil, ne perdaient rien de ce qui se passait dans la chambre.

— Ah ! Bastet, fit-elle en la voyant s'approcher. Je m'impatientais légèrement.

La jeune femme se courba jusqu'à terre.

— Je suis venue dès votre appel, Majesté.

Elle attendit que la reine lui fasse signe de se relever, puis se plaçant devant elle, jugea en quelques instants l'état général de la souveraine. Néfertiti semblait fraîche et dispose. Son œil était clair. Un œil à l'arcade sourcilière admirablement bien dessinée. Une courbe parfaite, une ligne pure et sans accroc. Oui ! Néfertiti gardait son regard limpide jusqu'à l'ultime instant. Il est vrai que ses contractions s'étaient arrêtées et que les deux accoucheuses ne proclamaient la venue de l'enfant que dans quelques heures.

Bastet tâta doucement le ventre de la reine.

— Si ma fille aînée a vu l'accouchement traditionnel des Egyptiennes en présence de toutes mes suivantes, des dignitaires, des nobles et de la cour entière de la reine Tiyi, cette naissance-là ne verra que la présence de mon époux qui ne va plus tarder et de la tienne, Bastet ! Je heurte peut-être les coutumes, mais peu importe puisque mon règne ne s'apparente à celui d'aucun autre.

— C'est parfait, Majesté. Je ne suis guère portée vers la foule bourdonnante qui assiste aux accouchements royaux.

Néfertiti hocha la tête dans un signe d'assentiment tandis que Bastet continuait :

— Je suis également opposée à la coutume égyptienne qui refuse que, dans la haute société, un médecin ne puisse être présent lors d'une naissance. Il se présente tant de cas compliqués qu'une simple accoucheuse ne peut pas toujours maîtriser !

Bastet entendit le bruit d'une cuvette ou d'un pot heurter le sol. Elle se retourna promptement et vit le regard sombre des matrones dirigé vers elle.

— Pardonnez-moi, reprit-elle, je sais que vos compétences sont grandes. Je parle simplement des femmes qui font des hémorragies mortelles ou de celles qui ne peuvent expulser leur enfant et qui meurent en le mettant au monde. Et, dans ces cas-là, il faut un médecin.

— Eh bien, tu es là ! fit la reine en relevant un peu le buste, car les contractions semblaient la reprendre.

— Peut-être parce que je suis une femme, Majesté.

— C'est faux. Je te l'ai dit, je me moque des traditions ancestrales.

— Savez-vous, Majesté, qu'un de mes aïeuls qui fut le père d'une grande femme scribe nommée Séchat, au temps de la pharaonne Hatchepsout, réussit à abolir cette loi ? Malheureusement, le règne du troisième Thoutmosis a repris l'ancienne tradition qui excluait les médecins des accouchements.

Néfertiti eut un sursaut et Bastet se précipita. Elle releva les jambes de la reine qui soufflait par petits coups successifs et rapides et qui, sans même qu'on le lui demandât, commençait à pousser.

Mais l'enfant ne vint pas encore et plusieurs heures passèrent avant que les ultimes contractions n'arrivassent. Ce fut l'instant où l'on demanda au pharaon de venir, ainsi qu'il l'avait souhaité. Il se montra profondément solidaire de Néfertiti, tenant sa main et l'encourageant de douces paroles.

Enfin, comme tout devait se dérouler le plus simplement du monde, la reine reprit sa respiration haletante, une légère crispation sur le visage.

— Bien ! Bien, jeta Bastet en faisant signe aux accoucheuses d'approcher.

Elles épongèrent le front de la reine, tendirent des linges propres. Néfertiti n'accouchait pas selon la tradition égyptienne, debout, les pieds posés sur la pile de briques afin que la position permît aux matrones de saisir l'enfant dès qu'il tombait. Néfertiti restait allongée, les jambes pliées et relevées, les yeux plongés dans ceux d'Akhénaton et la gorge étouffant le cri qui s'apprêtait à sortir.

C'est ainsi que Makétaton, la seconde fille du couple royal, naquit comme la première, sans aucune difficulté.

Bastet coupa le cordon, saisit l'enfant, l'inspecta promptement et la plongea la tête en bas pour lui faire pousser son premier cri. Puis, dans ses mains disposées en coupelle, elle la présenta à la reine qui, radieuse et détendue, la prit et la posa contre elle.

Passé quelques instants emplis d'une toute religieuse concentration, Akhénaton demanda humblement ce jour-là la permission de prendre sa fille entre ses bras pour la serrer contre son buste dénudé.

CHAPITRE IX

Tandis que l'une des équipes achevait son travail dans le petit temple de Khonsou, Anthor achevait le sien dans celui de Mout, sous l'œil vigilant de Néhéry qui n'avait que la seule crainte de voir apparaître son plus farouche ennemi, le Grand Prêtre Oseramon.

Depuis que le vieux Kheti était mort, victime des agressions des prêtres d'Amon, Anthor effectuait son travail sans rechigner, silencieux et le visage fermé. Parfois, Néhéry se demandait s'il réfléchissait à la façon dont il pouvait quitter ces lieux sans autre inconvénient que celui d'abandonner les multiples avantages accordés par cette mission ou s'il méditait une attitude inverse l'amenant à changer de camp. Cette dernière hypothèse chatouillait moins l'esprit de Néhéry que la première, car un soir il avait entendu celui-ci affirmer à ses compagnons que Mahou et ses hommes seraient, à longue échéance, en nombre inférieur à celui de tous les prêtres d'Amon réunis. Ce en quoi, d'ailleurs, il n'avait pas tort.

Aux côtés de Neby, Souti et Hor inspectaient en silence les dessins de la galerie qui menait à l'autel de Khonsou. Une galerie assez sombre, gardée à l'entrée par Anubis dont les grandes oreilles levées semblaient percevoir tous les bruits. Or, ce matin-là, le dieu chacal avait dû entendre ceux de Mahou, tapi dans l'ombre du premier autel où l'on déposait la nourriture consacrée au dieu.

Bien que Niny la naine et Inéni la dessinatrice fussent toujours dans le sillage de Neby, Mahou ne voulait plus s'éloigner d'elle, les yeux fixés sur ses pas et gestes.

Quant à ses hommes, ils étaient dissimulés non loin des deux temples. Depuis la veille, ils épiaient un prêtre qui s'était faufilé dans les dédales bordant le temple de Montou. Dans la nuit, un autre prêtre l'avait rejoint. Mais il n'avait fait que déposer une jarre d'huile odorante et changé les lampes d'albâtre contre des lampes d'argile.

Son sens de l'observation en éveil et surtout sa méfiance décuplée, il avait inspecté les lampes d'argile, les avaient tournées et retournées sous tous leurs angles pour essayer de déceler un piège, mais n'avait rien trouvé. Aussi, les lampes avaient-elles repris le chemin des obscurs souterrains pour en éclairer le passage.

Quant à la jarre d'huile, la soupesant, la contournant du regard, observant chaque parcelle d'argile qui en composait sa forme arrondie, il n'avait pu discerner l'éventuelle astuce qu'elle pouvait enfermer. Solidement bouchée, le gros ventre rond de la jarre gardait son mystère. Alors, sans plus attendre, Mahou demanda à l'un de ses hommes de la fracasser avec une lourde pierre et quand elle fut brisée, un liquide gras et odorant en sortit, coulant en une traînée brunâtre sur la terre qui en but instantanément jusqu'à la dernière goutte.

A l'aube suivante, un homme haut de taille, le crâne rasé et vêtu d'une longue tunique blanche, sans doute l'un des prêtres affectés aux offrandes, déposa un quartier de bœuf grillé sur l'autel de la déesse Mout, qui s'élevait au centre du temple entre les deux bras du Lac Sacré.

Après son départ, les policiers s'étaient approchés, reniflant avec envie les odeurs qui s'échappaient de cette belle viande, rôtie à souhait, parfumée à la coriandre et aux graines de figues.

— C'est bon, les gars ! fit Mahou en clignant de l'œil vers la viande grillée. Vous pouvez la partager. D'ailleurs, ce prêtre viendra la reprendre dès que les yeux de la déesse s'en seront repus. Pourtant, je ne pense pas qu'il s'imagine la retrouver !

Mahou retourna promptement à son poste, mais il n'était pas satisfait. Il se sentait contrarié de cette dernière initiative qu'il avait, certes, prise beaucoup trop vite. Les prêtres d'Amon en déposant cette viande, le plus naturellement possible, savaient bien que les policiers se la partageraient une fois qu'ils auraient le dos tourné. Le parfum alléchant qu'elle exhalait ne pouvait que les attirer et les corrompre !

Dieu de Seth ! Les lampes d'argile n'avaient peut-être décelé aucun piège et l'huile de la jarre avait été rapidement absorbée par la terre sèche, mais la viande !

Mahou se frappa violemment la poitrine. Dieu que sa sottise était grande ! La viande ! Assurément ! Elle devait être empoisonnée.

Quand il arriva près de ses compagnons déjà en train de se partager les grillades de bœuf, il cria :

— Arrêtez ! Cette viande est empoisonnée. Il faut l'enterrer.

Ses hommes le regardèrent. L'un d'eux s'apprêtait à porter à sa bouche un morceau qu'il tenait entre ses gros doigts graisseux. L'autre jura. Il n'avait pas encore touché l'aliment toxique. Il arrondit ses yeux de contrariété, puis de stupeur et, soudain, vit l'autre jeter la portion de bœuf qu'il avait enserrée dans sa main.

Mahou hocha la tête et désigna l'huile qui avait coulé de la jarre cassée.

— Ça aussi, c'était empoisonné.

— Et les lampes ?

— C'est vrai, admit Mahou. Nous ne pouvons plus prendre de risque. Aussi, nous allons creuser un trou dans la terre et y déposer tout ce que les prêtres amèneront sur les autels. Et je vous conseille de ne plus rien toucher ni absorber tant que vous serez sur ces lieux.

Ils terminaient de boucher la cavité qu'ils avaient faite pour ensevelir l'éventuel poison, quand Neby, de son côté, observait la paroi du mur qui l'obsédait depuis quelque temps.

Les petites torches qu'elle venait d'allumer brûlaient de chaque côté du naos où la statue de Khonsou était enfermée. Les mèches avaient été passées à l'huile et les torches brillaient avec une folle ardeur. Absorbée par son travail de recherche, elle les reniflait inconsciemment, presque obligée de s'en approcher pour mieux lire les signes inscrits sur la paroi blanche du mur.

Ciel ! Que ces dessins étaient petits ! Les torches commençaient à l'aveugler. Une odeur étrange se dégageait, mais Neby s'en moquait, car un grand moment l'attendait. Dans un instant, elle ouvrirait les portes du naos et verrait dans toute sa splendeur la statue du jeune dieu. Il s'offrirait à son regard subjugué.

Khonsou, le jeune fils d'Amon, dieu de Thèbes et de Mout, déesse de l'univers, ne la troublait que parce qu'il était un enfant. Jamais encore Neby n'avait ouvert les portes d'un naos. Seul un Grand Prêtre — encore fallait-il qu'il fût placé haut dans la hiérarchie sacerdotale — était autorisé à le faire. Neby le savait. A Memphis, seul Panehesy et Toutou, son proche conseiller ouvraient le naos pour s'assurer que rien ne troublait le dieu Ptah.

Ses yeux agrandis sur l'objet du sacrilège, Neby arrêta son geste, un léger frisson courant sur son bras tendu. Elle le ramena vers son visage et se passa la main sur le front. Il était moite et froid, presque glacial. Une désagréable sensation qu'elle avait, cependant, connue maintes fois au cours de ses pérégrinations. Avait-elle besoin de cette lumière aveuglante et entêtante pour ouvrir le naos ?

L'image du jeune Khonsou, la mèche de l'enfance enroulée sur son épaule, l'attirait inévitablement, bien plus qu'Amon, le dieu son père dont elle relevait les empreintes pour que le nouveau pharaon les fît effacer par la suite.

— Sen ! cria-t-elle, apporte-moi une torche. Celle-ci m'aveugle.

Mais le jeune scribe avait été retenu contre son gré auprès de Néhéry qui réclamait son aide.

— Où es-tu, Sen ?

Neby tendit l'oreille, mais ne l'entendit pas et, soudain, elle prit peur. Quand elle sentit ses jambes flageoler et sa tête tourner sans qu'elle ne bougeât d'un pouce, quand elle prit conscience que l'odeur dégagée par les torches l'envahissait pour l'anéantir, elle appela Mahou.

Achevant de boucher l'excavation dans laquelle les policiers avaient jeté lampes et jarre, Mahou était à la porte du temple, non loin d'elle, mais insuffisamment pour détecter ce qui n'allait pas.

Dieu ! A présent, il ne fallait plus que quelques secondes pour que Neby se laissât sombrer dans un coma mortel. Pourtant, elle se ressaisit un instant. Pourquoi avait-elle dit à Niny d'aller repérer les lieux qui conduisaient aux fameuses ouvertures occultées dans l'enceinte ? Celles qui débouchaient directement sur l'extérieur.

Elle se redressa, respira bouche ouverte tant sa gorge la brûlait et s'aperçut qu'elle venait de commettre une erreur. L'air qu'elle venait d'absorber en une grande gorgée l'étourdit à tel point qu'elle s'accrocha à la porte du naos.

— Inéni, jeta-t-elle d'une voix étouffée.

Inéni ne devait pas être loin. Où se trouvait-elle ? Neby se trompait encore car, non seulement Néhéry avait réquisitionné l'aide de Sen, mais aussi celle de la jeune femme qu'aucun dessin ne rebutait et dont la précieuse assistance lui permettait d'avancer plus vite dans son travail.

— Oh ! Ces lumières ! murmura-t-elle.

Elle souffla sur les torches, mais l'obscurité l'affola davantage. Elle crut vaciller, cria le nom de Mahou et, sans comprendre la réaction qui la poussait à faire ce geste, posa ses doigts tremblants sur les portes du naos qui s'ouvrirent. Pourquoi chavirait-elle ainsi ? Elle qui ne croyait qu'à peine aux dieux et en leurs pouvoirs ! Raison pour laquelle, d'ailleurs, elle avait accepté cette mission. Un dieu plutôt qu'un autre ! Quelle importance ! Mais quelle aubaine aussi, quelle incroyable opportunité si cette mission lui permettait de s'enrichir afin qu'elle élevât dignement sa fille, sans l'aide de Panehesy.

A moitié somnolente, Neby fixa la niche du naos. Il était vide. Elle ne cria même pas quand, du tranchant de son poignard, Mahou sectionna en deux l'énorme scorpion qui y était enfermé. Elle tomba inerte sur le sol avant que le policier n'ait eu le temps de la retenir.

— Retirez ces torches ! cria-t-il à ses deux hommes qui arrivaient précipitamment dans la salle du naos, et qu'elles prennent immédiatement le chemin des autres objets enterrés.

Il regarda le dernier soubresaut de la queue enroulée du monstrueux insecte. Sa taille était affreusement démesurée. Ce n'était pas l'un de ces petits scorpions du désert dont la piqûre, certes, peut être mortelle, mais un gros arthropode comme ceux qui se faufilaient entre les cavités des pierres avec d'énormes pinces et un abdomen mobile qui supportait à merveille ses huit grandes pattes velues.

Puis, s'étant assuré qu'il ne pouvait plus nuire, il se pencha et souleva Neby. Dans la première salle du temple de Khonsou, Souti et Hor n'avaient pas bronché.

— Allez chercher de l'eau ! leur ordonna Mahou.

Comme ils n'obtempéraient pas assez vite, se contentant d'observer en silence le corps inerte de la jeune femme entre les bras du policier, celui-ci se mit à vociférer, le visage rougi par la colère :

— Je vous étranglerai de mes mains si, dans vingt secondes, je n'ai pas d'aide pour sauver votre chef.

Le ton qu'il employa et le regard qu'il leur lança devaient être convaincants, car peu après, Sen et Inéni accouraient vers eux, tenant en main la sacoche de soins médicaux qui servait de secours en cas d'incidents et que les équipes de Neby emportaient toujours avec elles.

Sen et Inéni furent d'une extrême rapidité et d'une précision méthodique. Ils vidèrent le contenu d'une minuscule fiole dans un godet à large col, y mêlèrent une solution de natron qu'ils avaient fait dissoudre précédemment et plongèrent littéralement le nez de Neby dans le mélange qui dégageait une forte odeur.

Il faut dire qu'au préalable, ils avaient prévu ce genre d'accident comportant les risques principaux occasionnés par la malveillance des prêtres, tels que le poison, les coups et blessures superficielles, les hémorragies et l'endormissement au narcotique comme c'était le cas présent. Incident qu'il fallait vite enrayer pour éviter qu'il ne s'aggrave.

Neby fut donc rétablie en quelques minutes. Elle

releva son buste que Mahou soutint afin qu'elle reprît complètement conscience. Cependant, elle eut encore un vertige avant de vomir des glaires et de la bile. Pendant qu'Inéni maintenait son front et que Sen lui apportait des linges propres, Mahou respirait de soulagement. Neby était hors de danger ! Quant à Souti et Hor, ils avaient disparu.

*

* *

Neby sentit revenir ses esprits. Les bras de Mahou l'y aidaient.

— A présent, jeta-t-il, tu éteindras toutes les lampes qui brûlent à l'intérieur des salles et des couloirs et tu te feras éclairer par tes serviteurs. C'est un travail que peut fort bien accomplir ce freluquet de Sen.

A deux pas de lui, le freluquet de Sen jeta un œil noir au policier.

— Mahou ! reprocha Neby d'une voix encore pâteuse. Sen est mon plus fidèle appui. Tu ne dois pas le traiter ainsi.

— Ton plus fidèle appui ! Où était-il quand ces satanées odeurs te prenaient à la gorge ? Si je n'étais pas arrivé, ce puissant narcotique te tuait en quelques secondes.

— C'est Néhéry le coupable, se défendit Sen, le visage rougi par la colère. Il a réclamé mon aide pour reporter sur les listes certaines inscriptions dont il doutait de la provenance.

— Ce n'est pas Néhéry ton chef, aboya Mahou. C'est Neby et tu le sais !

— Je t'en prie, Mahou, calme-toi ! supplia la jeune femme qui, peu à peu, reprenait ses forces habituelles. C'est moi qui ai envoyé Sen vers Néhéry.

— Et Inéni ?

— Elle aussi, soupira Neby. Je lui ai dit qu'elle pouvait aider Néhéry, car je n'en avais pas pour longtemps. Je voulais juste ouvrir le naos pour y lire les inscriptions portées à l'intérieur.

Mahou ravala sa colère. Puis, il se pencha sur le visage de Neby et lui souffla à voix basse :

— Dorénavant, tu n'auras plus à me dicter mes consignes. Je te suivrai partout et tu devras me subir.

Posant sa bouche sur son front et la descendant près de ses lèvres, ce qui fit frémir de rage le jeune Sen qui détestait voir s'établir une attitude aussi intime entre le policier et sa maîtresse, Mahou chuchota de nouveau :

— Partout ! Même chez toi. Ne proteste pas, c'est ainsi.

Sen aurait pu rétorquer quelques mots aigres envers le policier qu'il n'aimait pas, mais ce jour-là un autre incident devait arriver et, la bouche ouverte, il aperçut la silhouette de Néhéry au loin.

Mahou suivit son regard. Le scribe essoufflé arrivait à grandes enjambées.

— Je viens d'apercevoir un prêtre qui revenait, semblait-il, de la porte sud de l'enceinte. Il avait du sang plein les mains et il se tenait le ventre.

— La porte sud ! s'exclama Neby. C'est là qu'est partie Niny. Vite, il faut la retrouver. Tes hommes, Mahou ! Où sont tes hommes ?

Les deux policiers arrivaient.

— Je connais l'ambiance du temple pour y être resté assez longtemps, laissa tomber Néhéry d'un ton agacé. Les prêtres vont profiter de notre présence qu'ils maudissent pour régler leurs comptes personnels et nous faire endosser les meurtres.

— C'est possible, répliqua Neby qui, à présent, était debout, complètement remise. Pourtant, ce n'est pas notre problème. As-tu vu Souti et Hor ? Ils étaient dans la première salle du temple quand j'étais dans celle du naos.

— Je les ai vus partir, déclara Inéni d'un ton tranquille. Et crois-moi, Neby, ce n'est pas une grande perte. C'est peut-être eux qui ont fixé sur les murs les torches enduites de narcotique.

Neby se tourna vers Néhéry.

— Sais-tu quelque chose ?

Néhéry hésita, mais son embarras ne dura que quelques instants. A l'inverse de ses compagnons — hormis le vieux Kheti, mort à son poste — qui n'avaient accepté cette mission que poussés par leur intérêt personnel, il était le seul à se tourner irréductiblement vers le dieu Aton et rien ne pouvait l'empêcher de suivre son projet, même s'il comportait des risques insurmontables. Pour cela, il fallait malgré son déplaisir à travailler avec Neby, la suivre dans toutes ses actions.

Il haussa les épaules et jeta d'une voix désabusée :

— Que peuvent-ils faire à présent qu'il n'y a plus de village à Médineh puisque tous les artisans ont été rapatriés à « La Cité d'Akhet-Aton » ? Quelle place auraient-ils là-bas ? Celle de deux hommes lâches qui ont abandonné leur mission !

Neby planta ses yeux dans ceux du responsable.

— Alors où sont-ils ? Tu dois le savoir, toi à qui j'ai donné la charge de surveiller l'ensemble des opérations.

— A mon sens, répondit Néhéry sans se départir de son calme, ils sont partis se vendre aux prêtres d'Amon.

— C'est impossible ! s'exclama Neby, le regard chargé soudain d'une inquiétude accentuée par un tremblement léger des doigts qu'elle se passait sur le visage.

— Ne sois pas plus angoissée qu'il ne faut, intervint Mahou. Nous allons envoyer Sen à « La Cité d'Akhet-Aton » pour demander des renforts au pharaon et à la reine. A présent que les choses tournent plus dangereusement que je ne le pensais, il serait bon qu'ils nous envoient une vingtaine d'hommes supplémentaires.

Il saisit dans sa grande main brune celle de la jeune femme que, tout à l'heure, elle passait nerveusement sur son visage. Puis, elle soupira :

— Je pense que c'est une excellente idée, Mahou. Nous en discuterons ce soir. Mais, pour l'instant, je veux que nous allions chercher Niny. Un pressentiment me dit qu'elle est en danger. Laisse tes hommes auprès de mon équipe et viens avec moi.

— Non, fit Mahou. Un seul suffira. Dieu sait ce que nous allons trouver là où ta naine est partie !

Les choses s'annoncèrent effectivement étranges et, surtout, de plus en plus convaincantes dans le sens prévu par la jeune femme. Une traînée de sang les guida vers la porte sud. Plus ils avançaient vers le lieu qu'ils devaient retrouver et plus le filet de sang s'épaississait. Quand ils furent à l'entrée de la cavité qui menait au petit autel dissimulé par les pierres et les feuillages grimpant à l'assaut du mur d'enceinte, Neby se mit à crier à la vue d'un bras ensanglanté qui sortait des ramures :

— Non, pas Niny !

— Ce n'est pas Niny, entendit-elle sous les arbustes, c'est Sourrara.

— Sourrara !

La naine qui se tenait les côtes sortit de son repaire. Son visage, habituellement coloré, était d'une pâleur extrême. Ses yeux restaient écarquillés. Sans doute étaient-ils encore sous l'emprise d'une grande frayeur. Pourtant, la vue de Neby sembla la rassurer et sa voix ne parut pas trop chavirée. Elle tenta même de glisser un brin d'humour dans son propos en esquissant un sourire nerveux :

— Tu peux courir après son cobra si tu veux.

Mais Neby regardait avec effroi le flanc gauche qu'elle tenait entre ses deux mains. Du sang en coulait abondamment et rougissait sa tunique de haut en bas.

— C'était elle ou moi, reprit Niny en esquissant cette fois une grimace de douleur.

— Tu as bien fait.

Elle s'avança de quelques pas pour s'approcher de sa compagne et lui venir en aide. Quand Niny se dégagea de son abri recouvert de feuillages et que Neby fut près d'elle, le corps de la jeune Sourrara apparut dans toute son horreur. Il baignait dans le sang et, non loin d'elle, un corps d'homme gisait à ses côtés, mort lui aussi, vautré dans une flaque rouge et visqueuse.

— Je les ai tués tous les deux. Le prêtre avait un poignard, mais j'ai réussi à le prendre. J'ai visé en plein cœur. Je ne sais quel dieu m'accompagnait, mais le premier coup fut le bon. Si je l'avais manqué, c'est moi qui, à l'heure actuelle, serais gisante, morte dans mon sang.

Elle s'essoufflait en parlant, cependant, stoïque, elle poursuivit :

— Pour Sourrara, les choses ont été plus compliquées. Son cobra m'empêchait de me concentrer. Mais, là encore, les dieux — sans que je sache lesquels — ont été avec moi. Je n'ai pas peur des serpents et celui-là l'a senti. Il s'est glissé dans les feuillages. Or, tu le sais, Neby, sans leurs cobras, Sourrara et sa mère ne sont plus rien.

Elle prit sa respiration, serra son flanc douloureux et poursuivit encore :

— Voyant que son reptile l'abandonnait, Sourrara a pris peur. Elle s'est jetée sur moi, un couteau à la main, mais ma ruse et mon agilité ont eu raison de sa force.

Elle eut un petit rire étouffé suivi d'une grimace.

— Et voilà, Neby ! A présent qu'il n'y a plus la fille, tu auras la mère sur le dos.

Durant son discours, la pauvre naine avait triste mine avec son visage cadavérique et ses petites jambes molles qui, à chaque instant, menaçaient de s'écrouler.

— Assez parlé, intervint Neby. Tu t'épuises.

Elle déchira le bas de sa propre tunique, laissant seul son torse recouvert, et banda le flanc de sa compagne dont la blessure prenait une vilaine tournure. Mahou la soutint pendant que Neby effectuait le bandage. Serré, il arrêtait le sang et pouvait permettre d'attendre les premiers soins en attendant ceux d'un médecin. Mais ses forces s'affaiblissaient et ils durent la soutenir à trois pour reprendre le chemin du temple où les autres étaient restés.

— Je ne suis pas sûre de pouvoir terminer cette tâche, fit Neby tristement. Les morts s'enchaînent. Une partie de mon équipe me trahit, et toi...

— Moi ! moi ! s'emporta Niny en effectuant un mouvement qui la fit violemment grimacer. Moi, ce n'est rien.

— Oh ! soupira Neby. S'il n'y avait pas ce motif essentiel que tu connais, je laisserais tout tomber.

Mahou tendit l'oreille, mais croyant qu'elle parlait du Grand Prêtre Anen dont elle voulait se venger et non de sa fille dont il ignorait l'existence, il hocha la tête et ne répliqua rien.

Niny suait à grosses gouttes tant l'effort pour avancer était pénible. Traversant la porte de Mout, ils atteignirent directement le reposoir de la barque sacrée et, par une porte latérale, se retrouvèrent directement derrière l'enceinte du domaine qui les menait à l'extérieur où les attelages attendaient.

*

* *

Il fallut sortir du temple assez vite car l'état de Niny s'aggravait et réclamait les soins urgents d'un médecin dès leur arrivée à Thèbes. Myriam prit les choses en mains et décréta qu'elle se dévouerait sans compter pour le prompt rétablissement de sa compagne. Mais Neby ne fut vraiment soulagée qu'en voyant Niny dormir calmement, sans fièvre excessive et un bandage antiseptique enserrant son ventre blessé.

Tout se précipitait dans la tête de la jeune femme. La mission que lui avait confiée la reine, assortie de toutes ces morts successives et l'inévitable menace d'en ajouter d'autres. La tension, la peur de l'échec et celle de ne pas lâcher prise. Sa fille lui manquait chaque jour, elle regrettait de ne plus pouvoir faire marche arrière pour aller la rejoindre sur le bateau de Minhotep.

Depuis qu'elle était rentrée chez elle et que le sort de sa compagne était moins préoccupant, Neby sentait ses veines battre avec plus de pondération. Mais l'ombre de Mahou, qui la suivait avec insistance, avait pour effet de tendre un peu l'atmosphère générale. Sen et Inéni ne disaient mot et Myriam observait Neby en silence.

Après un repas que Nofrou la cuisinière servit avec zèle, un œil attentif sur chacun afin de s'assurer qu'on appréciait ses mets à leur juste valeur, l'ambiance se détendit légèrement. Mahou claqua de la langue avec une satisfaction évidente et félicita Nofrou du succulent canard farci à la purée de figues arrosé d'un vin doux au miel et du pâté d'autruche à la cannelle.

Dans un soupir un peu las, les yeux vidés d'énergie, Neby avait regardé tristement les mets défiler sur la table basse. Du repas de Nofrou, elle n'avait absorbé que du melon à la coriandre et des baies fraîches macérées dans du lait caillé parfumé à la grenade. Une nausée tenace la taraudait et rendait pratiquement impossible toute discussion sérieuse. Sans doute était-ce un reste des néfastes vapeurs dégagées par les torches qui lui remontaient encore en tête.

Le repas terminé, Mahou précisa d'un ton parfaitement tranquille qu'il allait juste jeter un coup d'œil vers les dépendances où mangeaient et dormaient Néhéry, Anthor et ses hommes de police et, par la même occasion, voir si Souti et Hor étaient revenus. Puis, il ajouta en lançant un regard appuyé vers Neby qu'il rentrerait très vite et prendrait aussitôt son poste à son chevet.

Quand Neby se leva de la petite table où elle était installée, assise sur un tabouret bas, Netjet et Thanis la suivirent pour se préoccuper de son bien-être nocturne. Elle se laissa baigner, masser, parfumer, y trouvant le relâchement dont elle avait besoin pour oublier les derniers événements. Alors que Netjet lui tendait sa tunique de nuit et que Thanis lui apportait une boisson rafraîchissante, elle entendit Mahou rentrer et s'installer dans la pièce qui côtoyait la sienne.

Jusqu'à présent, depuis qu'elle travaillait à Karnak, elle s'endormait aussitôt après le départ de ses deux servantes, mais ce soir-là, la présence de Mahou dans la pièce qui jouxtait sa chambre la perturbait trop pour qu'elle pensât à autre chose qu'à son visage rassurant, son torse musclé et ses puissantes épaules sur lesquelles elle aurait voulu se laisser aller.

Elle congédia Netjet et Thanis qui se retirèrent en silence et écouta le crissement des insectes qui entrait par la baie largement ouverte, laissant également pénétrer, avec une égale générosité, les rayons lunaires qui striaient l'étendue obscure du ciel.

Deux sauterelles vinrent se poser sur la tête de son lit et quelques mouches zigzaguaient autour d'elle. Nerveuse, Neby se retourna sur sa couche. Son lit était confortable et son matelas, posé sur des lattes de bois souples et solides, était de bonne qualité. Recouvert d'une grosse toile de lin, il laissait au corps qui venait s'y lover la possibilité d'une parfaite détente. Pourtant, la relaxation ne venait pas. Les insectes voletaient désagréablement autour d'elle, venant chatouiller son nez, son menton, ses épaules. Elle les écarta de la main et se promit de dire à Nofrou qu'il faudrait procéder à une bonne fumigation des sols, des murs et de tout ce qui les recouvrait afin d'écarter cette multitude d'insectes indésirables.

Elle se leva et se dirigea lentement vers la baie ouverte. Une odeur jasminée lui vint aux narines. A la clarté des rayons lunaires, elle distingua la cime dentelée des grands palmiers. Ils projetaient une ombre presque menaçante. Puis elle tendit l'oreille et entendit Mahou bouger. Il avait dû se lever aussi. Que faisait-il ? Souti et Hor étaient-ils rentrés ? Elle devait le savoir. Elle se pencha, observa la façade silencieuse de la pièce contiguë dont elle n'apercevait qu'un angle balayé par les ombres des palmiers et décida d'aller trouver Mahou pour lui poser la question.

Il était accoté à la balustrade de sa terrasse, les deux bras posés sur la rambarde, les yeux fixés au loin sur la ligne d'horizon cachée par l'ombre de la nuit. D'un geste calme, il se retourna au bruit qu'elle fit en entrant.

— La chambre que tu m'as donnée est luxueuse, marmonna-t-il entre ses dents.

Puis, ses bras quittèrent la rambarde et il poursuivit d'une voix basse et monocorde :

— Tu veux savoir si tes deux scribes récalcitrants sont revenus ? Eh bien non ! Ils ont bel et bien disparu.

— C'est étrange, ils étaient convaincus par les propos du pharaon lorsqu'il n'était encore qu'un jeune prince étudiant la théologie au temple de Ptah.

— Peut-être ont-ils changé de conviction...

— C'est impossible, protesta Neby. Ils auraient suivi n'importe où Akhénaton. Ils étaient subjugués par ses dons oratoires.

Il s'approcha d'elle et prit sa main.

— Comment peux-tu être si crédule ? fit-il d'un ton adouci par l'émotion. Je suis sûr, à présent, qu'à l'époque, ils agissaient déjà en traîtres. Qui te dit qu'ils n'étaient pas des espions à la solde des prêtres d'Amon ?

Elle hocha la tête. Puis, il l'attira vers lui et son front vint se blottir contre son buste.

— Sen partira dès demain pour chercher du renfort. Je veux une vingtaine d'hommes supplémentaires. La vigilance des prêtres va se renforcer ainsi que leurs moyens de défense.

— Parfois, je ne sais si je parviendrai à terminer ce travail, murmura Neby. Oh ! Mahou, je suis fatiguée.

— Ces émanations empoisonnées ont déréglé tes esprits. Il faut te reprendre, Neby.

Il la souleva et la porta sur le lit. C'était une couche confortable qui comportait, comme celle de Neby, un épais matelas recouvert de coussins moelleux. Un dosseret, un appuie-tête et deux accoudoirs sculptés en complétaient l'ensemble. Neby se laissa caresser. Les mains de Mahou étaient chaudes, apaisantes, sensibles au contact qu'elles provoquaient sur les douces épaules de la jeune femme. Neby respirait lentement et si, à présent, sa tête tournoyait, ce n'était pas dû à un effet anesthésique.

— Sourrara devait avoir mon âge, dit-elle. Je me souviens d'elle quand j'étais une enfant travaillant au temple d'Hathor. Ipény, sa mère, m'avait sauvée des griffes du Grand Prêtre Anen. Mais j'étais retombée aussi vite dans les siennes, autrement redoutables.

Comme il se trouvait juste au-dessus d'elle, le visage scrutant le sien, elle murmura à son oreille :

— Le scorpion était énorme.

— L'effet de sa piqûre était irrémédiable. Aucun anti-venin n'aurait pu te sauver.

Neby aspira une bouffée d'air et, la rejetant lentement, il lui sembla que Mahou la lui retirait pour l'absorber lui-même avant qu'elle ne fût éjectée de sa bouche. Alors, elle se sentit molle, soumise, trop faible pour résister et se laissa docilement mener par le destin. De toute façon, elle ne pouvait plus freiner la montée du désir dans le corps de son compagnon.

— Un jour, fit-elle à voix basse et les yeux mi-clos, un scorpion a failli tuer mon arrière-grand-mère. Elle s'appelait Séchat. C'était une Grande Scribe qui travaillait pour la pharaonne Hatchepsout. Ce jour-là, elle se rendait au Pays du Pount avec tout l'équipage royal.

Mahou ne fit aucun commentaire, mais approcha sa bouche plus près de la sienne. Neby se sentait agréablement flotter. Tout était brumeux. Un voile léger et opaque l'emprisonnait, un voile dont la texture étrangement teintée d'une couleur de rémission, d'accalmie, de soudain répit, la ligotait délicieusement. Elle murmura d'un ton encore plus bas la suite de son explication :

— Le scorpion aurait pu la tuer sans l'intervention d'une courageuse jeune fille qui, sans plus attendre, l'a coupé net en deux avec le tranchant du tambourin qu'elle tenait en main pour danser.

Mahou avait-il redressé sa sombre prunelle ou remué le sourcil qui rehaussait son œil passablement étourdi pour l'instant ? Quoi qu'il en soit, le parcours de sa caresse sur les épaules de sa compagne se poursuivit bien au-delà. Ses doigts descendirent sur sa gorge et remontèrent à l'assaut des deux petits monticules à la fois fermes et moelleux qui se terminaient par le mamelon granuleux et soyeux.

Il se pencha sur ses lèvres et les pressa doucement. Comme Neby n'opposa aucune résistance, pas plus qu'elle n'eut de geste contrarié, il s'enhardit et l'une de ses mains souleva sa tunique. Elle était nue et il eut subitement la conviction que sa compagne était belle et savoureuse et qu'une merveilleuse nuit l'attendait.

Il écarta de son corps lourd et puissant ses jambes consentantes. Pesant de tout son poids sur elle, il chercha le chemin de son intimité profonde. Un bref instant, une menue seconde perdue dans les dédales d'une réminiscence encore proche, Neby pensa que Panehesy aurait su ôter délicatement sa tunique pour la regarder nue, l'observer, la contempler, la caresser à n'en plus finir, la savourer d'un œil sensuel et averti avant de poursuivre les assauts de son désir.

Mahou n'avait pas ce style alangui, insolite, superbement voluptueux que lui avait toujours offert le Grand Prêtre de Ptah. Mahou se différenciait par la qualité de son énergie, mais aussi par le défaut de son empressement. Le désir si longtemps réprimé en lui monta et s'échappa soudainement, presque brutalement. Neby oublia et laissa l'onde de chaleur la saisir, l'emporter, la traverser.

CHAPITRE X

Panehesy regarda Tiyi d'un air calme et serein. La reine essaya de le déstabiliser en teintant sa prunelle d'une sombre contrariété mêlée d'un zeste d'irritation. Mais elle sentit qu'elle n'y parvenait pas.

— Je t'ai fait venir pour une histoire ancienne dont je suis mécontente, l'informa-t-elle d'un ton sec. Les conséquences remontent à présent jusqu'à moi et cela ne convient guère à ma politique extérieure.

Elle observa l'air impassible du Grand Prêtre de Ptah. Il approchait de la quarantaine et portait fière allure avec son buste puissant bruni par le soleil, soigneusement épilé, huilé et parfumé au musc et au jasmin. Plongeant ses yeux ténébreux dans ceux de son compagnon, Tiyi fit une dernière tentative.

— Tu n'as pas su sauver la princesse Choutarna. Je t'en veux pour cet échec.

— Je n'ai pas pu, Majesté. Tout s'est tourné

contre moi, jusqu'à mes propres espions que l'on renseignait de façon inexacte, totalement fausse.

— Je sais.

Elle posa la main sur son bras. Bah ! Son ami Panehesy était trop intègre pour avoir fait de cette intrigue une affaire personnelle. Combattre les prêtres d'Amon était insurmontable. Elle-même, toute grande reine d'Egypte qu'elle avait été, n'avait jamais pu s'immiscer dans leur vie, leur gestion, leurs agissements.

— Oui ! L'affaire rebondit à la suite des mécontentements permanents des rois et des princes asiatiques. Les prêtres de Karnak qui, en ce moment, se soulèvent pour une autre raison, ne vont pas tarder à ébruiter que je suis seule en cause dans cette affaire de meurtre.

— Les prêtres d'Amon, Majesté, sont en colère pour un autre motif bien plus grave à leurs yeux qu'un simple meurtre. Ils en ont commis tant et tant qu'ils ne sont plus à un près.

— Je te l'ai dit, celui-ci me concerne.

Il lui glissa un regard à mi-chemin de la complicité et de la rebuffade.

— Parce que votre frère Ay est le père adoptif de la reine ? Non, Majesté, permettez-moi de sourire devant cet argument. A l'exception de votre frère Anen et des quelques Grands Prêtres proches qui l'entourent, personne n'est au courant.

Il croisa ses bras sur son buste nu qu'un gorgerin de bronze et de turquoises venait rehausser de sa splendeur. Tiyi eut un sourire désabusé.

— Tu as raison, ce n'est plus mon affaire. Mais depuis que mon fils règne, il n'en fait qu'à sa tête.

— Osez dire, Majesté, que ce qu'il fait présentement vous heurte. Vous n'aimez guère les prêtres d'Amon, il me semble. Combien de fois avez-vous critiqué leurs abus d'autorité et de puissance ! Ils sont trop riches, vous le savez.

Il fit claquer ses doigts l'un contre l'autre. Un geste nerveux qui le prenait depuis peu et que la reine Tiyi ne connaissait pas. Elle l'observa sans rien dire, laissant de côté, pour un instant du moins, le sujet de son propos. Fallait-il qu'il fût contrarié par d'autres questions dont elle connaissait fort bien l'origine pour en arriver à ce geste révélateur !

— Panehesy, quitte Memphis.

— C'est impossible.

— Je pourrais te casser, t'anéantir et tu le sais.

— Majesté, vous ne le ferez pas.

Elle soupira.

— Certes non. Je ne le ferai pas. J'ai trop d'estime pour toi. Tu as toujours été fidèle à ma cause et à celle de mon fils. Mais, je ne lâche pas prise et je ne pardonne pas l'erreur que tu as faite concernant la princesse Choutarna. Si tu avais été plus vigilant, tu aurais pu la sauver.

— Plus vigilant !

Cette fois, elle le fixa durement.

— Ne fais pas celui qui ne comprend rien. Cette attitude n'est pas digne de toi. A cette époque, si tu n'étais pas tombé follement amoureux de celle qui vivait avec Choutarna, tu ne serais pas empêtré dans des complications inextricables.

Elle le vit blanchir et, malgré elle, fut satisfaite du bien mince succès qu'elle remportait sur lui.

— Quitte Memphis, ordonna-t-elle aussitôt.

— C'est impossible.

De nouveau, elle posa la main sur son bras. Une main longue et fine, mais qui commençait à vieillir tout comme le visage qui s'amollissait peu à peu et dont les multiples rides sillonnaient le front et le haut des joues, là où le maquillage de khôl et de poudre de galène, qu'elle utilisait encore largement, dessinait l'amande de ses yeux.

— C'est pourtant la seule manière de te réhabiliter à mes yeux. Quitte Memphis et installe-toi à « La Cité d'Akhet-Aton ».

— Majesté ! Que voulez-vous que j'y fasse ?

— Veiller sur mon fils.

Il fit quelques pas d'une nonchalance extrême. Jamais Panehesy ne se laissait entraîner par un débordement de colère. Tiyi regarda ses doigts, mais il ne les claqua pas. Sa contrariété de tout à l'heure était-elle éteinte ? Dans ce cas, il fallait qu'elle la rallumât avec subtilité.

— Akhénaton est très bien entouré, fit-il d'un ton extraordinairement placide. Tous les dignitaires l'ont suivi.

— Pas tous ! s'écria-t-elle en levant l'une de ses mains qui, au passage, frotta son buste mince et fit entendre le déplacement des perles de cornaline qui s'étalaient sur sa poitrine.

Panehesy restait impassible, laissant ainsi au temps la possibilité de traduire son état d'âme. De sa voix paisible, il poursuivit :

— Non, pas tous. Je ne suis qu'une rare exception.

Elle haussa le sourcil, s'apprêta à répliquer une

vérité, du moins la sienne, mais il coupa précipitamment :

— Nous sommes deux, Majesté. L'autre cas étant celui de Horemheb.

— Je n'aime pas ce Horemheb, déclara-t-elle d'un ton légèrement irrité. C'est un ambitieux et un opportuniste. Un jour, il ira trop loin et frappera quand mon fils sera devenu trop faible. De plus, je ne partage aucune de ses idées. Il veut combattre les pays d'Asie par la guerre, alors que j'ai toujours prôné la diplomatie et la patience.

— Son cantonnement est à Memphis et ses armées ne sont pas très lourdes, commenta Panehesy avec prudence, car la guerre n'est pas son domaine favori.

— Elle le deviendra sous peu. Horemheb réussit tout ce qu'il entreprend et son ambition est démesurée. Déjà, il fait la fine bouche sur la jeune fille de haute noblesse que lui a donné en mariage Akhénaton. Non seulement il est l'époux de la gracieuse Moutjemet, la fille de mon frère Ay, mais il convoite à présent la fille aînée de la reine.

— Méritaton ?

— Elle-même à qui je destine Semenkarê, le fils de feu mon époux le pharaon et de Satamon qui fut à la fois ma fille et sa deuxième Grande Epouse.

Elle eut un geste que ne saisit pas son compagnon. Elle leva les yeux au ciel et, attentive et concentrée, sembla prier quelques secondes. Mais qui invoquait-elle ? Panehesy n'eut pas le recours d'approfondir sa question, car abaissant les yeux sur son compagnon, elle reprenait déjà :

— En cela, je suis restée aussi traditionnelle que

mes aïeules. Je veux que les filles pharaoniques restent dans leur lignée de pures princesses.

Panehesy ne répliqua rien. Une rumeur était parvenue à ses oreilles, comme à celles de tous les courtisans de la cour, selon laquelle Semenkarê ne serait pas le fruit des amours de Satamon et de son père, comme Toutankhamon n'était pas celui des amours de Tiyi et de son époux. Mais quelle était la part de vérité dans ces ragots malveillants ?

Tiyi fit quelques pas vers un grand coffre en bois d'ébène aux sculptures plaquées d'or. Sa hauteur était si grande qu'il arrivait à sa taille. Elle le frôla d'un doigt qui se voulait rêveur, mais dont le tracé n'était qu'impatience et obstination. Puis, têtue, elle revint à Panehesy et lança :

— Quitte Memphis et veille sur mon fils.

— Majesté ! répondit-il toujours calme et imperturbable, même votre fils a accepté ma requête quand « La Cité d'Akhet-Aton » s'élevait et qu'il m'a demandé de venir à ses côtés. Le pharaon sait que, malgré l'éloignement, je lui reste profondément fidèle et qu'en cas de secours, je viendrai aussitôt à son aide.

— Tout ceci, je le sais.

— Alors, pourquoi vous inquiéter ? Ses sujets se courbent devant lui jusqu'à terre. Osez prétendre le contraire, Majesté.

Elle fit mine d'être courroucée.

— Je ne te permets pas, Panehesy. Tout Grand Prêtre que tu sois, tu n'es qu'un vil sujet et tu me dois obéissance.

Il marqua un étonnement sur son visage. Tiyi

avait-elle marqué un point ? Un sourire ambigu vint fleurir sur ses lèvres épaisses.

— Ses sujets sont encore plus vils que toi. Je n'ai confiance qu'en Ay, mon frère aîné, reprit-elle.

— Il faut bien qu'il soit dans votre camp, puisque vous êtes contre celui d'Anen, votre frère cadet.

Ils se foudroyèrent du regard. Mais très vite leur colère réciproque s'effaça pour laisser place au dialogue en bonne intelligence :

— Je ne peux pas quitter Memphis, murmura Panehesy.

— Pourquoi ?

Il eut un haussement d'épaule.

— Mon épouse refuse.

— Alors, divorce !

Il hésita comme s'il s'apercevait soudain qu'un piège infernal se refermait sur lui. Aussitôt, la reine reprit :

— L'attitude indocile de ton épouse ne tardera pas à contrarier franchement mon fils. Son obstination à prôner les dieux traditionnels devient intolérable aux yeux du pharaon. Pourquoi ne comprend-elle pas cela ?

— Majesté ! Mon dévouement envers votre fils est sans égal, mais qui vous dit que je loue sans réserve le disque solaire ?

— Il faudra bien que, toi aussi, tu choisisses ton camp. J'ai une proposition à te faire.

Il haussa le sourcil et ne répliqua rien, attendant passivement que la reine expliquât son idée.

— Tu quittes Memphis et je fais revenir Neby de Karnak. Après sa délicate mission, Néfertiti l'emploiera comme scribe royale dans son palais. Elle ne peut refuser une aussi prestigieuse carrière.

Ce fut alors que Panehesy la regarda droit dans les yeux et rétorqua froidement :

— C'est trop tard, Majesté. Tout est fini entre elle et moi.

— Ose répliquer que tout est achevé entre toi et ta fille que tu ne connais même pas, alors que ta propre épouse a été incapable de te donner un seul enfant !

Enfin, Tiyi avait réussi à le déstabiliser. Elle le vit blanchir et serrer les poings. Sa mâchoire se contracta. Il lui tourna subitement le dos et s'en fut à grands pas vers la baie qui s'ouvrait sur une véritable forêt de verdure.

— Réfléchis, Panehesy. Ne vois-tu aucune faille dans ton jugement ?

— Coûte que coûte, je retrouverai ma fille et ceci, sans votre aide, Majesté.

— Allons, mon ami ! Je ne parle plus de ta fille.

Panehesy avait retrouvé son calme habituel. Il revint vers la reine à pas lents et calculés.

— De quoi parlez-vous, alors ?

— De tout autre chose. Ta fille n'était qu'un aparté afin de te faire changer d'avis.

— Je vous écoute.

— La fortune que ton père, le Grand Prêtre Merytrê, a su accumuler au cours de sa vie lui vient des offrandes faites au dieu Ptah. Un jour ou l'autre, et tu le sais, ces biens reviendront au dieu Aton. Si tu n'es pas dans la cité à ce moment-là, tu perdras tout. Certes, je connais ta grande intégrité, mais que cela ne frise pas la bêtise. Veux-tu devenir aussi pauvre qu'un simple petit scribe débutant ?

Elle fit une moue encore gracieuse puis détendit les lèvres. Quand elle souriait ou riait, cela remontait les plis tombant de ses joues et lui donnait un nouvel air de jeunesse bien que son menton se doublât d'une masse graisseuse, hélas difficile à cacher.

— Il en est de même pour les biens de ta femme qui, lorsqu'elle aura suffisamment contrarié mon fils avec son obstination à vénérer Amon, confisquera son patrimoine qui fut celui de son père. Que feras-tu, alors ? Où est ton honneur, Panehesy ? N'en as-tu donc plus ?

— Où voulez-vous en venir, Majesté, avec ce superbe plaidoyer ?

— Actuellement, tu cours à ta perte. Choisis le camp de Neby. Cette petite a tous les espoirs devant elle. De plus, c'est une fille bien née, le savais-tu ?

— C'est la fille d'une Seconde Epouse de pharaon, oui, je le sais.

— Pour l'instant, elle n'a qu'une superbe résidence que lui a donnée Néfertiti pour le prix du travail qu'elle accomplit à Karnak, mais bientôt, elle sera parmi les Grands Dignitaires de « La Cité d'Akhet-Aton ».

— Elle me trompe avec ce satané Chef de Police qui fut, autrefois, mon ami.

— Il a choisi de vivre aux côtés du pharaon, lui !

Ce « lui ! » martela douloureusement sa tête.

— Ce n'est pas une raison, maugréa-t-il.

— C'est juste, il y a une autre cause, admit Tiyi en souriant à demi. Elle ne voulait pas être ta concubine. C'est son droit puisque tu ne veux pas divorcer.

Panehesy ne broncha pas, les mains crispées sur ses bras qu'il avait de nouveau croisés sur son buste. Puis, soudain, il se laissa aller le temps d'une seconde :

— Elle a horreur des policiers ! murmura-t-il. Elle ne peut pas l'aimer. C'est impossible.

— Qui te dit qu'elle l'aime ? Je te propose une solution pour que tu la retrouves. Tu divorces, tu quittes Memphis et tu t'installes à « La Cité d'Akhet-Aton ». Neby t'y rejoindra.

Panehesy avait retrouvé tout son aplomb.

— Votre proposition est subite, Majesté, je dirai même contradictoire. Vous ne m'avez pas toujours poussé vers elle, lança-t-il d'un ton sarcastique.

— Tu as raison, et je ne la pousserai pas toujours dans les bras de Mahou, le policier. Ce sont des obligations politiques. Tu le sais bien.

*

* *

Après la nuit qui avait clôturé sa périlleuse journée de travail dans le domaine de Mout et surtout après le tumulte de tant d'événements qui s'enchevêtraient bon gré, mal gré, comment Neby aurait-elle pu s'apercevoir de la disparition d'Inéni ? Le cœur encore battant, elle essayait pourtant de garder la tête froide. Tant de besogne restait encore à faire et tant de complications allaient sans doute se greffer que Neby devait conserver son esprit clair.

Les travaux s'achevaient dans les temples de

Mout et de Khonsou et, ce matin-là, Mahou l'avait directement menée sur les lieux de son travail où commençait le repérage des inscriptions portant sur le temple de Ptah.

Ce premier matin où elle devait se rendre dans le domaine d'Amon et non plus dans celui de Mout, Mahou avait catégoriquement refusé qu'elle prît son propre char et l'avait accompagnée dans le sien. D'une légèreté extrême, le char du policier n'avait cependant pas le confort de celui de la jeune femme. Sa caisse à demi-circulaire offrait à peine la place de deux personnes en position debout. Les dorures incrustées sur la courbe de la coque semblaient moins riches et la rambarde dépassant du rebord supérieur était trop mince et trop courte pour permettre de se retenir avec sécurité en cas de cahot ou de grande vitesse.

A présent, Neby aimait son propre char. Il était spacieux et confortable. A l'arrière du caisson, pivotaient deux roues à six rayons maintenues par des rivets solidement fixés et, au bout de la hampe plantée dans le fond du char, s'ouvrait ou se fermait un grand parasol en feuilles de palmier. Cependant, Neby apprécia le gain de temps à voyager avec Mahou, car il fallait noter, sans rien omettre, l'apparition des signes mentionnant le culte d'Amon. Ils figuraient en une quantité incroyable dans la grande salle hypostyle, la chapelle d'Osiris, les magasins d'offrandes pures, l'édifice d'Aménophis II, le palais de Maât, les temples du Moyen Empire et, bien sûr, à l'intérieur du grand temple d'Amon qui, à lui seul, était entouré d'une triple enceinte afin de préserver le sanctuaire central.

A peine arrivés sur le gigantesque domaine d'Amon, les rayons du soleil matinal les aveuglèrent. Ils coloraient en ocre rose le fond vaporeux de la montagne thébaine que l'on apercevait bien au-delà de la muraille d'enceinte lorsqu'on était juché sur une hauteur d'à peine deux ou trois coudées.

Montagne de granit sur la droite, étendue de sable blanc sur la gauche, forêts de palmiers et de sycomores au centre mêlées aux mâts de pierre que formaient les obélisques et aux portes en talus qui conduisaient aux pylônes, aux statues colossales et aux corniches sculptées qui se plaquaient tout en haut des colonnes monumentales.

Puis, du haut des promontoires, on apercevait la vaste esplanade qui descendait à l'embarcadère par de grands escaliers de pierre aux marches larges et plates, revêtues de marbre lisse et veiné comme un cœur dépouillé de sa peau vite recouverte par l'eau du Nil quand il débordait.

Enfin, restaient les dromos — ces belles allées majestueuses bordées de statues monumentales — qui rejoignaient entre elles les parties centrales des différents temples jusqu'aux parties extérieures menant à Louqsor. Ces dromos comportaient plus de mille sphinx à corps de lion et tête de bélier tranquillement assis, pattes offertes aux passants et regard rivé au loin, comme un immense troupeau au repos.

Assurément, Neby aimait ce spectacle grandiose qu'elle voyait tous les jours, cet ordonnancement parfait des lieux où chaque pierre enfermée était à sa juste place mais, ce matin-là, elle restait trop préoccupée par l'absence d'Inéni pour en apprécier complètement le merveilleux déploiement qui s'offrait silencieusement dans la lumière rosée du matin.

Et, comme si elle le sentait déjà, les choses devaient se compliquer à cause d'un élément qui, en temps ordinaire, aurait été banal mais en cette période d'agitation, il s'avérait critique. En effet, près de la porte de l'est, entre la chapelle d'Amon adossée au mur d'enceinte et les magasins des offrandes pures, se tenait la zone des habitations des prêtres de moyenne condition. Y habitaient les fonctionnaires, ceux qui assumaient les besognes quotidiennes. Bref, tous les petits prêtres de basse extraction, les blanchisseurs, les jardiniers, les maçons, les fermiers, les muletiers, les porteurs d'eau et autres petits métiers indispensables à la vie du temple.

C'était là une caste infranchissable qui se mouvait dans une hiérarchie complexe exigée par l'organisation des besognes ingrates.

Ni Myriam, qui restait au chevet de Niny, trop faible pour se mouvoir, ni Sen, parti pour « La Cité d'Akhet-Aton » avec l'un des hommes de police pour ramener une vingtaine de soldats supplémentaires, ni même Néhéry et Anthor qui se rendaient toujours directement sur leur lieu de travail, aucun n'avait permis à Neby, du moins le premier jour, de s'inquiéter sur la disparition d'Inéni. Ce fut le second jour qu'elle fut prise d'angoisse sur le sort de sa compagne, malgré le travail qui l'accaparait chaque jour davantage.

Elle commença par les obélisques de la pharaonne Hatchepsout. On disait que lors de son règne, elle les avait si bien fait graver que c'en était une pure merveille. Face aux éblouissantes parois, Neby se tenait droite et rêveuse. Des yeux, elle en fit le tour, saisie par une admiration sans cesse grandissante, puis elle laissa son regard traîner plus loin, sur les aiguilles d'argent qui rehaussaient les deux autres obélisques. Hatchepsout restait dans le ton puisque ces deux-là étaient l'œuvre du pharaon son père, Thoutmosis II.

Ce merveilleux site, il fallait bien le dire, que composait le domaine d'Amon, le noyau des temples de Karnak, la laissait tout de même pensive. Et elle aurait aimé qu'Inéni fût à cet instant précis à son côté. Sans doute pour la convaincre qu'Amon n'était pas l'être intouchable que les prêtres de ce temple voulaient imposer.

Mais de là à tout changer, tout réformer sans aucune nuance ! Il y avait de quoi rester perplexe. Fallait-il vraiment retourner la situation de façon à ce qu'elle ne gênât plus le mysticisme du pharaon régnant ? Fallait-il renverser les faits et en établir d'autres de manière aussi abusive ? Tout ceci n'était guère plausible. Pour la première fois, l'Egypte allait connaître une crise d'ordre religieux. Neby pouvait-elle en être à l'origine ? Devait-elle guider la main qui obéissait à l'inspirateur de ces agissements ? Une hérésie disait-on !

Demeurer à l'origine des martelages qui allaient suivre, effacer tout ce qui avait constitué la force spirituelle de ses aïeules, certes toutes de grandes figures féminines qui avaient sillonné avec audace, autonomie, énergie cette dix-huitième dynastie. Devait-elle aider à détruire tout ce qui avait guidé leurs projets, leurs idées, leurs labeurs, leur but d'existence ? Neby sentit les larmes affluer à ses paupières.

Détruire ! Elle qui n'aimait que construire, bâtir, œuvrer, travailler. Mais aussi pourquoi ce maudit dieu Amon ne l'avait-il pas mieux protégée à sa naissance, comme il avait soutenu ses aïeules ? Pourquoi sa mère avait-elle été écartée d'une société dans laquelle elle aurait dû vivre, brillamment sans aucun doute ?

Pire ! A présent qu'on reconnaissait la noblesse de sa lignée, aucun bien, aucun patrimoine, aucun dében d'or, d'argent ou de bronze ne lui revenait. Et, tout comme au temps où elle sillonnait le Nil à la recherche d'un travail, elle ne devait compter que sur elle-même. Travailler, prouver, accumuler les réussites pour exister dans un monde qui n'avait pas voulu d'elle.

Neby essuya rageusement une larme qui coulait sur son visage. Non ! Elle ne s'adonnerait ni à la tristesse, ni au regret, encore moins au repentir. A présent, elle avait une fille sur qui elle devait veiller. Sa mère, morte trop vite, n'avait pas été là pour la soutenir. Alors Neby, la scribe publique, ferait de Nephtys un personnage digne d'entrer dans une société dont elle-même apprenait encore les droits, les limites et les consignes. Personne d'autre ne le ferait à sa place et surtout pas le Grand Prêtre Panehesy.

Elle dirigea son regard sur Mahou. Il inspectait lui aussi les inscriptions sur le bas-relief de l'obélisque. Le policier avait décidé qu'au lieu de rester sans rien faire, il l'aiderait plutôt dans son travail.

Car à vrai dire, en quel dieu croyait-il ? Si Amon était une force supérieure que l'on retrouvait dans le disque d'Aton représentant le soleil, fallait-il obligatoirement lui donner un visage humain ou animal pour installer une croyance indestructible faite pour vivre éternellement ?

Neby respira une pleine bouffée de cet air matinal, déjà chauffé par les rayons du soleil et, tout en émettant un petit rire sarcastique, se dit qu'après tout, s'il existait une vie dans l'au-delà, Aton et Amon pouvaient bien se battre pour elle. Le gagnant la ferait entrer au royaume d'Osiris.

Les premiers jours s'étaient passés sans Inéni et, seule, la jeune femme avait passé son temps à examiner les parois des piédestaux d'obélisques et à délimiter ce qu'il fallait inscrire et ne pas inscrire sur les listes. Anthor et Néhéry — puisqu'il ne restait plus qu'eux et qu'Anthor semblait s'être rallié complètement au jugement de son compagnon — travaillaient sur les septième et huitième pylônes situés de l'autre côté du Lac Sacré.

Quand, de son côté, Neby s'arrêtait de travailler, c'était pour se poser l'inévitable question au sujet de sa compagne. Son absence avait-elle un rapprochement direct avec les trahisons de Souti et de Hor ? Non ! C'était impossible. Inéni avait remplacé les divinités égyptiennes par les divinités asiatiques, comme on change de coiffure ou de tunique — et, en cela, elle ressemblait à Neby — mais elle avait un sens trop poussé de la fidélité et de l'honneur pour trahir sa compagne. Elle se préoccupait plus de la réussite matérielle d'un travail qui la passionnait que de l'établissement formel d'un dieu ou d'un autre. Comme Neby, le destin ne l'avait pas favorisée au départ et elle devait bien compter sur elle pour sortir d'un labyrinthe dans lequel elle refusait de vivre. En conclusion, Inéni ne pouvait pas la trahir.

*
* *

Ce fut huit jours plus tard, quand Anthor et Néhéry la rejoignirent sur les lieux du grand domaine d'Amon, que la première émeute eut lieu, dans le quartier d'Osiris où ils étaient installés.

Mahou, qui pressentait des tumultes, avait déjà décidé de s'éloigner des magasins d'offrandes afin d'éviter des complications supplémentaires. D'ailleurs, l'endroit ne comportait aucune inscription à mentionner ni aucun dessin à recueillir. C'était bien l'un des rares endroits où les parois des murs eussent été vierges s'il n'y avait eu une quantité innombrable de chevilles, de clous et de pitons au bout desquels étaient suspendus des fourrures d'Afrique, des coraux du Pays du Pount, des défenses d'ivoire et des cornes de gazelle, des tapis d'Asie, des pièces de lin extrêmement fin et autres luxueuses étoffes, des colliers de perles, des gorgerins, des boucles de ceinture, des pendants d'oreilles et anneaux de toutes sortes, les uns en or, les autres en argent ou en bronze.

Sen n'était pas encore rentré et nul ne savait encore combien de soldats allaient l'accompagner. Il se pouvait fort bien qu'il n'eût pu convaincre le pharaon de la nécessité immédiate de ramener des hommes. Mahou était bien placé pour savoir que le nouveau pharaon exécrait l'idée de laisser partir ou même s'éloigner ceux qui étaient désormais à son service, plus encore les hommes d'armes, les gardes et les policiers.

Quand Mahou perçut l'ombre mouvante qui se dessinait au loin et qu'il croyait venir du côté de la porte de l'est, bien qu'elle arrivât directement de l'endroit où les prêtres logeaient, il sentit que l'heure allait se durcir. Aussi rassembla-t-il rapidement Néhéry, Anthor et le policier qui lui restait, afin de mieux s'opposer à la meute de prêtres qui, brumeuse et mugissante, s'avançait.

Regroupés rapidement en un petit noyau bien mince, Mahou et ses compagnons attendirent, l'esprit nullement rassuré. L'émeute était directement menée par le Porteur des Sceaux qu'encadraient deux de ses assistants. Le plus grand semblait transporter avec lui toute l'agressivité du monde. Cela se voyait dans ses larges prunelles qui ne lançaient que divagation et folie. L'autre, petit et assez gras, n'en était pas moins singulier dans l'allure démentielle qui l'emportait au-devant de ses adversaires.

— Femme scribe ! cria le plus grand, il ne te restera plus rien quand nous t'aurons écrasée sans pitié ainsi que ta minable équipe. Alors, pars d'ici !

— Oui. Sortez de ce domaine qui ne vous appartient pas, rugit à son tour le petit prêtre grassouillet comme un porcelet. Laissez notre temple tel qu'il est.

— Ce domaine appartient au pharaon, cria Mahou, comme tout ce qui est sur cette terre d'Egypte ! Toi y compris et s'il veut te jeter en pâture aux crocodiles, il peut le faire et tu le sais.

— C'est faux ! hurla le prêtre. Le temple appartient au dieu Amon. Ton pharaon est un hérétique. Que la terre l'engloutisse au plus profond des ténèbres là où il se trouve.

— Tu te trompes, prêtre d'Amon. Akhénaton est, au contraire, au plein cœur du soleil.

— Le pharaon et dieu sont une même personne, intervint Neby, criant à son tour au-devant des hommes qui avançaient.

— Aton n'est pas un dieu ! aboya le grand prêtre. Le petit groupe où se tenait Neby et dont Mahou formait le centre se tut. Immobiles, ils semblaient attendre la suite des opérations, flairant une rixe mortelle qui n'allait pas tarder à se déclencher.

Elle fusa sous la forme d'une lourde pierre lancée par un homme qui suivait les meneurs et dont le rôle, jusqu'à présent, consistait à mugir en cadence avec les autres. Il cria pour attiser la colère de ceux qui l'escortaient.

La pierre frôla le front de Néhéry. Mais à peine avait-il eu la présence d'esprit de s'écarter qu'une autre lui heurta la poitrine. Il recula cette fois, blanc de rage, esquissant une grimace pour ravaler la douleur qui montait en lui.

— Sortez d'ici ! cria-t-on dans le groupe opposé.

— Pas avant que nous ayons achevé notre travail, rétorqua Neby, dont la couleur montait au visage.

— Nous allons vous écraser comme des mouches malodorantes. Pauvres insensés ! Que pouvez-vous faire ? Regardez-vous ! Des centaines d'hommes de notre côté et quatre malheureux incapables du vôtre. Ce ne sont pas les quelques petits meurtres qui ont sillonné votre passage jusqu'ici qui vont nous arrêter.

Mahou se sentit subitement diminué, mutilé. Que pouvait-il faire seul avec un policier, deux scribes et une femme contre cette meute de prêtres hystériques qui avançaient, des pierres pesantes à la main ?

— Ils vont nous lyncher, murmura-t-il à Neby. Il faut nous replier.

Un silex tranchant atteignit l'un de ses bras qu'il venait de lever pour signifier un geste de repli. Il cisailla sa chair juste à l'endroit où le bas de l'épaule formait un creux avec l'avant-bras. Il ne cilla pas, mais sentit la brûlure quand le tranchant de la pierre pénétra jusqu'à l'os.

Jetant un regard accusateur sur la foule pressante des prêtres, il voulut poser son autre main sur sa blessure, mais se ravisa et poussa Neby derrière lui, car elle avait fait un pas en avant, bravant les prêtres qui s'approchaient et que l'on distinguait à présent, les yeux noirs de colère et le visage menaçant.

— Oui, dit-il, nous partons parce que nous sommes en nombre inférieur. Mais nous reviendrons, croyez-le.

Le petit groupe de Mahou recula lentement. Un long silence pesa dans l'atmosphère brûlante. On entendit quelques insectes bourdonner en haut d'un tamaris et le bruissement d'un fin feuillage au passage d'une libellule. Soudain, une voix haute et claire, venant à eux comme un écho, les fit se retourner.

— Non, non, ne partez pas !

Vêtue d'une tunique courte, les cheveux retenus en arrière, une jeune femme accourait en levant les bras au ciel. Elle débouchait du domaine de Montou et avait emprunté la porte qui menait au temple de Ptah. La seule, d'ailleurs, par laquelle Mahou et sa petite équipe pouvaient fuir. Seule issue qui restait libre.

Ce fut un déferlement de cris, de gestes bruyants et disproportionnés, de courses effrénées. Ce fut une émeute contre une émeute. Menwy le Syrien, appelé par Inéni, sa compagne, avait rapatrié tous ses amis asiatiques auxquels s'étaient joints des hommes ramassés dans les rues et les masures de Thèbes. Tous issus de pauvre condition, mais tous de solides gaillards aux épaules rondes, aux cuisses fermes, à la corpulence forte et bien bâtie. Il y en avait de toutes les tailles, de tous les âges. Leurs yeux lançaient des flammes, leurs bouches des huées et des clameurs, leurs mains des projectiles. Leurs épaules roulaient à une cadence qui suivait le rythme de leur respiration et leurs pieds frappaient lourdement et bruyamment le sol.

Mahou écarquilla les yeux d'ahurissement et Neby, dont le visage s'éclairait de joie, cria à sa compagne, les mains disposées en porte-voix autour de sa bouche :

— Parfait, Inéni. Tu as su ce qu'il fallait faire. Quel autre peuple que celui-là pouvait-il accepter de chasser Amon pour le remplacer par leur divinité favorite, le soleil !

Inéni agitait ses mains dans l'espace lourd de vapeurs chaudes.

— Regarde, Neby ! cria-t-elle encore, Menwy a même rallié des Thébains à notre cause. Ils sont prêts à se battre si Aton les récompense.

— Je les en remercie, répondit Neby en regardant Mahou dont l'apparence reprenait courage, malgré la douleur de son bras qui rougissait sous la pression de sa main.

Puis, elle jeta d'un ton plus bas :

— Va t'allonger, Mahou. Ces hommes vont nous défendre.

— M'allonger, tu veux rire ! Me prends-tu pour une femmelette ?

— Cette femmelette-là, rétorqua Neby en désignant Inéni du doigt, a su faire ce qu'il fallait pour nous sauver de ce mauvais pas.

— Je me battrai jusqu'au bout, rugit le policier entre ses dents, dussé-je en mourir.

Puis, il plongea dans la mêlée dont les premiers de la file commençaient à se joindre aux prêtres. Les hommes de Menwy avaient des haches, des poignards, des matraques, des flèches et des boomerang. En un quart d'heure, ce fut un massacre épouvantable et les prêtres qui restèrent en ligne durent se retirer pour ne pas succomber au carnage. Certains d'entre eux étaient partis se réfugier dans les magasins d'offrandes, fermant à double tour les portes qui les protégeaient de la masse hurlante.

D'autres reculaient vers le grand Lac Sacré, empruntant les barques qui oscillaient tranquillement sur les bords pour tenter de rejoindre, par la grande cour carrée des obélisques, une issue plus tranquille.

D'autres encore couraient vers les colonnes, les

pylônes, les sanctuaires avoisinants pour tenter de se dissimuler en attendant du renfort. Le huitième pylône n'était pas loin et, en se cachant dans les angles de granit qui leur offraient un abri certain, ils pouvaient même patienter jusqu'à la fin du combat.

Enfin, les plus solides et sans doute les plus virulents, ceux qui avaient emporté autre chose que des pierres, continuaient à se battre sans souci des conséquences, fermant les yeux sur les corps ensanglantés qui se heurtaient, se mêlaient, s'entassaient, laissant des flaques sombres et gluantes que le sol sec absorbait aussitôt.

Dans la tourmente, Mahou explosait, l'attitude fiévreuse, les yeux s'affairant en tous sens, les deux pieds piqués solidement au sol, mais se battant d'un seul bras. Son courage égalait bien celui des Syriens que rien ne semblait rebuter.

*

* *

Sen arriva trois jours plus tard avec une vingtaine d'hommes. Mais ils n'eurent pas à se battre de suite car, même si l'on sentait la tension monter, le dernier conflit avait calmé les choses.

Une atmosphère, formée d'une moiteur étouffante, brûlante où chaque épiderme se dressait en silence, les encerclait. Des ombres filaient derrière les sanctuaires, des chuchotements faisaient frémir les souterrains, trembler les marches des sanctuaires, claquer les portes des chapelles. Neby, qui parfois voulait abandonner la mission que lui avait confiée

Néfertiti tant le résultat engendrait de catastrophes, ne puisait son courage que dans les bras de Mahou — encore qu'il n'en eût plus qu'un de valide présentement — dont les ardeurs amoureuses se décuplaient chaque soir.

Au temple d'Osiris qui avait vu s'allumer la première émeute, les inscriptions avaient toutes été relevées. Néhéry et Anthor, depuis que les hommes de Menwy étaient là, reprenaient courage et avaient effectué, ces derniers jours, un bon travail.

Maintenant que l'équipe était renforcée par les soldats d'Akhénaton, de solides gaillards faisant partie de l'armée d'Horemheb, un véritable barrage s'était installé autour de la zone d'habitation des prêtres. C'était à peine s'ils osaient sortir, se hasardant simplement sur les marches qui menaient aux terrasses ou sur les esplanades qui entouraient l'ensemble de leur demeure.

Bien entendu, ces agissements concernaient les prêtres dont la hiérarchie dans laquelle ils étaient montés n'était pas la plus basse. Leurs habitations se regroupaient à l'extérieur du rassemblement des constructions plus sommaires, celles des simples prêtres qui, eux, se contentaient de rester calfeutrés dans les orifices que formaient les petites portes basses.

Mais cette atmosphère étouffée, pesante, dans laquelle Neby put poursuivre son travail ne dura que quelques semaines. Les émeutes suivantes ne tardèrent pas à se déclencher et les hommes des deux camps à s'affronter de nouveau, plus farouchement encore, car les hommes de Mahou ajoutés à ceux de Menwy totalisaient à présent plus de deux cents têtes.

Quand le travail de Neby débuta près du septième pylône qui faisait face au temple d'Aménophis II, tout se déclencha. Les travaux du grand domaine d'Amon étaient achevés. Il ne restait plus que le domaine de Montou.

Le premier soir du combat, les prêtres firent un barrage face à celui de leurs adversaires. D'un simple coup d'œil, Mahou jaugea son importance et vit avec soulagement qu'il n'était pas plus important que le sien. Mais c'était négliger l'entêtement des prêtres et leur discernement qu'ils confortaient par le nombre incroyablement grand de leur communauté.

Ce fut ainsi que Mahou assista à un curieux spectacle qui ne pouvait certes pas rassurer son propre jugement. La ligne ennemie qu'il avait devant lui s'épaississait d'heure en heure et, bientôt, les prêtres de Karnak bouchèrent toutes les entrées des temples, des sanctuaires, des chapelles et surtout celles des magasins d'offrandes.

Cet agissement aurait pu ne pas comporter de conséquences trop fâcheuses si les prêtres n'avaient pas également obstrué les portes de communication qui donnaient sur l'extérieur des domaines d'Amon, de Maât et de Montou. Mahou et ses hommes se trouvaient tout simplement piégés et ne pouvaient plus sortir du temple.

Penkefert, qui portait dans ses yeux une agressivité démentielle, leur cria :

— Nous vous laisserons mourir de faim !

— Et nous jetterons vos cadavres aux crocodiles ! reprit Houy, le petit prêtre replet qui, dans la rondeur de son corps, gesticulait comme un fou.

Neby vit que, devant la complexité des événements qui prenaient un tour insurmontable, il n'y aurait bientôt plus d'issue.

— Que voulez-vous ? leur cria-t-elle. Nous avons presque achevé le travail.

Une sorte de géant s'approcha. Il ne s'était pas montré lors des premiers combats, pas plus que le vieil Ahmose, le Grand Porteur des Sceaux, qui se tenait à son côté.

— Remettez-nous vos tablettes, vos listes et vos documents et nous vous laisserons partir.

Il se tenait légèrement courbé et sa main droite était posée sur celle d'un jeune prêtre à l'attitude arrogante. A peine usé, le visage du vieil Ahmose ne comportait que quelques rides profondes qui sillonnaient son large front et allaient se perdre dans la boule rasée de son crâne luisant. Plus de soixante ans devaient peser sur ses épaules.

Neby s'était approchée, Mahou et Menwy sur ses talons, le reste des hommes non loin. Quand elle vit le géant qui côtoyait le vieil Ahmose avec un sourire béat, elle eut un frisson, car les mains qu'il élevait en signe de colère étaient si larges qu'elles ressemblaient à de vraies palettes capables d'écraser, en un grand coup sec, n'importe quoi. Elle les imagina un instant autour de son cou et elle se mit presque à trembler.

— Vous laisser notre travail ? Vous êtes fous !

— Alors, vous crèverez comme des bêtes, laissa tomber le vieil Ahmose dans un sourire crispé.

— Nous attendrons et nous trouverons l'occasion de déjouer votre piège.

— Impossible ! jeta Noférê, le géant.

— A présent, ton équipe est incapable de poursuivre, répliqua le jeune About qui sentait la pression de la main lourde et exigeante du vieil Ahmose sur son bras. Avec la faim qui va tirailler votre estomac, vous ne pourrez plus rien faire. Et toi, tu seras la première à venir mendier à nos portes un pain, un oignon ou une poignée de haricots.

— Jamais ! cria Neby.

About avait une allure détestable. Prétentieux, il la regardait du haut de sa prestance que lui donnait certes la compagnie du vieux Porteur de Sceaux, l'un des plus grands personnages du temple de Karnak.

— C'est ce que nous verrons, conclut ce dernier. Je ne donne pas huit jours au destin pour qu'il te fasse réfléchir.

Il lâcha le bras d'About et tendit un doigt vengeur en direction de la jeune femme.

— Avant huit jours, tu m'apporteras toutes les listes que tu as faites et je les brûlerai devant toi.

— C'est un défi que vous allez perdre.

Avant même d'avoir achevé sa phrase, elle vit que Inéni s'était rapprochée d'elle. Elle vint se placer à son côté et, soudain, eut un déclic. Neby ne perdit ni son temps ni son esprit. Sans tourner le visage vers elle pour ne pas attirer l'attention, elle lui murmura aussi bas que possible :

— J'ai dissimulé les rouleaux de papyrus qui contiennent les listes dans l'une des brèches du soubassement du temple d'Hathor. Personne ne le sait.

J'y ai ajouté des rouleaux vierges. La brèche est grande, va t'y cacher et recopie tout en double. Quand tu auras fini, nous leur donnerons l'original. Fais vite Inéni ! Si Mahou, Sen et moi pouvons tenir huit jours sans rien manger, nos hommes ne le pourront pas ou ne le voudront pas.

D'aussi loin qu'il se trouvait, elle regarda le vieux Porteur de Sceaux et vit qu'il n'avait rien remarqué du subterfuge qu'elle venait de monter avec sa compagne. De plus, les prêtres semblaient ignorer que c'était elle qui avait ramené les amis de Menwy. Ils se méfiaient donc beaucoup plus de Neby que d'Inéni.

Comme pour lui donner raison, les choses se décantèrent d'une façon si brutale que, dans le camp de Neby, personne ne les vit arriver. Ce fut une nuée, opaque et dense qui, soudain, se rua sur elle et la recouvrit en quelques secondes. Mahou et Menwy se mirent à hurler des ordres. Les arcs des Asiatiques se tendirent vers la masse humaine qui recouvrait la jeune femme. Ceux qui l'enveloppaient de l'extérieur succombèrent sous les flèches, mais restèrent agglutinés à la masse. Noférê le géant les écarta, les souleva et fit une ouverture à l'arrière pour dégager Neby sans que Mahou la vît. Les autres purent la libérer, mais ils la bâillonnèrent et la ligotèrent aussitôt sans qu'elle pût ni bouger ni crier.

Quand la masse se disloqua, Mahou ne distingua qu'un amas d'hommes que les flèches avaient transpercés. Au centre, Neby avait disparu.

*
* *

Akhénaton regarda la reine. Elle avait ce petit sourire qu'il connaissait si bien. Ses lèvres épaisses s'étiraient et relevaient les deux plis tombants qui se formaient autour. Avec cet air-là, pour peu que Tiyi prît un regard un peu plus pétillant qu'à l'ordinaire, le jeune pharaon savait qu'une fois de plus il avait conquis sa mère.

— Bah ! Ils se calmeront, fit-il en laissant tomber ses bras le long de son corps.

— Je n'en suis pas si sûre.

La reine semblait avoir repris son autorité coutumière et, par la réplique qu'elle laissa tomber, Akhénaton sentit qu'il n'avait pas encore gagné.

— Les rois asiatiques se fâchent. Il faut leur envoyer de l'or et tu le sais.

— C'est impossible, mère. J'en ai besoin pour achever « La Cité d'Akhet-Aton ».

Tiyi esquissa une grimace dont l'ampleur s'accentua sur l'air assuré de son fils. Il se retourna pour ne plus voir le visage de sa mère. Et, quand il se retournerait, il prendrait son air éploré.

— C'est là-bas que je veux vivre et c'est là-bas que je dois être roi. Veux-tu qu'un pharaon règne dans la misère ?

— La misère !

Le sourire lui revint. Mais il n'avait plus la souplesse de tout à l'heure. Il tenait à la fois de la sagesse et de l'austérité, avec suffisamment de réserve pour que son fils ne se fît pas trop d'illusion sur ce qu'elle pensait véritablement.

— La misère ! répéta-t-elle. Quand tu as construit la plus belle ville du monde et que chacun se courbe devant toi sur un sol de lapis veiné d'or !

Elle se déplaça de quelques pas pour se trouver face à son fils.

— Quand, debout sur le balcon de tes appartements, tu jettes à tes sujets des présents au coût inestimable pour t'assurer de leur fidélité et de leur loyauté !

— C'est vrai, ma mère, j'ai achevé la construction de mon palais, mais pas celle de la ville, même si les résidences des dignitaires sont en place. Trop de lieux manquent encore. La bibliothèque, les archives...

— Quelles archives ? Tu commences une ère nouvelle, la tienne.

— Justement, je pense recruter des milliers de scribes compétents qui écriront la gloire du règne d'Aton. D'ailleurs, il me faut agrandir le temple.

— Encore ! se moqua Tiyi.

— Mère, le dieu Aton, celui qui est l'essence même de tout mon être, ne peut se contenter d'un minable espace à l'exemple des petits dieux de province. Les salles d'offrandes doivent être dix fois plus grandes afin de recevoir dix fois plus d'hommages.

— Comment nourriras-tu autant d'hommes ?

— Si les salles d'offrandes sont vastes, elles contiendront suffisamment de présents pour monnayer leur labeur.

Têtue, la reine se piqua devant Akhénaton et pointa son index bagué d'une lourde turquoise sur son buste grêle recouvert par le pan d'une tunique ample et plissée, à la dernière mode lancée par son épouse Néfertiti.

— Mon fils, le Mitanni reprend de la vigueur en même temps que de l'autorité. Babylone s'énerve et s'impatiente. Quant aux Hittites, des bruits courent qu'ils se relèvent de leurs déboires. Que feras-tu si les pays du Nord se révoltent ? Tu n'as qu'une petite armée dirigée par Horemheb, ambitieuse, certes, mais trop peu puissante pour les soumettre.

Comme son fils se taisait, elle ajouta :

— C'est pourquoi tu dois rester vigilant.

— Néfertiti l'est pour moi, mère. Quant à toi, tu y pourvois largement.

— Néfertiti te suggère-t-elle d'envoyer de l'or aux rois et aux princes asiatiques, comme le faisait ton père, feu Aménophis le troisième ?

— De l'or ! se moqua-t-il. Je n'en ai pas. Où vais-je le trouver ?

— Si tu réduis les dépenses trop fastueuses de ta royale ville, tu le trouveras.

Le jeune pharaon serra les mâchoires et son teint se fit plus pâle.

— Je te l'ai dit, Mère, je peaufine une autre idée. Celle d'agrandir le système des offrandes. Elles auront pour but de mieux rétribuer les scribes, les prêtres et...

De nouveau, elle le coupa de sa petite voix sèche :

— Les prêtres ! Parlons-en de tes prêtres. Ce sont

les artisans, les paysans, les commerçants qui se rallient à ta cause, parce qu'ils espèrent un meilleur statut. Les prêtres, quant à eux, hésitent. Amon les a trop privilégiés pour qu'ils laissent tomber les multiples avantages acquis depuis des siècles. Quand ton armée de prêtres sera aussi puissante que celle d'Amon, tu pourras tout te permettre. En attendant, tu es pauvre, mon fils. Pauvre comme un jeune roi impuissant qui n'a rien devant lui, que des espoirs, des idées, des chimères.

— C'est faux !

Akhénaton s'était mis à trembler. Il leva les bras et prit sa tête entre ses mains. Puis, il se mit à gémir, lentement, méthodiquement, lèvres sèches et ouvertes. Tiyi regretta aussitôt ses paroles. Par tous les dieux ! Comment pouvait-elle être dure et tendre à la fois ? Elle s'avança, prit son fils dans ses bras et le serra contre elle.

— As-tu toujours tes violents maux de tête ?

Elle sentit au mouvement de ses épaules qu'il esquissait un signe affirmatif.

— Qui te soigne ?

— Bah ! Qu'importe.

Un instant, elle eut envie de l'embrasser. Mais elle se dit que trop de sensiblerie allait encore le faire dévier de la réalité.

Elle l'écarta et plongea ses yeux dans les siens.

— Tu sais bien que j'ai toujours soutenu tes idées, au risque de me heurter violemment à ton père. Veux-tu que nous reparlions de ce sujet une autre fois ? J'ai quelques projets à te soumettre.

— A quel sujet, Mère ? dit-il d'une voix lasse tout en s'écartant de sa mère.

— Je crois que ton ami Panehesy pourrait peut-être t'aider.

— Que peut-il faire pour moi ? Bien qu'il me soit fidèle, il refuse de venir à « La Cité d'Akhet-Aton ».

— Parce qu'il ne veut pas divorcer, jeta la reine d'une voix lourde de sous-entendus.

— Pourquoi divorcerait-il ?

— Parce que sa femme ne peut pas lui donner d'enfant.

— Qu'il prenne une seconde épouse, une concubine.

Il avait repris ses couleurs et ne tremblait plus. Apparemment, ses subits maux de tête étaient passés et ses espoirs revenus.

— N'y a-t-il pas cette jeune femme scribe envoyée à Karnak par la reine ?

— Justement, il faut tabler sur elle.

— Mère, cela ne m'explique pas comment mon ami Panehesy pourrait m'aider.

— Certains dignitaires t'ont bien aidé, n'est-ce pas, pour entrer dans tes bonnes grâces ?

— Je le leur rendrai dès que je serai en mesure de le faire.

Elle eut un petit rire qui s'égrena en grognements sourds.

— On dit toujours ça. Mais là n'est pas la question. Si Panehesy ne divorce pas, c'est que les biens de son épouse sont immenses. Or, il n'est pas juste que de hauts dignitaires tels que Bek, Nakht, Ay, mon propre frère et bien d'autres encore, t'aient avancé une petite fortune pour aider au financement de ta ville.

— Je ne peux tout de même pas voler Panehesy !

— Qui te demande de voler tes sujets ? Non, Akhénaton. Mon idée est ailleurs.

— Je ne comprends pas. Où est-elle ?

— Les épouses de tous les dignitaires qui t'ont rejoint ont suivi leur mari.

— Certes, c'est normal.

— Alors, exige la mutation du Grand Prêtre de Ptah à « La Cité d'Akhet-Aton » ainsi que celle de son épouse. Néfertiti a le droit d'exiger sa présence en tant que suivante. Comme elle ne viendra pas, elle commettra une grave erreur. Il sera alors normal que tu la taxes d'une amende proportionnelle à la valeur de ses richesses. Tu le sais, c'est légal. Elle paiera. Je ne pense pas qu'elle accepte le bannissement de son pays.

Akhénaton remua le menton. Ses yeux allongés s'allumèrent de plaisir et comme il ne ressentait plus aucune douleur ni aux tempes ni à la tête et que le tremblement de ses mains s'était complètement arrêté, il pensa que l'idée de sa mère pouvait peut-être l'aider momentanément et que cela valait la peine d'y réfléchir de plus près.

— Tu as raison, mère. Je vais penser à cette solution.

Puis, mis en confiance par le visage satisfait de la reine, il se confia en prenant un air qu'il s'efforça de rendre plus timoré qu'il n'était :

— J'avais un autre projet, mais il demande plus de temps, mère. Beaucoup plus de temps. Quand nous aurons effacé le nom d'Amon de tous les temples de Karnak, nous en chasserons les prêtres, nous fermerons définitivement ces lieux maudits et nous pourrons enfin récupérer tout ce qui nous appartient. Avoue, ma mère, que c'est une fortune colossale qui nous attend. Nous reprendrons les biens qui nous appartiennent.

Sidérée par l'ampleur d'une telle révélation, la reine ouvrit la bouche, mais aucun son n'en sortit.

CHAPITRE XI

Neby se retourna péniblement. Les mains ligotées dans le dos, la bouche fermement bâillonnée, elle ne pouvait rien faire. Comme elle n'avait reçu aucun coup de matraque sur la tête, pas plus qu'elle n'avait subi de sévices, ses esprits fonctionnaient à merveille, endommageant simplement son moral. Elle respira par le nez quelques bouffées d'air et ne pouvant les ressortir par la bouche s'obligea à vider lentement sa cage thoracique. Au bout d'une heure ou deux, après avoir effectué quelques dizaines de fois ce sage exercice qui effaçait ses craintes, la puissance de sa concentration revint.

Mais le vieil Ahmose fut bientôt devant elle et arrêta net les questions qu'elle se posait, assorties des réponses qu'elle y donnait pour ne pas tomber dans l'hébétude.

Le vieux prêtre était seul, un peu voûté, mais assuré de son allure et de son autorité. Pourtant, ce ne fut pas dans une illumination grandiose qu'elle reçut en plein visage son regard froid, presque cruel, car la petite lampe qui enfermait une lueur tremblotante vacillait devant ses yeux comme une aile jaune de papillon. Elle vit le visage du Grand Porteur de Sceaux quand il braqua sa lampe sur elle, ce qui l'éclairait du même coup.

— Le temps passe, fit-il d'une voix âcre et rocailleuse. Tu as pris de la belle assurance depuis que tu t'es défilée des bras de ce maudit homme qui, à l'époque, te prenait pour un garçonnet tendre et vulnérable.

Il s'approcha et arracha d'un coup sec le bâillon qui recouvrait la bouche de la jeune femme.

— Pour quelle raison est-il le plus furieux ? répliqua Neby en passant sa main sur ses lèvres congestionnées par la pression de l'étoffe. Pour s'être lourdement trompé sur mon sexe ou pour m'avoir pris pour une personne ignare ?

— Pour les deux, je suppose.

— Alors, il est vraiment sot.

Le prêtre se planta devant elle, offrant son crâne sillonné de veines un peu bleuâtres qu'éclairait la lueur de la lampe. Neby le fixa hardiment. Pourtant, le tranchant de son regard la coupait déjà en deux. Mais elle ne cilla pas.

— Tu l'as dit, lança-t-il avec ironie. C'est un affreux personnage sot et vaniteux.

Il s'approcha et lui toucha l'épaule. Elle eut un recul, mais le mur, que son dos frôlait, l'arrêta et elle ne put aller plus loin.

— Ne crains rien, je ne vais pas te violer, ricana-t-il. Je ne suis pas de ce genre profiteur.

— De quoi profitez-vous alors ? De faux papiers

signés avec des sceaux qui ne sont pas authentiques ?

— Tu as de belles reparties, petite ! Mais celles-ci seront sans doute moins brillantes quand tes amis te retrouveront morte, étranglée et le cœur transpercé.

— Vous voulez me faire peur ?

Il ricana encore.

— Dis-moi où sont tes listes et je te laisse la vie sauve.

— Si je vous le dis, vous me tuerez tout pareil. Je préfère donc me taire.

— Tu te trompes. Tiens, pour prouver ma bonne foi, je vais ôter les liens qui retiennent tes poignets.

Il se pencha sur son dos et les détacha.

— Ce geste, fit-elle, n'est pas une garantie de votre bonne volonté.

— Que te faut-il ?

— Rien, car vous ne saurez pas où sont ces listes.

Elle soutint son regard. Il n'avait ni cils, ni sourcils, mais dans son visage qui n'était plus jeune, cela n'apportait aucune bizarrerie. Son menton long et maigre s'avançait fortement et ses joues creuses étaient lisses et pâles.

— Où sont-elles ?

Soudain, il tira de sa ceinture un étui court en cuir fauve et en sortit un poignard à manche de bronze ciselé de pierres précieuses. Il le planta sur son cou.

— Si tu ne parles pas, je l'enfonce jusqu'à ce qu'il ressorte par l'arrière.

Neby se mit à trembler. Cette fois, il fallait jouer serré.

— Et si nous attendions les huit jours dont vous avez parlé tout à l'heure ?

— Pourquoi ?

— Parce que je vais réfléchir afin de savoir si je commets une erreur ou non.

Il ne sembla pas la croire et esquissa un geste agacé. Puis, il retira la pointe de son poignard, mais la laissa dirigée sur elle.

— Faites ce que vous avez dit, reprit-elle. Privez-moi de nourriture et attendez que je décide. Ou bien je fléchis et je vous révèle où sont les rouleaux de papyrus ou bien je meurs de faim !

— Si c'est ainsi, je préfère te tuer sur-le-champ.

Il replanta son couteau sur sa gorge. Neby sentit une brûlure. Se pouvait-il qu'il eût entaillé la chair de son cou ? Allait-elle succomber la gorge tranchée par ce fou ? Elle pensa à Nephtys, sa fille. La reverrait-elle ? Ah ! Que cette mission pourrissait sa vie. Elle allait tout révéler. Oui ! Tout.

Pourquoi Neby fit-elle le contraire à l'instant même où le prêtre pressait plus fort la pointe du couteau sur sa gorge ? Sans doute parce qu'après la brûlure initiale, elle ne ressentait plus aucune douleur.

— Enfoncez donc cette lame et vous ne saurez jamais où sont les listes. Retirez-la et vous risquez dans quelques jours de l'apprendre. A vous de choisir, Grand Prêtre.

Se moquait-elle ? Il l'observa longtemps dans un demi-rictus de folie.

— Je risque la seconde de tes solutions. Cependant, si dans huit jours, tu ne m'as pas révélé où sont ces papiers, je te tuerai d'une façon atroce.

Elle déglutit lentement. Se pouvait-il qu'elle eût gagné tout ce temps ?

— N'êtes-vous pas assez riche, assez puissant ? Pourquoi en voulez-vous davantage ? Vous n'avez plus vingt ans !

Il eut un rire dément.

— Ne crois surtout pas, petite, que je sois bassement vénal comme le frère de la reine, qui ne cherche que puissance et richesse afin de mieux assumer ses penchants dénaturés. Moi, je suis un pur.

— Un pur ! railla la jeune femme.

— Je hais celui qui se fait appeler Akhénaton. Je le hais si fort que j'ai juré sa perte.

*

* *

Pendant qu'Inéni, le ventre creux et la peur aux entrailles, assise en scribe, calée dans la brèche d'un des soubassements du sanctuaire de Hathor, transcrivait sans relâche les listes déjà établies, Néhéry, Anthor et Sen achevaient leur besogne au temple de Montou.

Si ce n'avait été, pour elle aussi, la faim qui tenaillait son ventre, Inéni n'eut pas craint de rester durant les huit jours assignés par les prêtres. Inéni ne craignait rien pour son amie Neby. Quand la ruée l'avait submergée, elle avait eu le temps d'apercevoir qu'aucun mal ne lui avait été fait, si ce n'avait été le bâillon qui recouvrait sa bouche et les liens qui enserraient ses poignets.

C'était étrange comme Inéni semblait assurée que

sa compagne avait été reléguée dans un coin obscur en attendant que la semaine se passât. Le message que Neby lui avait murmuré, juste avant qu'elle se fît prendre, était net et précis. Inéni l'avait capté avec une rapidité d'esprit mêlée à un bon sens dont elle avait déjà fait preuve. Elle savait qu'elle devait achever son travail le plus vite possible. Depuis trois jours et trois nuits qu'elle s'y était mise avec une ténacité incomparable, elle avait presque terminé.

Les trois scribes de Neby travaillaient activement sur le temple de Montou. Les protégeant par une haie de lances et de boucliers, les soldats de Mahou veillaient farouchement, mais ne manquaient pas, chaque soir, d'assurer à leur chef qu'ils ne pourraient pas poursuivre leur besogne sans absorber quelques aliments, ne serait-ce qu'une bouchée de pain ou quelques figues séchées, lesquels, peut-être, pourraient leur tenir au ventre de longues heures.

Quant aux hommes de Menwy, tous issus d'un peuple modeste habitué aux maigres pitances, ils supportaient sans broncher le manque de nourriture qui faisait tant défaut aux soldats de Mahou. Après les quelques paroles rassurantes d'Inéni au sujet de Neby, ce dernier cherchait encore le moyen de l'atteindre, mais ne savait comment s'y prendre.

Menwy, l'homme de toutes les circonstances, avait eu l'astuce de faire la courte échelle pour sauter le mur d'enceinte mais, se croyant à l'abri des regards, les deux hommes qui l'avaient aidé avaient été abattus aussitôt qu'il sautait de l'autre côté du domaine. Certes, le jeune homme avait rapporté des victuailles. Hélas, il ne pouvait réitérer cette audace sans mettre en jeu la vie de deux autres hommes.

Ils se retrouvaient donc au point de départ, quand soudain Mahou se rappela le petit sanctuaire d'Amon dissimulé par la verdure échevelée des bosquets et qui, dans une excavation étroite et bien cachée donnait à l'extérieur de la clôture d'enceinte. Cette aubaine, bien sûr, pouvait laisser partir quelques hommes à la recherche de nourriture — et ceci chaque jour — mais ne pouvait en aucun cas sauver Neby, prisonnière des prêtres. Mahou eut alors la triste certitude qu'elle était bien prise en otage jusqu'à ce qu'elle rendît toutes les listes aux prêtres de Karnak.

Dans ce cas, tout était entre les mains d'Inéni et, pour qu'aucune faille ne s'introduisît dans l'unique opportunité de délivrer Neby, seul Menwy avait le droit de se faufiler jusqu'à elle avec la plus stricte des prudences et quand l'obscurité battait son plein dans le ciel haut levé. Quand la brèche qui donnait à l'extérieur de Karnak fut trouvée, il lui apporta donc, sans tarder, de la nourriture et, sans doute aussi, l'amour dont elle avait besoin pour achever son travail sans l'angoisse qui à tout instant pouvait la saisir, l'affoler et la faire fuir.

Entre deux portions de papyrus qu'elle recouvrait de très petits signes afin d'économiser les feuilles pour ne pas risquer d'en manquer, Inéni rêvait quelques instants avant de prendre le léger sommeil dont elle avait besoin pour achever son travail.

A quoi pouvait bien rêver la jeune femme quand elle prenait quelque temps de repos ? Certes à son enfance, à son adolescence au sein d'une famille de simples travailleurs. Son père, briquetier, nourrissait comme il pouvait toute une famille qui, le soir, s'accroupissait autour de la grande natte posée à terre sur laquelle sa mère déposait le repas du soir.

Comment pouvait-elle oublier ces heures joyeuses, même s'il manquait le morceau de bœuf ou de porc qui aurait dû être quotidien ? Sa mère brassait la bière et il n'en manquait pratiquement jamais. Ses sœurs cuisaient le pain dans le petit four surélevé par trois grosses pierres posées en triangle.

Kalef, son père, nasse en main et branche de roseau au bout de laquelle pendaient le fil et l'hameçon sur l'épaule, partait pêcher la tanche, le gardon ou la perche dans le Nil que l'on rejoignait tout au bout du village.

Quant à elle, la plus jeune des filles, la petite ! qui aimait tant dessiner et à qui ses parents avaient laissé la charge de décorer les murs extérieurs de la maison passés à la chaux blanche, pratique usuelle chez les artisans de l'Egypte Ancienne, elle se rappelait avec une certaine mélancolie comment elle besognait durement dans les champs de lin au moment de la récolte. Elle y trouvait le moyen de ramasser quelques débens afin d'acheter les encres et les pigments de couleurs dont elle avait besoin.*

Les jours de marché, elle partait sur la place du village avec sa mère et ses sœurs pour échanger ce qu'elles avaient accumulé la semaine contre de l'orge, de l'huile ou de la viande. Nitocris savait filer et tisser le lin qu'elle obtenait grâce au travail de ses filles dans les champs au moment des

* Lire : LES THÉBAINES, *Les Dieux indélicats*.

récoltes. Après le tissage, Nitocris faisait elle-même les pagnes de son mari et de son fils, ainsi que les robes et les tuniques de ses filles et tout le linge de la maison.

Tous ces souvenirs formaient les rêves d'Inéni. A présent, elle avait un métier. Celui qui l'avait si souvent portée sur les plus hautes sphères. Oui ! Inéni avait eu une chance éblouissante. Autrefois, Neby ne lui avait-elle pas appris les secrets de l'écriture et, maintenant que le destin l'avait à nouveau mise sur sa route, elle devenait une femme scribe accomplie. Ah ! Certes, elle pouvait avoir une immense gratitude envers sa bienfaitrice.

Inéni soupira et reprit son travail. Menwy lui avait apporté une torche enduite de graisse de loriot qui se consumait lentement. Elle l'accrochait au fond de la brèche sur une aspérité de la paroi afin qu'aucune lueur ne vînt attirer l'attention d'un prêtre que la curiosité pouvait amener dans les parages.

Elle se cala tout au fond afin de se dissimuler elle-même, puis voyant qu'il ne lui restait plus que quelques feuilles à remplir, elle décida de s'arrêter en attendant le passage de Menwy. Elle oublierait dans ses bras sa fatigue.

*

* *

Neby entendit le bruit d'un gond grincer et le pas d'un homme s'approcher. Dans son sommeil léthargique, elle sut que le délai des huit jours était arrivé. Ciel ! Inéni avait-elle achevé son travail ? La brèche dissimulée dans le soubassement du sanctuaire d'Hathor était-elle restée fiable ? Mahou avait-il commis un impair qui mît en péril la réalisation de sa mission ? Niny était-elle rétablie ? Et sa fille ! Sa petite Nephtys ! Que faisait-elle à cette heure ? Repue peut-être dans les bras de Thoueris, la nourrice !

Tout ce travail acharné, presque insurmontable, ce défi qu'elle s'était juré de réussir n'allait-il pas lamentablement échouer devant l'obstination butée et méchante des prêtres de Karnak ? Toutes ces questions auxquelles elle n'obtenait aucune réponse !

Elle sentit sa tête douloureuse. La crise de la faim était passée depuis longtemps. Restaient les terribles symptômes des conséquences. Le ventre et l'estomac lui faisaient mal. Une brûlure intérieure saisissait tout son corps. Elle ne s'atténuait que quand elle buvait le bol d'eau qu'on lui apportait chaque soir et qui permettait à son corps de ne pas se déshydrater, car les prêtres tenaient à la voir vivante au matin du huitième jour écoulé. Hélas, dès que l'eau fade et tiède s'était infiltrée dans sa gorge et son estomac, tout recommençait et Neby aurait pu crier de douleur si elle n'avait pensé, nuit et jour, à sa fille.

Les yeux mi-clos d'hébétude, car elle était dans une demi-obscurité à laquelle, pourtant, elle avait fini par s'habituer, elle discernait l'endroit où elle était étendue et les formes qui l'entouraient. Un autel dédié à la déesse Isis, vidé de toute offrande afin qu'elle ne pût s'alimenter d'aucune sorte. Et, de toute façon, comment aurait-elle pu l'atteindre avec le lien serré qui la retenait par le pied à l'énorme piton accroché à la base de la paroi du sanctuaire.

Neby soupira. Jamais plus elle ne travaillerait éloignée de sa fille. Qu'elle soit fortunée ou non, oubliée ou reconnue, aimée ou détestée, elle décidait de reprendre Nephtys et de vivre désormais avec elle quoi qu'il arrive.

Neby avait tenu jusqu'à ce jour, et ce jour était le dernier. Si le dieu de Néfertiti ne l'avait pas abandonnée, Inéni devait avoir achevé de recopier les listes entières.

Le pas qu'elle avait entendu s'arrêta et, devant elle, la lumière l'aveugla. Ahmose la regardait de ses yeux froids, mais les deux prêtres qui l'accompagnaient — non ! Trois, car l'ombre du géant s'allongeait derrière lui — avaient un regard plus cruel encore.

Elle reconnut à la maigreur de celui qui avançait le premier, Penkefert, puis elle discerna l'autre, le gros Houy. Enfin l'ombre menaçante se détacha et s'approcha d'Ahmose.

Elle fit mine de dormir. Mais son cœur battait à tout rompre. De grands coups irréguliers qui se répercutaient sur ses tempes déjà douloureuses. Son estomac se crispa et elle faillit hurler. Quand elle ouvrit les yeux, Penkefert tenait une lance qu'il dirigeait vers elle, Houy faisait glisser nonchalamment, d'une main à l'autre, une courte hache au manche ciselé et le géant Noférê, un sourire sadique aux lèvres, laissait filer entre ses doigts un fin lacet de lin, dont la couleur noire tranchait impitoyablement sur la blancheur du mur.

Ahmose écarta de la main ses compagnons et

s'approcha de Neby. Il tenait une coupe emplie d'un liquide rosâtre.

— Que choisis-tu, petite ? La strangulation ? Le poison ?

Il vit Neby blanchir et trembler et cela lui donna du plaisir.

— Le crâne fendu ? Le cœur transpercé ?

— Je choisis de vous emmener là où sont mes listes ! hurla Neby.

Le vieux prêtre étira ses minces lèvres violacées par l'âge. Le sourire du vainqueur !

— Alors, nous te suivons.

Pourtant, il rectifia son attitude d'un soupçon de méfiance et reprit aussitôt :

— Les instruments de torture aussi.

Puis, il fit un signe au géant qui détacha aussitôt le lien qui la retenait par le pied à la paroi du mur. Quand elle vit le jour, ses yeux clignèrent fortement et elle dut les fermer pour éviter que la lumière l'aveuglât. Les forces lui manquèrent et sans la solide poigne de Noférê, elle serait tombée, là, inerte, à moitié morte.

Il la remit sur pied, mais il dut presque la traîner à travers les allées des temples tant elle était faible. Du menton, elle désignait le chemin. Ahmose suivait en silence, sa coupe entre les mains. Penkefert dirigeait sa lance vers le ciel démesurément bleu et crénelé par la cime des palmiers, Houy balançait mollement sa hache contre son flanc. Neby entendait le cliquetis du manche contre la boucle de sa ceinture.

A nouveau, elle eut un étourdissement, car la marche dura longtemps. Le géant la retint tout en chatouillant son visage avec son filet de strangulation qu'il agitait en souriant. Ils contournèrent le Lac Sacré, passèrent devant les septième et huitième pylônes et, quand ils furent arrivés devant le sanctuaire d'Hathor, Neby ouvrit la bouche. Ahmose crut qu'elle allait parler, peut-être se désister ! Neby respira, emplit ses poumons d'un air qu'elle trouvait irrespirable tant elle avait peur, mais qui lui apporta tout de même un peu de vigueur.

Le sanctuaire se détachait. Qu'allait-elle faire si les rouleaux de papyrus n'y étaient plus et qu'elle ne puisse les leur donner ? Pire ! Que dirait-elle si son amie Inéni n'était pas encore partie de sa cachette et que les doubles des listes suivent le chemin des originaux entre les mains des prêtres ? Trop contractée, ses nerfs cédaient. Il fallait qu'elle se détendît, qu'elle se relevât, mais son estomac vide depuis trop longtemps se révoltait à tel point qu'elle eut un violent hoquet qui l'empêcha de respirer et la plia en deux.

Après quelques minutes d'un lent rétablissement, car le hoquet avait engendré une toux nerveuse et interminable, elle s'arrêta devant le sanctuaire. Ahmose crut qu'elle allait entrer, mais vit qu'elle se retournait et faisait marche arrière. Il jeta un coup d'œil à Noférê qui lâcha son bras. Neby tituba et quand le géant voulut le reprendre, elle jeta froidement :

— Laissez-moi, à présent.

Puis elle contourna lentement le soubassement du temple, arriva devant le tronc du sycomore qui en bordait l'un des angles, souleva le feuillage dense. Elle s'accroupit et fit rouler la pierre qui obstruait la brèche. L'effort qu'elle fit la couvrit d'une sueur glacée qui roula en grosses gouttes le long de tout son corps. La peur étreignait sa gorge. Quand elle vit que la large fente était vide et qu'au fond rien ne bougeait, rien ne respirait, elle crut défaillir.

Ahmose écarquillait les yeux. Etait-ce de curiosité ? de doute ? Il n'osait plus sourire. L'atmosphère était lourde, chargée d'ondes étranges. On eût dit que le granit voulait gémir et pourtant tout était silencieux.

Neby se sentit lasse, faillit pleurer, se retint. Puis, le visage de sa fille vint s'imposer à elle. Le sourire de la petite Nephtys l'enjôla tout à coup, ses yeux rieurs vinrent s'incruster dans les siens et, soudain, tout changea. Elle se redressa et se piqua devant le géant.

— Vous êtes trop gros pour entrer dans cette fente. Restez dehors.

Noférê voulut à nouveau la narguer, mais Ahmose s'interposa.

— Reste, fit-il au géant.

Pour la première fois, Neby se mit à sourire. Elle venait de décider de tout abandonner, tout lâcher pour le cas où les choses ne tourneraient pas en sa faveur. Oui ! Cette fois, elle était prête à tout laisser pour le seul plaisir de retrouver sa fille. Elle ne narguerait pas plus longtemps le destin. Elle ne risquerait pas sa vie plus de quelques minutes encore.

La brèche était longue et étroite. On ne pouvait y tenir qu'accroupi. Neby la connaissait si bien qu'elle s'y glissa à l'aise, mais Ahmose dut courber l'échine. Il murmura un juron à peine audible et fit quelques pas précautionneux.

Neby semblait détendue à présent. Sa décision prise de ne plus s'acharner, elle se mit à railler le prêtre :

— Vous êtes vieux, Grand Prêtre Ahmose. A vous courber ainsi, votre dos ne va plus se relever. Et vos yeux ! Que voient-ils ? Et vos pieds qui tâtonnent ! L'un d'eux est déjà dans la tombe ! Ciel ! Comme l'entêtement est une chose absurde. Voyez ! Moi, j'ai cessé d'être bête et stupide. Je me rends à votre immonde balourdise, à votre profonde imbécillité. Dieu ! Que vous êtes sot ! Décidément, je croyais les prêtres d'Amon plus intelligents. Allez donc chercher une torche si vous voulez distinguer quelque chose.

— Je vais te tuer, maugréa le vieil homme.

— Allons, allons, répliqua Neby, plus de meurtre. Vous les aurez vos listes puisque je suis devenue sage.

Elle stoppa son pas, abasourdie. Là, devant elle, elle ne reconnut pas les rouleaux de papyrus sur lesquels les listes de Néhéry figuraient. Les rouleaux en étaient d'autres, ceux d'Inéni. Oui ! Ceux d'Inéni ! Ah ! Dieu de Néfertiti. Elle avait gagné. Les larmes affluèrent à ses yeux, mais elle ne voulut pas montrer au prêtre qu'elle était sensible à ce point. Elle jeta froidement en lui tournant le dos :

— Servez-vous, Grand Prêtre Ahmose, et laissez-moi partir à présent.

Il saisit les rouleaux, les déroula avec une extrême lenteur, vit qu'il s'agissait bien des listes concernées. Alors, il recula, car c'est à peine si l'on pouvait se retourner entre les parois de la brèche.

Quand Neby fut à l'extérieur, elle leva le nez pour

ouvrir grand ses narines qui, enfin, pouvaient aspirer la légèreté de l'air, et c'est alors qu'elle aperçut ses pigeons voyageurs voltiger sur une ramure d'un sycomore.

Bâ et Kâ ne l'avaient pas abandonnée, mais combien de temps avaient-ils dû voler au-dessus du sanctuaire où elle était enfermée ?

— Attends, fit le vieux prêtre en lui saisissant durement le bras, avant de te libérer, je veux voir Mahou, le policier.

— Que lui voulez-vous ?

— Je n'ai pas obtenu ces listes pour te voir achever ton travail.

— Je croyais vous avoir fait comprendre que j'abandonnais la poursuite de ma mission en échange de ma liberté totale.

— Elle ne sera intégrale que lorsque j'aurai eu un entretien avec le policier de ton pharaon.

— Alors dites-moi ce dont vous désirez discuter avec lui.

— Je veux qu'il retire instantanément tous ses hommes, y compris la meute de sauvages qui s'est fourvoyée à notre insu dans notre domaine. Tu ne seras libre que lorsque notre sol sera net de toute impureté. Pas un seul ne doit rester. Pas un seul.

Il lui broya le bras.

— J'ai compris, émit-elle d'une voix éteinte.

*

* *

Que pouvait faire Niny en attendant Neby ? Remise de ce maudit coup de poignard qui la faisait boiter encore plus, elle maugréait toute la journée à l'idée de ne pouvoir aider ni même savoir ce qui se passait au temple de Karnak. Elle partait tôt le matin, juchée sur Sibou qui avançait à son rythme. Pas besoin de badine, pas besoin de sucrerie ou de caresse, Sibou savait toujours ce qu'il fallait faire en toutes circonstances.

Ce matin-là, elle décida d'entrer au temple afin de savoir ce qui s'y passait. Depuis sept jours déjà, personne ne rentrait le soir. Que faisait l'équipe de scribes ? Que faisaient Mahou et ses hommes ? Où était Neby ? Niny sentait son estomac se retourner à l'idée de ne plus la revoir.

— Je pense qu'ils ont dû vouloir achever le travail plus tôt que prévu, jeta Nofrou, la cuisinière, en jetant de la levure sur sa farine précuite qu'elle émiettait ensuite avant d'ajouter de la pulpe de datte et de l'extrait de figue.

Nofrou faisait la bière comme nulle autre femme. Celle-ci était fine et délicieuse, parfumée à souhait. Aucun ingrédient gênant ne traînait dans les jarres ou les amphores quand on y versait le liquide prêt à être bu. Quand Nofrou décantait son jus, elle le faisait avec une telle prudence et une telle précision qu'il ne prenait que la couleur des ingrédients qu'elle y mettait.

— Non ! Je pense qu'il est arrivé un malheur. Aussi ne vais-je pas attendre plus longtemps. Je veux en avoir le cœur net, dussé-je aller voir cette pourriture d'Ipény.

— Tu es folle ! s'écria Myriam qui arrivait en courant, les mains emplies de la pâte qu'elle était en train de malaxer.

Depuis qu'elle était désœuvrée, elle aidait Nofrou à cuire le pain. Un grand four haut de deux coudées était situé à l'extérieur de la maison. Nofrou y cuisait son pain, ses viandes, ses poissons. Elle ne manquait certes pas de combustible et ce n'était ni de la crotte de chèvre, d'âne ou de la bouse de vache séchée et mêlée à de la paille, comme cela se pratiquait dans les maisons des paysans ou même celles des artisans peu favorisés par le sort. Non ! Nofrou disposait d'un excellent charbon de bois qui sentait la feuille sèche et l'arôme de lotus.

Il en était de même pour l'éclairage. Jusqu'à présent, jamais Myriam ne s'était éclairée avec autre chose que de la graisse de loriot enduite sur les torches, ou des mèches flottantes disposées dans des bols qui ne diffusaient que de faibles lueurs. Ici, dans la résidence de Neby, il n'y avait que de grandes lampes d'albâtre emplies d'une huile odorante, placées çà et là, partout où il fallait voir quand la nuit était tombée.

Les délicates narines de Niny n'avaient pas à être offusquées par ces délicates senteurs. Trop habituée à avoir servi, dans les temples de Karnak, des maîtres et maîtresses de luxe, elle était apprivoisée depuis longtemps avec les bonnes manières et les produits de qualité. Par contre, Myriam qui, presque toute sa vie, n'avait fait que voyager sur les routes, à l'exception d'une courte vie aux côtés d'un mari brutal qui ne lui offrait certes pas le luxe d'un éclairage parfumé et d'une alimentation raffinée, restait encore abasourdie lorsqu'elle goûtait cette bière légère et onctueuse et ce pain blanc à la farine de blé, et non d'orge ou d'épeautre, que confectionnait si bien Nofrou.

— Comment va-t-on pouvoir entrer à Karnak ? demanda Niny à Myriam. Toutes les issues secrètes que je connais se déblayent de l'intérieur. Personne ne nous laissera entrer sauf Ipény qui, aussitôt, voudra nous tuer.

Geb, l'oie grasse et blanche qui se dandinait avec une comique prétention dans la cour à côté de Nofrou, sembla les dissuader de cette périlleuse intention. Son cri leur fit comprendre et, bien qu'il ameutât les canards et les sarcelles qui s'éclaboussaient dans la pièce d'eau un peu plus lointaine, le cri de Geb fut suffisamment éloquent pour les dissuader de leur idée.

— Sibou ne peut pas nous porter toutes les deux, fit observer Niny qui se demandait s'il était bon que Myriam l'accompagnât.

— Prenons l'attelage de Neby, puisque Orion et Sothis sont là.

— C'est imprudent. Tu ne sais pas conduire les chevaux.

Niny hocha la tête.

— Tu as raison. Je vais monter Sibou et tu la conduiras.

— Veux-tu prendre par la ville ou longer le fleuve ?

La naine se gratta le front et s'écria :

— J'ai une idée ! Nous allons tenter d'entrer par le débarcadère. Je connais tous les recoins du domaine, toutes les brèches, toutes les portes dissimulées. Nous dirons à Sibou de rentrer seule pour ne pas attirer l'attention.

Elles quittèrent la maison et prirent la route qui longeait le fleuve. Sur la berge, elles virent Thanis et Netjet, chacune un panier sur la tête. Elles apportaient du linge à laver. Elles avaient trouvé un jeune blanchisseur qui habitait dans une rue de Thèbes, non loin du Nil et qui, pour quelques sacs de fèves et une jarre d'huile, leur lavait le linge de la maison pendant toute une saison. Comme il travaillait bien et qu'il rendait un linge blanchi au savon de natron parfumé de plantes odorantes, puis repassé, empesé et plissé quand il le fallait, elles avaient pris l'initiative d'ajouter à son gain une petite amphore de vin à la coriandre.

— J'ai fumigé les chambres, tu n'auras pas à le faire, Myriam ! cria Netjet en posant son panier près des battoirs et des pierres à frotter.

— Je n'aurai pas à le faire, répliqua Myriam, pour la bonne raison que je vais à Karnak avec Niny, voir si Neby a besoin de nous.

— Oh ! fit Thanis, tu crois donc qu'il lui est arrivé quelque chose ?

— Voilà sept jours que nous n'avons aucune nouvelle, rétorqua Niny. Crois-tu que ce soit dans ses habitudes de nous laisser craindre le pire ? Pas même Sen n'est venu. C'est anormal.

— Tu crois ? fit Netjet la voix un peu tremblante.

— J'en suis sûre. Et si nous ne revenons pas d'ici deux jours ou trois, il faudra vous rendre à « La Cité d'Akhet-Aton ».

Soudain, Thanis leva les yeux au-dessus du fleuve. Là où lavandières et blanchisseurs se tenaient, la surface de l'eau était toujours houleuse. Elle ne reprenait son aspect tranquille qu'après la zone perturbée des battoirs, bien au-delà des bosquets de papyrus que l'on voyait çà et là disséminés sur la berge. L'attention de Thanis devenait obstinée. Soudain, elle pointa l'index en direction de l'horizon.

— Regardez ! cria-t-elle.

— C'est un des pigeons de Neby.

Myriam leva le bras. Elle avait tant de fois fait ce geste sur le bateau de Minhotep pour accueillir ou renvoyer Bâ et Kâ à leur destination qu'elle ne le rabaissa que quand le pigeon fut sur son épaule. Elle inspecta le bec et y vit le minuscule point noir qui le distinguait de son compagnon.

— C'est Bâ, fit-elle. Kâ ne devrait pas tarder à rentrer. Elle suit toujours son mâle.

Myriam ne se trompait pas. Kâ n'était pas loin. Elles la virent survoler quelque temps son compagnon, puis, comme pour montrer le chemin, elle piqua droit sur les temples de Karnak.

— Ciel ! fit Niny, ils savent où est Neby.

Sibou, la mule, allait bon train et elles ne tardèrent pas à se trouver devant le débarcadère. Mais il n'était pas accessible au tout-venant. Bordé sur les côtés par une haute muraille et surveillé par deux gardes casqués, la lance en main, elles ne pouvaient aller plus loin que là où le Nil s'arrêtait, juste avant l'ouverture du petit port de Karnak. Au-delà, le fleuve se poursuivait avec ses multiples embarcations. Les felouques, les barques, les chalands qui transportaient du bois, de l'huile et des céréales, les radeaux qui effectuaient la traversée, les bacs qui transportaient les prêtres d'un point à l'autre, toute une agitation non loin des temples mais qui, cependant, ne permettait pas à Niny et Myriam de les approcher.

Elles virent une dizaine de pêcheurs qui, le dos hâlé et le crâne rasé — sans appartenir à la caste des prêtres, ils devaient travailler exclusivement pour eux — s'apprêtaient à tendre les filets posés pour l'instant sur la berge.

Dans la hiérarchie du bas clergé, les prêtres n'étaient pas alimentés de la même façon que dans celle du haut clergé. C'était d'ailleurs le même cas que l'on retrouvait dans la société, les nobles mangeaient de la viande et les pauvres du poisson.

Toute cette pêche faite de gardons, de tanches, de perches, d'anguilles, de carpes, de mulets, était destinée aux petits prêtres artisans, paysans, postulants ou fonctionnaires de bas niveau qui, la plupart du temps, ne montaient pas plus haut dans la hiérarchie que le jour où ils étaient arrivés.

Ils déployèrent leur filet et Niny vit l'un d'eux faire un signe à ses compagnons. Un trou dans les mailles devait narguer le regard des pêcheurs. Plusieurs hommes se mirent à vociférer en levant les bras au ciel. Un vieux qui se tenait non loin d'eux se mit à tousser. Puis, il cracha un jet de salive jaune sur le sol et s'approcha des protestataires avec un petit outil en main et une sorte de bobine où était enroulé un grossier fil de lin. En un clin d'œil il répara le désastre et les pêcheurs se mirent de nouveau à gesticuler, bras au ciel et voix tonitruante. Mais cette fois, c'était pour se mettre d'accord sur l'endroit précis où ils allaient jeter leur filet.

Niny et Myriam se creusaient la tête pour trouver une solution afin de distraire l'attention des gardes. Apparemment ce n'était pas les pêcheurs qui perturbaient leur immobilité. Chaque jour, ils devaient voir le même spectacle et ils semblaient blasés du comportement des hommes se penchant sur l'énorme filet qu'ils transportaient en prenant soin de ne pas se prendre les pieds dans les mailles qui, parfois, retombaient à terre.

Les deux pigeons avaient définitivement pris leur envol en direction des temples et elles ne les revirent plus. Etait-ce bon ou mauvais signe ? Comment pouvaient-elles savoir qu'au moment même où elles se posaient la question, Neby prenait le chemin de sa résidence ?

La tête tournée vers le ciel où ils avaient pris leur envol, elles ne remarquèrent pas de suite un vaisseau qui abordait. Deux hommes jetèrent la passerelle et elles aperçurent un homme grand, le crâne rasé, de belle allure avec sa tunique longue laissant juste le buste nu où les perles d'un gorgerin venait rehausser le prestige du personnage. Il suivait avec agilité le balancement de la passerelle afin de ne pas tomber malencontreusement dans les eaux du Nil.

Niny le fixa avec une attention soutenue. Cette démarche souple de grand félin lui rappelait quelque chose. Elle fit un pas en avant. Ah, oui ! Ce port de tête, cette allure à la fois décontractée et majestueuse ! Où les avait-elle vus ?

Elle n'osa bouger du lieu où elle était camouflée aux yeux des pêcheurs, Myriam à son côté. Soudain, il tourna la tête de son côté. Niny eut peur et fit un mouvement en arrière. Trop tard. Ses yeux de lynx avait remarqué la branche qui tremblait et peut-être même avait-il entendu le bruissement du feuillage qui la camouflait.

A peine eut-il posé le pied sur le sol qu'il bifurqua sur sa droite et fut en deux enjambées près de Niny.

— Il n'y a qu'un seul personnage de ton espèce, constata-t-il de sa voix basse. Où est Neby ?

— Je ne vous connais pas, rétorqua Niny en bombant avantageusement son buste. Etes-vous un prêtre de Karnak ?

— Non, je ne suis pas un prêtre d'Amon, et tu le sais bien, car tu m'as reconnu.

Alors que Myriam était restée dissimulée dans les feuillages de papyrus, tenant la longe de Sibou qui broutait paisiblement le peu d'herbe poussant à cet endroit, Niny posa hardiment son regard sur l'homme.

— Vous vous trompez. Qui êtes-vous ? rétorqua Niny têtue.

— Le Grand Prêtre de Ptah.

Niny chancela. Ciel ! Qu'allait-elle faire à présent ? Un grave dilemme menaçait d'encombrer davantage son esprit. Ou bien elle révélait la vérité et sauvait, peut-être du même coup, son amie. Ou bien elle se taisait pour préserver la vie personnelle de Neby, mais risquait de mettre ses jours en péril.

— Cela ne me plaît guère de vous dire où elle est, rétorqua-t-elle, mais je pense que si vous la trouvez, vous ne lui ferez pas de mal. Et il me semble qu'elle doit se trouver en mauvaise posture. Regardez, fit-elle en montrant la cicatrice de son flanc, c'est un prêtre d'Amon qui m'a fait ça. En échange, j'ai tué la fille d'Ipény.

Panehesy eut un léger ricanement qui laissa supposer qu'il n'en était nullement attristé.

— Ne riez pas. Ce n'est pas drôle. Neby est peut-être morte à cette heure. Savez-vous ce qu'elle devait faire ici ?

— Je suis au courant. Tu ne m'apprends rien.

— Alors, laissez-moi vous dire que des dizaines de prêtres sont morts à la suite d'une première émeute. Les hommes de Mahou...

— Mahou ! Il est ici ? jeta-t-il d'une voix saupoudrée de dédain, à moins que ce ne fût de la colère car ses yeux flamboyaient.

— Il est chargé de veiller jour et nuit sur Neby.

— Jour et nuit ! Rien que ça.

Cette fois, il eut un sourire crispé.

— Viens avec moi.

— Je ne suis pas seule.

— Qui est avec toi ?

Quand il aperçut Myriam, il s'exclama à voix basse :

— Mais voici celle qui fut, pour un temps, la mère d'un jeune homme scribe devenu femme à présent !

— Et de celle que vous n'avez pas su protéger, rétorqua Myriam entre ses dents.

— La princesse Choutarna ! Oui. Pardonne-moi, je sais que tu lui étais très attachée. Mais les circonstances ont dépassé l'état de mes possibilités. Mes espions étaient mal informés.

— Hélas, je sais que vous dites vrai, Grand Prêtre de Ptah !

Panehesy qui, certes, ne voulait pas s'étendre sur le cas de la princesse morte, trancha subitement :

— Tout compte fait, attendez-moi dans mon navire. Je reviendrai vous donner des nouvelles de votre maîtresse. Votre compagnie, ajouta-t-il en regardant Niny avec ironie, peut m'attirer des ennuis.

*
* *

Les soldats qui gardaient l'embarcadère laissèrent pénétrer le Grand Prêtre de Ptah sans difficulté, d'autant plus qu'il demandait à voir le grand, l'unique, le presque dieu Anen, le frère de la reine Tiyi ! Pourtant, à peine eut-il dirigé ses pas à l'intérieur du domaine d'Amon qu'il bifurqua en direction de l'agitation qui se faisait sentir dans la zone du temple de Montou. Là, il vit le petit groupe que formaient Mahou, Sen et les quelques scribes de Neby.

Mahou venait d'apprendre avec un soulagement intense que Neby était en vie et que les prêtres devaient la relâcher lorsqu'il aurait accepté de dégager les lieux dans les minutes qui devaient suivre, emportant à sa suite ses soldats, les Asiatiques et les scribes de Neby.

Quand il aperçut Panehesy, Mahou ne put cacher sa surprise. Certes, il s'attendait à cet instant où il devrait rendre des comptes au Grand Prêtre, mais pas en un tel endroit et surtout pas si tôt. Il s'immobilisa, le front plissé, les deux jambes écartées, l'œil grand ouvert sur son rival.

— Voici donc que je retrouve à Karnak mon cher Mahou, jeta Panehesy d'un ton ironique. Que deviens-tu depuis que tu m'as laissé à Memphis, empêtré dans mes recherches personnelles ?

— Ah ! répondit le policier sur un ton tout aussi narquois. Et qui recherchais-tu donc ?

— Celle qui m'a donné un enfant.

Panehesy vit avec une satisfaction évidente qu'il venait de déstabiliser complètement son adversaire par l'annonce d'un élément qu'il ignorait. Ainsi, Neby ne lui avait rien dit au sujet de l'enfant qu'ils avaient eu ensemble !

— C'est l'enfant que je veux retrouver, mon cher Mahou. Oui, ma fille que Neby cache quelque part.

Il observa Mahou avec une satisfaction qui n'avait plus de mesure. Un contentement immense qui, pour une fois, ne laissait pas d'amertume dans ses yeux lorsqu'il pensait à sa fille.

— Ah ! Mahou ! reprit-il d'un ton cinglant. Tu le savais bien, pourtant, que j'étais fortement attaché à ce jeune scribe qui hantait mes jours et mes nuits et que je t'avais demandé, autrefois, de faire suivre afin qu'il ne lui arrive rien de fâcheux.

Mahou s'avança, mais Panehesy lui saisit violemment le poignet.

— Ne savais-tu pas qu'elle m'avait donné une fille ?

Le policier n'eut aucune peine à se dégager de la poigne solide de son rival. Ses yeux lançaient des lueurs de colère froide et contenue et sa mâchoire carrée se contractait de rage. Son courroux faillit exploser, mais le Grand Prêtre le coupa sèchement :

— Allons ! Je te laisse la jeune scribe, du moins quelque temps. Mais je sais qu'elle me reviendra. Elle ne t'aime pas. Neby ne peut s'accorder pleinement qu'avec un être subtil, fin, délicat, cultivé, pas avec une vulgaire musculature, si bien roulée soit-elle.

Il recula, eut un sourire acrimonieux et ne formula plus un mot, laissant Mahou dans une position de vaincu. Le policier eut un geste d'emportement et faillit faire un geste à l'un de ses hommes pour qu'il lui décochât une flèche dans le dos. Puis il se ravisa, prit conscience de la stupidité de sa réaction et, d'un geste rageur, racla du bout de sa sandale une particule de terre qu'il arracha et expédia au pied d'un promontoire de granit.

Que pouvait-il faire ? Fallait-il qu'il analyse plus profondément le sentiment qu'il éprouvait pour Neby ? L'aimait-il au point de se battre à mort contre un homme puissant qui pouvait, par la suite, briser sa carrière si le combat physique ne menait à rien ?

Et le combat psychologique ? Panehesy avait parlé d'un être subtil et délicat. Un être cultivé ! Mahou s'était fait tout seul, dans le sillage d'un vieux maître dont le titre n'était que celui de Chef de la Police de Memphis.

Certes, il aimait Neby, son corps mince et délié, ses étreintes amoureuses, ses soupirs alanguis, ses gestes parfois tendres et soumis, parfois trop autoritaires. Il l'aimait assez pour désirer qu'elle sorte indemne de sa dangereuse mission. Mais voulait-il se l'attacher à vie entière ? Sa carrière — si du moins il voulait la mener jusqu'au point culminant qu'il s'était fixé — exigerait des déplacements permanents, des missions successives qui ne pouvaient se concilier avec une vie conjugale et moins encore familiale. Oui ! Que pouvait-il offrir à Neby ?

Une autre boule de terre séchée alla rejoindre la précédente et se plaqua contre le soubassement de granit qui, à présent, se trouvait devant lui.

Mais une fille ! Neby avait une fille de ce prétentieux Grand Prêtre. Pourquoi le lui avait-elle caché ? Se sentait-il capable d'élever un enfant dont il n'était pas le père, alors qu'il redoutait déjà l'intimité d'une vie familiale ? Que la vie sentimentale lui paraissait compliquée ! Les énigmes policières l'étaient dix fois moins. Connaissait-il aussi peu les femmes pour se laisser berner de cette manière ?

CHAPITRE XII

Néfertiti attendait Neby dans le salon privé où elle ne recevait que les intimes, une grande pièce blanche décorée d'une multitude de nuances de vert composées par les feuilles de papyrus peintes sur les murs, celles des palmiers, des nénuphars, des ajoncs, des roseaux.

Néfertiti était allongée nonchalamment sur une banquette de bois doré. Sa robe fendue sur le côté laissait sa cuisse dénudée et blanche offerte sans honte à tous les regards. Elle leva le bras quand Neby entra et l'on vit son sein gauche sortir délicatement du corsage qui n'était pas fermé. Certes, Néfertiti avait les seins les plus éblouissants du monde. Ses suivantes avaient beau suivre la mode osée qu'elle avait lancée, aucune d'elles ne pouvait arborer une aussi parfaite poitrine que la sienne.

— Toutes mes félicitations, Neby, fit-elle en lui tendant la main. Tu as fait un travail remarquable.

Baissant les yeux, Neby se courba jusqu'à terre.

— Pas de marque excessive de courtoisie, nous avons autre chose à faire. Relève-toi.

Neby leva les yeux vers elle et redressa le buste.

— Je n'aurais jamais pu réussir, fit-elle, sans le courage et l'obstination de ma petite équipe, bien que deux de mes scribes se soient évaporés dans la nature.

— Oui ! Souti et Hor. Des insubordonnés !

— Les a-t-on retrouvés ?

— Oui. Ils ont été sévèrement punis. Jamais ils n'entreront dans « La Cité d'Akhet-Aton ».

— Majesté, ne craignez-vous pas qu'ils se réfugient près des prêtres d'Amon, s'ils ne l'ont pas déjà fait ?

— Ils ont été bannis d'Egypte. L'armée de Horemheb ne les laissera plus passer la frontière.

Néfertiti frappa dans ses mains. Une nuée de jeunes filles apparut. Les unes tenaient une harpe, une flûte à deux becs, un tambourin, un cistre, une cithare. Les autres apportaient une coupe d'eau parfumée sur laquelle flottaient un ou deux lotus, une amphore de vin frais, un plateau de figues fraîches.

Neby saisit une coupe que lui tendit une des jeunes filles et plongea ses lèvres dans l'eau parfumée.

— Sans Inéni qui, à elle seule, cachée dans une brèche que je connaissais, a transcrit le double des listes, j'aurais été obligée de capituler, Majesté.

Elle fixa le regard de la reine avec un brin d'audace.

— J'étais au bout de mes limites. J'en ai honte, mais c'est ainsi. Je crois que je n'aurais pas tenu jusqu'au bout. Ma fille m'en empêchait.

Néfertiti leva une main en un signe qui paraissait insignifiant, mais dans lequel transparaissait sa volonté.

— N'en parlons pas, l'essentiel est que tu aies pleinement réussi. Hormis Souti et Hor, le reste de ton équipe t'a fait confiance.

Elle regarda les deux musiciennes qui commençaient à jouer une envoûtante mélodie. L'une appuyait ses lèvres sur l'un des becs de la flûte, l'autre agitait doucement ses doigts sur les cordes de la cithare. Quelques accords en sortirent et elle se mit à l'unisson de la flûtiste.

— Je dois te dire, Neby, qu'en vérité, je ne m'attendais pas à un tel succès. Je pensais...

Comme elle rompit, par un silence volontaire, la phrase qu'elle s'apprêtait à dire, Neby enchaîna en souriant :

— Que les prêtres de Karnak nous tueraient avant même que je ne commence le travail.

Néfertiti ne répondit pas. Elle se pencha gracieusement et, la tête sur le côté, un peu sur son épaule comme si elle voulait s'endormir doucement, fit un signe à l'adolescente qui, de son cistre doré, commençait elle aussi à se mettre à l'unisson de la lente mélodie.

— Va chercher Khipa. Elle seule sait danser comme je l'aime.

— Nous tuer dès notre arrivée ! prononça lentement Neby, ils auraient pu le faire, Majesté.

— Je sais.

— Ils ont tout tenté pour y arriver. Si Inéni n'avait pas eu la présence d'esprit de réclamer de l'aide auprès de son ami Menwy, nous perdions la bataille et dieu seul sait si nous pouvions poursuivre.

Quand la jeune Khipa fut devant la reine, entièrement nue à l'exception d'une mince ceinture dorée qui ceignait ses hanches et dont les pans qui l'attachaient retombaient entre ses cuisses, Néfertiti tapota méticuleusement les doigts de sa main droite contre ceux de sa main gauche. Le frôlement fut totalement silencieux, mais on eût dit que Khipa n'attendait que ce geste pour commencer ses lentes contorsions devant la reine. Elle se tordait, s'allongeait, se courbait, s'élevait, s'enroulait au rythme des notes mélodieuses jetées par les instruments des musiciennes.

— Fais entrer la jeune fille scribe à qui je dois tant, dit la reine en se retournant vers l'une des servantes qui attendait contre la porte, assise en position agenouillée, les mains posées sur les cuisses.

Inéni entra. Elle ne paraissait nullement apeurée, tout au plus parée d'une extrême réserve avec sa tunique sage qui recouvrait ses épaules, ses avant-bras, son buste et ses jambes jusqu'à ses chevilles où quelques bracelets cliquetaient. Elle aurait pourtant pu être déroutée par les mots de bienvenue que lança la reine, mots qui se traduisirent en une étrange question :

— Qui t'a fait choisir un Syrien pour fiancé ?

Sans doute surprise par cette entrée en matière, Inéni répondit sur un ton qui enfermait quelque réserve :

— A Deir-el-Médineh, Majesté, je n'avais pas de place. Je désirais écrire, dessiner, peindre. Comme je ne voulais rien faire d'autre, je traînais partout.

J'ai rencontré Menwy dans le quartier des Asiatiques, à l'extérieur du village. Nous avons mêlé notre rancœur, car il ne pense qu'à rentrer dans l'armée royale et accéder à un poste de commandement.

Elle osa braver le regard de la reine.

— Menwy n'est pas fait pour être un va-nu-pied. Et moi, je ne suis pas faite pour être une servante.

— Tu as été courageuse. Je te dois une belle récompense.

— Majesté, travailler dans la bibliothèque de « La Cité d'Akhet-Aton » et y gagner un salaire me suffira.

— C'est accordé.

Inéni recula d'un pas et courba la tête pour remercier. Neby crut qu'elle allait partir, satisfaite de son courage et de son audace. Mais elle vit son amie relever le visage.

— Et Menwy, Majesté !

— Je vais en parler au pharaon. Je crois qu'il pourra l'enrôler dans les Metjaï, directement sous les ordres de Mahou.

— Des Metjaï ! répéta Neby.

Le cliquetis du cistre se mêlait aux sons de la flûte et à ceux de la harpe dans des combinaisons très harmonieuses que la jeune danseuse reprenait avec la grâce qui caractérisait son art.

— Ne connais-tu pas les Metjaï ?

Neby secoua la tête dans un signe de négation.

— Pharaon, mon époux, vient d'élever l'armée des Metjaï au plus haut rang de la police égyptienne. Elle se déplacera partout jusqu'aux frontières africaines au sud et jusqu'à celles de l'Asie, à l'est et au nord. Cette police aura tous les pouvoirs. Elle sillonnera en permanence tous les territoires de l'Egypte. Pharaon a voulu que ce soit Mahou qui en commande l'ensemble.

— Mahou !

Neby écarquilla les yeux. Mahou ! Mahou qu'elle n'avait pas revu depuis que les prêtres d'Amon l'avaient libérée. Ainsi, il préférait sa brillante carrière à l'amour qu'elle aurait pu lui donner, d'autant plus que, juste avant d'être relâchée par ses tortionnaires, elle s'apprêtait à lui révéler la possibilité qu'elle avait d'être mère à nouveau. Cette révélation en aurait systématiquement amené une autre, celle qu'une petite fille l'attendait, cachée sur un bateau dans le port de Memphis.

Mais tout vacillait, tout s'écroulait. Que lui restait-il à l'exception d'une mission impossible qu'elle venait d'accomplir ? Elle refusait le père de son premier enfant et celui du second, qu'elle s'apprêtait à faire entrer dans sa vie, s'enfuyait pour choisir une carrière éblouissante qui n'avait nullement besoin d'elle, encore moins de deux enfants.

— Pharaon et moi avons un grand projet, Neby, poursuivit Néfertiti en feignant d'ignorer la pâleur subite qui envahissait le visage de sa compagne. Tu en es la pionnière. Nous n'avons plus qu'à poursuivre. La puissante horde de Mahou aura pour mission de faire respecter le dieu Aton dans toute l'Egypte.

— Où est-il ? fit Neby d'une voix blanche.

— Il est parti. Tu ne le verras plus. Sa mission est ailleurs. A présent, je te laisse à ta fille. Fais-la venir dans la grande résidence que je t'ai offerte et qui est la tienne désormais. Tu l'as bien mérité. Je te ferai verser une pension pour que tu puisses subvenir aux frais qu'exigent ta vie et celle de ton personnel.

Neby se sentit flageolante. Ses jambes tremblaient. Et le nouvel enfant qu'elle attendait ! Néfertiti eut envers elle un sourire charmeur.

— Tiens ! fit-elle en lui tendant la main.

Elle avait les doigts serrés sur un objet enfermé dans sa paume. Qu'offrait-elle à sa compagne ? Elle ouvrit la main. Au creux de sa paume brillait l'énorme lapis-lazuli qu'elle avait donné au Grand Prêtre Anen.

— Il est à toi.

— Pourquoi ?

— Parce qu'après avoir effacé et martelé dans les temples de Karnak tout ce qui rappelle le dieu Amon, et ceci conformément à tes listes, nous en saisirons tous les biens. Autrefois, la déesse Hathor t'avait prêté celui-ci, Aton te le rend. Quelqu'un l'a récupéré. Le voici.

Néfertiti baissa les yeux, les releva, sourit à Neby.

— Je te tiendrai prochainement au courant de ta nouvelle mission.

*
* *

Ankhy était contrariée. Le test qui consistait à déposer quelques gouttes d'urine sur un grain de blé et quelques autres sur un grain d'orge pour savoir si la femme allait mettre au monde un garçon ou une fille avait décelé ce qu'elle n'attendait pas, un autre garçon. On venait de fêter les deux ans du petit Min et Ankhy rêvait d'avoir une fille, sans doute pour lui enseigner l'art du métier qu'elle aimait tant.

Tisser le plus beau lin d'Egypte à « La Cité d'Akhet-Aton » n'était pas une mince affaire. Depuis presque dix ans que Ankhy effectuait son travail avec une conscience et un talent exceptionnels, elle n'osait penser au jour où il lui faudrait le lâcher pour se consacrer aux tâches maternelles et ménagères. Combien elle eût aimé que Koren, son mari, prît de plus grandes responsabilités à l'atelier de tissage où elle aussi avait son emploi !

Mais Koren était un rêveur, travailleur certes, honnête, intègre, juste, cependant n'aimant guère dépasser ses limites. Chargé de transcrire les listes de rendement après chaque récolte de lin dans les immenses exploitations qui entouraient « La Cité d'Akhet-Aton », chargé de comptabiliser les stocks nécessaires à la consommation urbaine et ceux que l'on destinait à l'exportation, chargé des comptes qu'il fallait reporter pour l'administration fiscale et ceux qu'il fallait rendre au Grand Vizir dont l'œil de lynx se portait sur chaque liste terminée, Koren n'était vraiment heureux que lorsqu'il rentrait le soir et que, sandales et pagne ôtés, il se tournait vers la table basse où la nourrice du petit Min avait déposé le repas du soir.

Ah ! Pourquoi Koren avait-il si peu d'ambition ? Et surtout pourquoi avait-il refusé d'apprendre à lire alors que son épouse maîtrisait si bien l'écriture et la lecture ? Simple agriculteur lorsqu'ils s'étaient épousés, Koren n'avait pas su évoluer au goût d'Ankhy et c'était fort dommage. Comment un homme pouvait-il monter dans la hiérarchie de la société s'il ne savait pas lire ? Koren ne savait que compter.

Et, ironie du sort ! Voilà bien quel était le destin des femmes ! C'était Ankhy qui se trouvait dans l'obligation de cesser un travail pour lequel elle s'était vivement intéressée dès son plus jeune âge et que, de surcroît, elle aimait faire. Il faut dire qu'avant d'accoucher de son premier fils, ses chefs parlaient de lui confier la direction d'un des ateliers de tissage tant elle se montrait capable. Mais dieu satané du désert ! Cette nourrice qui s'occupait de Min était trop exigeante dans l'exécution de sa besogne ! Voilà qu'elle ne voulait plus assumer la charge de deux enfants et supporter en plus les tâches quotidiennes de la cuisine et du ménage. La venue d'un second enfant exigeait donc de payer une autre femme pour les travaux courants de la maison, sans compter les mille travaux ménagers qu'il fallait effectuer : cuire le pain, fabriquer la bière, fumer la viande, sécher le poisson, arroser chaque jour le petit potager en se rendant au premier canal qui débouchait du fleuve pour y rapporter des seaux pleins d'eau, cueillir les fruits et les légumes. Et d'autres choses encore que ne pouvait assumer Ankhy tant les horaires de l'atelier absorbaient tout son temps.

Bien qu'il disposât d'une maison spacieuse et mangeât chaque jour viande, légumes et fruits, le jeune couple n'avait certes pas les moyens de se payer du personnel supplémentaire. Ankhy n'en traînait pas moins la mort dans l'âme l'idée de bientôt devoir quitter son métier.

Cette réflexion à laquelle elle pensait depuis plusieurs jours abattait son énergie et son optimisme. Pouvait-elle reprendre courage à l'idée de vivre exclusivement au sein de sa famille, en compagnie de ses enfants, avec un époux qu'elle retrouverait chaque soir et à qui elle demanderait invariablement : « Ta journée s'est-elle bien passée ? La mienne a été horrible, les enfants ont crié sans arrêt ! » Et, à cette allure, si Ankhy montrait bon visage, il était évident que Koren ne tarderait pas à réclamer un troisième fils. Pourquoi pas ?

Qu'après tant de réflexions et de pensées si amères, la jeune femme se vît indubitablement piégée, cela paraissait normal. Où était son métier à tisser dans toute cette perspective qui la déstabilisait ? Certes, ses trames, ses cadres en bois, ses écheveaux de lin, ses peignes et tout son matériel de tisseur allait follement lui manquer.

Ankhy soupira. Devait-elle reprendre confiance en se prouvant que sa beauté ne s'était pas évanouie avec ses maternités ? Elle s'agenouilla sur la rive du fleuve, lava son visage, son cou, ses épaules. Dans le miroir brisé par le remous de l'eau, elle distingua ses traits purs, beaux encore. L'image confuse et tremblante qui lui souriait au travers des roseaux, comme incrustée derrière une gaze verte, la rassura.

Elle vit un gardon faire un saut et retomber dans l'eau. Puis le poisson argenté fit un double ricochet qui amena une frisure ronde à la surface, avant de s'engouffrer dans les profondeurs du fleuve.

Un minuscule bosquet de tamaris, perdu dans le fouillis dense des roseaux qui bordaient le Nil, attira son regard. Elle n'avait qu'à tendre le bras pour cueillir une fleur. Elle la détacha avec précaution, prenant soin de prendre la tige longue, et l'attacha dans sa chevelure en la calant contre le turban blanc qui enserrait son front.

Un ibis, qui la regardait, se haussa sur ses pattes, puis leva l'une d'elles et la rabattit en lui faisant prendre la forme d'un angle. Il battit des ailes comme s'il applaudissait le geste gracieux d'Ankhy et, lentement, tout en fixant la jeune femme, rabaissa sa patte levée et poussa un son aigu.

Une sarcelle, qui se mit à crier, fila se cacher plus loin. Des canards vinrent la rejoindre, suivis d'une oie sauvage aussi grasse qu'une amphore et pourvue d'un bec noir qu'elle agitait dans l'espace en reniflant l'air chaud. Flore et faune en cette saison du Chemou s'accordaient à merveille. Il fallait regarder tous ces oiseaux aquatiques fourmiller à travers les roseaux pour se rendre compte que les promenades sur le bord du Nil ne manquaient pas de charme.

Puis elle tourna son visage vers le chemin qui longeait le fleuve et vit apparaître la silhouette de son amie Nésert, dont les formes s'arrondissaient depuis qu'elle avait accouché de sa seconde fille. De loin, elle s'aperçut que sa compagne n'était pas au mieux de sa forme. Elle marchait lentement, comme si les pas lui pesaient.

Ah ! Où étaient passées les belles années qui débutaient leur vie conjugale ? Ankhy était déçue par le manque d'ambition de son époux et Nésert, aigrie par l'intérêt que le sien portait ailleurs !

Cependant, Ankhy ne délaissait pas son aspect extérieur, bien au contraire, car elle aimait plaire et elle gardait, quelque part dans le fond de son âme, l'espérance qu'un jour, si elle quittait son travail, elle pourrait prochainement le reprendre. Le cas de Nésert était tout autre. Elle se laissait facilement aller à des négligences vestimentaires ou à des abus de sucreries qui empâtaient sa silhouette. Certes, propre et nette sur elle, elle ne changeait guère et, trouvant que deux robes suffisaient, elle lavait la première pour mettre la seconde et vice-versa.

Un autre comportement aurait-il eu de l'influence sur son époux ? Que dire du potier Sehotep ? Etait-il responsable de ne plus pouvoir se dégager de l'idée qui l'obsédait depuis que, adolescent, elle troublait ses esprits ? La belle image de Néfertiti, la vision d'un corps et d'un visage parfaits, le charme d'un sourire sans égal et d'une grâce sans conteste. Que pouvait faire Nésert devant un tel barrage ? Comment pouvait-elle lutter contre la psychose qui hantait les nuits de son mari et dont personne ne se doutait ? Que son époux Sehotep soit le frère de lait de la reine passait ! Mais qu'il en gardât une brûlure aussi intense dépassait tous les entendements. A présent, cela devenait un mythe. Néfertiti n'avait qu'à se montrer devant Sehotep et celui-ci fondait de plaisir.

Au début de leur union, Nésert pensait que ce petit point, plutôt amusant, tomberait très vite. Mais cela n'avait fait qu'empirer. Sehotep n'attendait qu'un signe, qu'un regard, qu'un appel de la souveraine, celle qui commandait, régentait, inventait, décrétait tout. Elle dictait même la mode des vêtements, des coiffures, des maquillages, imposait un nouveau système éducatif pour les enfants, réformait la religion, changeait, transformait et tout le monde suivait !

Avec autant d'acrimonie en elle, Nésert ne pouvait qu'exécuter les larges tuniques qui dévoilaient tout le corps et que semblaient si fort apprécier les hommes. D'ailleurs, à présent, toutes les femmes de la cour montraient leurs cuisses au travers de leur robe et leurs seins par-dessus leur corsage.

— Tu sembles lasse, Nésert, constata Ankhy en s'approchant de sa compagne.

— Bah !

— Je pensais que tu n'allais plus venir.

— Mais si, tu sais bien, il me faut des godets en argile.

— Tu t'es remise à peindre ?

Comme à chaque fois que Nésert allait sur le marché — mais elle ne s'y rendait pas souvent, laissant plutôt cette tâche à sa servante — il lui prenait l'envie de recommencer à dessiner sur les poteries d'argile que confectionnait Sehotep. Mais dès que les godets étaient achetés, elle n'éprouvait plus aucune envie de reprendre son travail d'antan.

Elles décidèrent de prendre un raccourci qui les menait directement vers l'enceinte nord de la ville où se tenaient chaque matin les marchands. L'air chaud soufflait sans répit et la terre restait sèche. Le marché se tenait sur un terre-plein en bout de ville. Commerçants et clients palabraient sans fin jusqu'à ce qu'on parvînt à un accord. Chacun proposait son produit, discutait, refusait, acceptait.

C'était un fort curieux mélange qui se trouvait là sur la place du marché. Le pharaon avait recruté ce qu'il pouvait pour emplir sa cité de toute la basse classe qui en faisait marcher la vie quotidienne. S'y trouvaient des gens de Nubie, de Babylone, du Mitanni, de Crète, de Libye, qui ne mêlaient que la diversité de leur teint, car la seule exigence d'Akhénaton pour qu'ils restassent était de respecter et d'adorer son dieu. Autant dire que, parmi tout ce recrutement, la sélection des résidents n'avait pas été très sévère et, pour compenser cette faille qui pouvait engendrer des problèmes de diverses natures, une police rigide, vigilante, toujours en éveil, quadrillait la région et ne cessait de faire la ronde du nord au sud et d'est en ouest.

De vieux pêcheurs offraient leurs poissons encore enfermés et frétillants dans les nasses d'osier tressé. Les Egyptiennes et les femmes asiatiques proposaient des onguents, des étoffes, des peignes ou des boucles de ceinture. Les matrones aux tuniques incolores tendaient des récipients en terre cuite de facture assez grossière. Sur des nattes posées à même le sol, on trouvait des sacs de pois chiches, de fèves, d'oignons, de poireaux. Poissons séchés et galettes d'orge s'échangeaient contre des ustensiles en fibres de papyrus, mais oies et canards contre des objets en bois de sycomore.

Ankhy et Nésert croisèrent Nout, la femme de Hopet, le briquetier. Une amphore posée sur la tête, elle observait les jarres pleines de vin que le marchand était en train de lui vanter. Il avait du vin de

Magahdah, ce vin fort et musqué qui venait du nord de la mer Rouge, des vins non moins corsés d'Israël et de Syrie, des petits vins sucrés, d'autres parfumés à la coriandre, à la figue, à la mangue. Nout choisit du vin doux au miel et fit remplir son amphore qu'elle échangea contre un petit cercle fin de bronze.

Ankhy et Nésert saluèrent cordialement leur compagne. Elles se fréquentaient depuis que toutes les trois avaient quitté le village de Deir-el-Médineh pour « La Cité d'Akhet-Aton ». Mais, à l'inverse de ses amies, Nout était heureuse en ménage et vivait paisiblement sa vie de famille. Elever ses enfants était son seul plaisir et elle l'assimilait, avec plénitude, à celui de servir et d'aimer son mari.

Ankhy et Nésert, que le destin n'avait pas gratifiées avec autant de largesse quant à leur vie sentimentale, ne pouvaient en vouloir à leur compagne de mener aussi harmonieusement son ménage. Nout était si charmante, équilibrée, sociable avec tous que lui tenir rigueur de posséder un atout qu'elles n'avaient plus leur paraissait inutile.

C'est donc en toute amitié qu'elles poursuivirent leur marché ensemble, s'arrêtant, discutant, palabrant. Ankhy échangea ses sandales de papyrus contre un foulard en étoffe asiatique de couleur bariolée, mais Nésert ne fit pas l'acquisition de ses godets en argile.

Le brouhaha était indescriptible. Les trois jeunes femmes s'étaient dirigées vers le centre du marché, là où des bâches étaient tendues pour se protéger de l'ardeur du soleil. Elles furent attirées par des piaillements aigus qui leur venaient aux oreilles. En s'approchant, elles virent un homme vêtu d'une tunique bariolée, les pieds chaussés de riches sandales de cuir fauve, une barbe noire lui mangeant le visage. Une ribambelle de petits singes noirs gesticulait et criait sur son épaule. Ils escaladaient son dos, s'accrochaient à ses cuisses, ses jambes, tombaient à ses pieds, se relevaient et grimpaient jusque sur sa tête.

— Donnez-moi ce petit macaque, entendirent-elles.

Alors, elles regardèrent avec attention la jeune femme qui faisait l'acquisition du petit singe espiègle.

— Neby ! s'écria Nout, n'es-tu plus au temple de Karnak ?

— Ma mission est achevée. Je vais retourner quelque temps à Memphis.

— Tu as de bonnes nouvelles d'Inéni ? s'enquit Nout dans un large sourire qui offrait entre ses lèvres fraîches des dents éclatantes.

— Ta belle-sœur s'est distinguée dans mon équipe. La reine a décidé de la récompenser en l'engageant à la bibliothèque de la cité.

Elle saisit le petit singe qui poussait des cris aigus et le posa sur son épaule.

— Et Hopet, comment va-t-il ?

— Très bien. Il a une haute charge à la briqueterie. Les nouvelles techniques employées par les entrepreneurs du pharaon lui plaisent.

Elle tendit sa main brune au macaque qui entreprit de compter ses doigts un par un.

— Il faudra que tu passes nous voir. Hopet sera content.

— C'est promis.

Elles revinrent par le port en discutant à voix forte. Neby n'osait leur dire que le macaque était un cadeau pour sa fille. Qui savait à « La Cité d'Akhet-Aton » qu'elle avait un enfant, à l'exception de la reine ?

— J'aimerais flâner un peu, proposa Neby à ses compagnes en laissant courir ses yeux sur les gros navires ancrés au port. J'ai vu mes pigeons prendre leur envol dans cette direction-là.

Elle pointa son index vers le quai qui s'avançait.

— Je crois qu'ils sont là-bas.

— Alors, je vous laisse, jeta Nésert.

— Non, non, fit Ankhy, je dois rentrer aussi.

Après avoir embrassé ses compagnes, Neby se retrouva seule à regarder les chalands et les vaisseaux en partance. Bâ et Kâ, qui voletaient assez bas sur l'un des gros navires, ne tardèrent pas à la rejoindre. Ils avaient tous deux l'envie de repartir dans les voluptés que leur offrait l'espace à l'horizon sans fin.

— C'est à vous ces oiseaux-là ?

C'était une voix graveleuse, mais haute et distincte, qui apostrophait ainsi Neby.

— Ils sont à moi.

— Ils sont très sociables tes oiseaux, poursuivit l'homme de cette même voix tonitruante qui, pourtant, n'arrivait pas à camoufler les autres bruits du port. Ils m'ont regardé travailler pendant tout le temps que je déchargeais.

Le batelier, un gros homme, s'avança, une énorme botte de papyrus sur son épaule ronde, musclée et brune comme un bois à demi-calciné.

— Tu n'as donc pas de docker pour t'aider ? s'étonna Neby.

Le batelier se mit à rire et tourna la tête.

— Non, je n'ai pas de docker, mais j'ai une femme. Quand on débarque dans un port, c'est elle qui fait les chargements et moi je décharge. C'est comme ça depuis vingt ans.

Il posa sur le sol de terre battue sa dernière botte de papyrus qu'un homme, sans doute celui qui achetait la cargaison, s'empressa de saisir et de mettre à son tour sur l'épaule.

— C'est bon, fit celui-ci, le compte y est, tu peux repartir.

— Ah ! fit Neby en se tournant vers le marinier, tu repars ?

— Pourquoi ? lança la batelière qui, au bout de la passerelle, regardait son mari les jambes écartées, les mains posées sur les hanches.

— Vous allez où ? cria Neby en prenant soin de s'adresser à elle.

— A Memphis.

— Pouvez-vous m'emmener si je vous paye bien ?

— C'est à voir, concéda la batelière. Combien offres-tu ?

— Deux bracelets d'or. Ils valent dix débens chacun.

Surpris, ils ouvrirent l'un et l'autre la bouche et comme ils ne rétorquaient rien, Neby ajouta :

— Un bracelet tout de suite, l'autre en arrivant au port de Memphis où un bateau m'attend.

— Alors, c'est bon. Quand veux-tu monter ?

Le macaque sur son épaule, la jeune femme

décrocha de sa ceinture le mince matériel qu'elle emportait toujours sur elle, un petit sac en cuir avec un roseau, un godet d'encre, une feuille vierge de papyrus.

— Déformation professionnelle, expliqua-t-elle en souriant à ses deux compagnons. Je suis scribe. Je vous demande juste le temps de laisser un message à mes pigeons voyageurs afin qu'ils aillent le transmettre aux gens de ma maison. Je ne veux pas qu'ils s'inquiètent.

*

* *

Lorsque le jour parut, Thoueris se leva un peu somnolente car Nephtys, ne pouvant s'endormir, avait réclamé que la nourrice la berçât jusqu'à l'aube.

Moins exigeant que Nephtys, Baken le fils de Thoueris sommeillait profondément depuis que, la veille, les lueurs de la lune étaient apparues dans le grand ciel qui s'étendait au-dessus du port redevenu calme.

Thoueris déposa la fillette qui dormait encore sur le grand couffin où les deux enfants avaient l'habitude de se tenir ensemble. La cabine centrale était séparée en deux par un rabat de papyrus contre lequel une couverture était suspendue et que l'on utilisait quand les nuits de la saison d'Akhit étaient fraîches.

La partie qui ouvrait sur le pont était réservée à Minhotep, la batelière, qui l'utilisait comme simple local où elle pouvait s'isoler pour faire les comptes des achats et des ventes de ses marchandises, l'autre partie servait de couche à Thoueris et aux deux enfants.

Les premiers rayons du soleil s'annonçaient chauds et, pourtant, ce n'était que la mi-saison du Perit, celle où les laboureurs ensemencent la riche plaine du Nil pour y voir quelques mois plus tard le blé surgir de toutes parts.

« La Croix d'Ankh » avait appareillé la veille. Elle entendit Minhotep et Kyos déplier la voile. Au cri que poussa Ayen, elle sut qu'on chargeait le bateau. Elle sortit et le vit aider deux hommes qui chargeaient des barils d'huile, des caisses de légumes, des sacs de fèves et de pois chiches, de la farine et des jarres de bière. Ce n'était pas là la cargaison habituelle de Minhotep, mais elle n'avait rien trouvé d'autre à livrer dans le port de « La Cité d'Akhet-Aton ».

Ah ! Certes, Thoueris aimait bien le grand bateau de Minhotep mais, depuis quelque temps, elle ne pensait plus qu'au jour où elle pourrait vivre dans la belle résidence de Neby, sa maîtresse. On disait que c'était l'une des plus belles maisons de Thèbes. Et puis, n'avait-elle pas connu, lors de leur dernier passage, un grand et jeune matelot dont elle avait admiré la carrure robuste et les épaules bien tournées ? Le bateau qui l'employait transportait les grandes pêches qui sortaient des immenses filets tendus sur les bords du fleuve aux abords de Thèbes.

De son état orphelin, Menkaf, jeune garçon, avait commencé à raccommoder les filets tendus sur les bords du Nil. Puis, jeune homme au sérieux incontestable, il s'était fait apprécier par une poignée de pêcheurs thébains et travaillait depuis sur le « Vol de l'Ibis bleu » qui faisait le commerce de poissons frais entre Thèbes et Coptos. Mais, depuis la construction de « La Cité d'Akhet-Aton » et surtout depuis que la ville était devenue le grand centre de l'Egypte et la capitale où régnait le nouveau pharaon, beaucoup de choses changeaient et les bateaux de pêche qui, d'ordinaire, ne montaient pas plus haut que Coptos, Abydos, Thinis ou Denderah s'aventuraient jusqu'au nouveau site pharaonique.

Thoueris avait donc tous les espoirs de revoir son bel amoureux dans les parages de « La Cité d'Akhet-Aton ». N'ayant connu que de maigres moments passionnés avec un garçon qui s'était échappé de ses bras pour aller se blottir dans ceux d'une autre, elle avait gardé une méfiance telle qu'elle n'osait se donner au premier venu sans savoir ce qui l'attendait au tournant.

Sur « La Croix d'Ankh », Ayen et Kyos, comme beaucoup de mariniers, savaient tout faire. Ils chargeaient et déchargeaient les cargaisons de marchandises, manœuvraient le bateau à la voile, à la rame, au gouvernail tout comme ils cuisaient le pain, fumaient et séchaient le poisson qu'ils prenaient eux-mêmes dans les nasses qui pendaient autour du bateau. Et, quand Minhotep n'était pas à ses comptes, elle les aidait dans toutes ces activités.

Le port de Memphis s'agitait déjà depuis l'aube. Des barques oblongues à la poupe redressée et de minces esquifs en fibres de papyrus se faufilaient entre les gros vaisseaux dont les couleurs et les dorures agrémentaient les coques rondes. L'un d'eux qui transportait du bétail tentait de sortir du port encombré, mais deux radeaux de jonc, qui véhiculaient des pots d'argile entassés les uns sur les autres, ne semblaient pas vouloir lui céder le passage.

A cet endroit d'extrême circulation, l'eau du Nil était battue, fouettée, écumeuse par les coups répétés de rames et pas un pouce de surface n'était libre. A tout instant, les remous rompaient la force du courant. Poupes contre proues et coques contre flancs, les embarcations grandes et petites ne cessaient de se heurter.

Ce n'est pas que les bateaux se différenciaient beaucoup par leur forme allongée, cependant certains se distinguaient par leurs extrémités en pointe alors que d'autres, plus arrondies, se relevaient doucement comme des croissants de lune. D'autres soutenaient de grandes plates-formes sur lesquelles se tenaient les mariniers et, parfois même, plusieurs se reliaient entre elles afin de pouvoir transporter les lourds chars auxquels étaient attachés les chevaux.

Le port qui grouillait ainsi était une vaste esplanade où les têtes de marins qui surmontaient les cabines apparaissaient par intermittence. Juchés sur cet habitacle à toit plat, ils criaient des ordres indiquant les manœuvres nécessaires pour diriger les esquifs à travers les dédales mouvants de la circulation.

Cris et injures pleuvaient quand les choses tournaient mal. Certains bateaux à grand gouvernail, composés de deux immenses rames terminées en palette jouant sur des pieux échancrés, plus rapides que les frêles esquifs munis de simples avirons, réclamaient les avantages que leur conférait leur puissance.

Aux mâts dressés flottaient les grandes voiles carrées que le vent venait gonfler. Des matelots étaient si habiles que leurs embarcations — si fragiles fussent-elles — obéissaient au gouvernail avec une incroyable promptitude et se détournaient sans encombre de tous les obstacles sérieux. Celles-là laissaient derrière elles les bateaux appesantis transportant la masse humaine des passagers serrés sur trois ou quatre rangées d'hommes, de femmes et d'enfants accroupis dans la position chère aux Egyptiens.

Thoueris tourna son regard vers les enfants. Ils venaient de s'éveiller et babillaient l'un et l'autre comme s'ils s'entraidaient dans leurs enfantines discussions. Puis, à grands cris, Nephtys réclama le sein de sa nourrice et Baken tendit la main vers le pont pour montrer à sa mère qu'il voyait Ayen relever la passerelle et Kyos monter la voile sur le grand-mât qui se tenait au centre du bateau.

Ce fut Minhotep qui détacha elle-même les amarres. Le gros bateau glissa lentement. Comme il se trouvait à l'une des extrémités du port, il se dégagea assez vite et Minhotep se félicita, une fois de plus, de ne pas être tombée dans les pièges que tendait la circulation fluviale à une heure où tout s'agitait.

Elle pouvait être satisfaite, Minhotep la batelière ! Le commerce qu'elle venait de faire, juste avant de prendre cette petite cargaison de produits alimentaires, lui permettait de se reposer quelque temps avant de fixer son prochain voyage d'où elle ramènerait du bois d'Afrique et peut-être quelques défenses d'ivoire et quelques fourrures de fauves appréciées par les riches Egyptiens.

A l'aube de ce matin-là, Neby partant de « La Cité d'Akhet-Aton » sur « Le Vol de l'Ibis Bleu » et Minhotep levant l'ancre à peine une heure plus tôt sur sa « Croix d'Ankh » ne pouvaient faire autrement que de se rencontrer en un point bien déterminé, légèrement en dessous du Fayoum, entre Beni Hassan et Herakléopolis.

Aux alentours, s'étalaient des petits ports de pêche où les filets étaient tendus. Des barques sillonnaient le Nil. Parfois, des hommes s'aventuraient au risque d'être aux prises avec un crocodile audacieux qui s'avançait près des berges. Les mains agiles et les pieds mouvants, des enfants se courbaient sur l'eau et d'un mouvement prompt attrapaient une anguille, une petite carpe ou un gardon au ventre doré.

A peine « La Croix d'Ankh » avait-elle amorcé la courbe rétrécie du Nil qui débouchait sur les montagnes libyennes et les oasis de Dakleb, qu'un grand mât qui tendait une voile à l'image d'un bel ibis bleu se mit en travers de sa route.

— Thoueris ! cria Minhotep en portant sa main en visière sur son front, que distingues-tu au loin ? Mes yeux me font-ils faux bond ou vois-je la réalité ?

Thoueris arriva à la proue du vaisseau avec les deux enfants accrochés à ses jambes. Elle pointa son regard là où la batelière dirigeait le sien. Quelques instants, la grande clarté qui tombait d'un ciel immensément bleu et lumineux l'aveugla et il lui fallut le temps de cinq ou six secondes pour s'assurer de l'étrange tableau qui se dessinait devant elle.

Juchée sur le chaland qui semblait transporter des bottes de papyrus, une jeune femme était entourée de deux mariniers. Elle était calée dans la courbe du croissant qui se relevait avec juste ce qu'il fallait pour que les flots du Nil ne vinssent pas éclabousser le pont.

Quand « La Croix d'Ankh » fut assez près pour distinguer que les mariniers étaient un couple d'âge mur qui, tranquillement, inspectait l'horizon et que la jeune femme, debout contre la proue, levait les bras en les agitant de façon disproportionnée, elle fut assurée de ce qu'elle pensait. Mais Minhotep la devança et fut la première à s'exclamer d'une voix tonitruante :

— Neby !

— C'est Neby ! répéta Thoueris d'une voix joyeuse. Viens Nephtys. Viens ma fille, regarde ta maman. C'est elle qui vient t'embrasser.

*

* *

Tout se passa le même jour, à croire que les dieux s'étaient réunis pour empêcher Neby de vivre une longue et pleine harmonie avec sa fille.

Sekmet ne savait plus quoi penser. A quoi jouait la reine Néfertiti ? Touyi, sa servante, arborait une grise mine à peine dissimulée sur son petit visage mat et triangulaire à l'idée de monter sur un bateau. Elle exécrait le Nil, la crue, les crocodiles et même l'eau en général. Et voilà que sa maîtresse lui annonçait, d'un air qui n'était nullement affecté, qu'elles devaient non seulement partir pour Memphis à la recherche d'une jeune scribe, mais qu'elles devaient aussi la convaincre de revenir à « La Cité d'Akhet-Aton ».

Sekmet avait suivi de près la confection des joyaux commandés par la reine. Une paire de pendants d'oreilles et un bracelet d'or merveilleusement ciselé et serti de lapis-lazuli. Le bijou avait une largeur telle qu'il partait du milieu de l'avant-bras pour s'arrêter à la pliure du coude.

Sekmet éprouvait de l'amitié pour sa cousine Neby. Elle regrettait que Bek, son père, n'ait jamais pris le temps de mieux la connaître, pas plus que le père de Bastet, le Grand Ramose, l'ex-vizir de Thèbes qui, à présent, était celui de « La Cité d'Akhet-Aton ». Pourtant, les deux notables thébains étaient ses oncles. Ils descendaient de la même aïeule, Séchat, la Grande Scribe Royale au temps de la pharaonne Hatchepsout.

La mission que la reine avait confiée à Sekmet se compliquait en bien des points. Tout d'abord, Neby était à peine partie pour rejoindre sa fille que déjà Néfertiti la réclamait pour accomplir une autre mission. Mais laquelle ? Sekmet l'ignorait. Elle ne savait qu'une seule chose : la compétence avec laquelle la jeune scribe avait assumé sa première mission n'allait pas faciliter la deuxième.

Le soir de son départ — elle voyageait sur sa propre barque d'agrément, une belle felouque conduite par un homme d'équipage formé sur le navire de son père — elle admirait encore les bijoux dont elle avait elle-même dessiné les motifs et dont elle avait scrupuleusement suivi la fabrication. Certes, elle aimait travailler les émaux et les perles de verre, mais rien ne la rendait plus heureuse que de peaufiner la ciselure d'un bracelet ou d'un gorgerin, sertissant l'ensemble de cornaline, de jaspe, de turquoises ou de lapis-lazuli. L'or qui entourait les joyaux destinés à Neby provenait des carrières creusées dans les montagnes de Bekken et les lapis-lazuli venaient comme les turquoises tout droit du Sinaï.

Des bijoux que Sekmet ne disposait même pas pour elle-même tant ils étaient d'une splendeur absolument unique ! Sekmet se mit à frémir. Qu'allait donc demander la reine à Neby ? Certes, une mission impossible, une de ces missions dont on ne revient peut-être pas.

Frémir ? Un terme trop faible. Sekmet tremblait pour sa cousine. Pourquoi Akhénaton ne donnait-il pas à son époux, le Grand Scribe Any dont les compétences n'étaient plus à remettre en cause, une mission aussi périlleuse ? Pour ne pas avoir à supporter son absence ? Pour ne pas manquer de fidèles courtisans ployés devant lui à la recherche d'inépuisables congratulations ? Sekmet haussa l'épaule, ce n'était guère le cas du Grand Mérymose, le scribe personnel du feu pharaon Aménophis le troisième.

Choisi parmi les plus grands pour diriger la phénoménale bibliothèque ainsi que les immenses salles d'archives de « La Cité d'Akhet-Aton », Any devait en suivre chaque brique qui en élevait les murs et connaître chaque dédale qui allait en constituer l'ensemble afin que les multiples documents et les tablettes qui devaient s'y entasser fissent d'elles un lieu d'éternité.

Si Bek, le père de Sekmet, n'avait marqué aucune hésitation à suivre le pharaon dans sa nouvelle résidence, Maât, sa mère, avait refusé de le suivre, ne voulant pas abandonner l'entreprise familiale que lui avait laissée son père, Mériptah, orfèvre — en son temps — de deux pharaons, Thoutmosis le quatrième et son fils Aménophis le troisième.

Cependant, fine psychologue, Maât avait su réparer cet écart de conduite envers le pharaon et n'avait pas lésiné sur les dons de toutes sortes qu'elle avait fort subtilement présentés au couple royal. Présents qui se traduisaient sous la forme d'or fondu, de pierres précieuses brutes, de feuilles d'électrum, de cercles finement ciselés, le tout facilement négociable afin que le pharaon pût achever la construction de son palais et de sa ville.

Sekmet reprenait le travail de son grand-père et de sa mère. Mais, résidant à « La Cité d'Akhet-Aton », il avait fallu installer des ateliers de joaillerie et d'orfèvrerie que Néfertiti avait hautement appuyés puisqu'elle-même était une grande admiratrice des joyaux de fabrication égyptienne.

Les ateliers de Sekmet se trouvaient en plein centre de la ville, surveillés nuit et jour par des soldats du pharaon. L'or se fondait dans les mêmes creusets que ceux qui étaient installés à Thèbes et la fabrication des ciselures et des sertissages de pierres s'effectuait aussi de la même manière, à cette exception près que la reine faisait appel à une mode plus asiatique. Sekmet avait dû apprendre de nouvelles techniques afin d'en suivre les règles.

Si la ciselure des cartouches ne changeait pas, celle des bracelets se transformait, faisant appel à de nouveaux dessins qui mettaient en relief des symboles que n'utilisait pas l'Egypte. Sekmet avait parfaitement saisi les nuances qui motivaient Néfertiti dans l'art de la joaillerie, tout comme les habilleuses, les coiffeurs et les maquilleurs avaient aussi changé les leurs.

A peine Neby avait-elle eu le temps de serrer Nephtys entre ses bras et de constater avec une joie immense que c'était une enfant jolie et bien portante, à peine avait-elle ressenti le premier sursaut de bonheur et joui de ses sourires et de ses babils que « La Croix d'Ankh » faisait monter à bord une Sekmet presque honteuse d'avoir été choisie par la reine pour casser d'une façon aussi brutale ces heureuses retrouvailles entre la mère et la fille.

*

* *

A deux jours d'écart, la reine-mère Tiyi et la scribe Neby étaient arrivées à « La Cité d'Akhet-Aton » par le fleuve. Pour la vieille souveraine, le bateau devenait un moyen de transport plus reposant et plus agréable que le char dont elle avait passablement usé dans sa vie. Sa litière, confortable elle aussi, mais traînée par des mules ou des bœufs, ne pouvait effectuer que de courts trajets qui, le plus souvent, allaient de Thèbes à son palais de Malgatta ou de sa résidence au palais de Médineh-Habou, là où logeaient toujours les anciennes concubines et le harem de feu le pharaon Aménophis III, son époux.

Neby, elle aussi, avait voyagé par voie d'eau, Minhotep ayant décidé de rester quelque temps dans les parages afin de connaître la nouvelle mission que la reine assignait à la scribe. Le sort de la petite Nephtys que recherchait Panehesy était en péril et la batelière ne voulait pas compromettre les chances qu'elle avait de cacher l'enfant sur son bateau, le temps que durerait le nouveau travail de la mère, du moins celui de pouvoir se retourner si les choses se compliquaient.

Néfertiti et sa belle-mère s'étaient assises sur des chaises à hauts dossiers recouverts de dessins colorés, entrelacés de sculptures dorées. La jeune reine paraissait souriante et détendue, mais Tiyi gardait sur son visage une sorte d'inquiétude comme si elle craignait que Neby n'acceptât pas le travail qu'elles allaient lui proposer.

En apercevant les deux jeunes servantes de sa belle-fille venues se coller contre la lourde porte en bois de sycomore, elle jeta d'un ton affable, mais suffisamment clair pour qu'aucune d'elles ne vînt troubler d'un regard ou d'un mot l'ordre qu'elle lançait :

— Que personne ne nous dérange le temps que nous parlions de cette affaire.

Les deux jeunes filles se regardèrent, puis leurs yeux se reportèrent sur Néfertiti et semblèrent la questionner, mais celle-ci leur fit un signe de la main qui les engageait à disparaître. Puis, en souriant, elle se tourna vers la jeune scribe :

— Nous t'avons fait venir, Neby, pour te confier

une nouvelle mission. Je suppose que tu t'en doutais.

La jeune femme acquiesça de la tête, regardant avec inquiétude Néfertiti qui s'était levée de son fauteuil pour aller chercher une fleur de lotus flottant au-dessus d'une coupelle d'albâtre. Neby replia ses jambes sous le tabouret à trois pieds sur lequel elle était assise.

— Laquelle, Majesté ? dit-elle d'une voix tranquille.

Mais la jeune reine prit le parti de laisser sa belle-mère poursuivre :

— Neby, commença celle-ci en jetant sur elle un œil qui restait méfiant, je ne vais pas tergiverser et prendre de multiples détours pour t'annoncer le travail que tu dois, hélas, accepter.

Elle attendit cependant quelques instants qui parurent une éternité à Neby. Qu'allait lui demander la vieille reine en accord avec sa belle-fille ? Enfin, Tiyi jeta :

— Tu vas partir pour l'Asie !

— L'Asie !

La reine-mère se leva et s'approcha de la jeune femme. Puis elle posa la main sur son épaule et la serra comme pour la broyer et montrer, par cette démonstration de force, qu'elle n'avait pas d'autre alternative que d'accepter.

— Rassure-toi, tu pourras emmener ta fille.

Le soupir de soulagement que poussa Neby fut si fort lancé que chacun l'entendit. Puis, ses craintes se muèrent en un sourire détendu, à la limite de l'ironie, qu'elle ne tenta même pas de dissimuler.

— Vous avez fort bien réfléchi, Majesté, car vous

saviez que je n'accepterais qu'à cette seule condition. Dussiez-vous me jeter en prison ! Je ne veux plus être séparée de ma fille.

Elle déplia lentement les jambes et les rejeta hors du trépied qui soutenait le tabouret.

— Maintenant, je suis prête à vous écouter.

Ce fut Néfertiti qui, la première, expliqua :

— Je te charge de répandre l'image d'Aton et d'effacer celle d'Amon dans les pays asiatiques.

Neby semblait interloquée. Elle ne s'attendait guère à ce genre de mission. Quelle idée insensée, quelle obsession, quel trouble proche de la psychose prenaient ainsi le nouveau pharaon et son épouse à vouloir imposer leur dieu ? Où allaient-ils s'arrêter ? Neby savait qu'Akhénaton avait donné des instructions pour que l'on commençât le martelage des inscriptions des temples de Karnak. Combien de massacres cette folie allait-elle engendrer ? Elle frissonna à l'idée qu'elle en était la pionnière. Pourtant, elle ne pouvait plus reculer.

Un point la réconfortait. Celui de penser que la tâche serait moins complexe, moins ardue et surtout moins périlleuse, si la route pour aller jusqu'en Asie se passait bien, n'ayant plus sur le dos cette foule de prêtres malveillants qui n'avaient qu'une envie, celle de la supprimer.

Les Asiatiques adoraient leurs propres divinités. Le dieu Amon, que les Egyptiens avaient fait entrer chez eux, n'était qu'un petit dieu parmi tant d'autres. Peu leur importait donc qu'il fût remplacé par le nom d'Aton.

Comme elle ne disait rien et attendait la suite des explications, la jeune reine poursuivit :

— N'as-tu pas été bien récompensée pour ta première mission ? Ta résidence est l'une des plus belles de Thèbes et les bijoux que tu as reçus sont un acompte sur le travail que tu vas faire.

— Ah !

Elle ne formula rien d'autre et Néfertiti s'inquiéta :

— Bien entendu, tu emmèneras le personnel qu'il te faut.

Elle avait jeté cette précision sur un ton badin, mais qui laissait comprendre qu'elle prodiguait une largesse que Neby devait apprécier. Enfin, elle coulissa un regard étrange vers sa compagne qui ne bronchait toujours pas.

— Oui ! Tous les gens que tu veux. Mais avant, cite-les-moi.

Alors Neby s'écria :

— Il me faut Thoueris, la nourrice de ma fille, Sen, mon serviteur fidèle, Myriam et Niny, mes compagnes de chaque jour. Et, bien sûr, mes jeunes servantes, Thanis et Metjet que vous connaissez, Majesté, puisqu'elles étaient avec vous avant que vous me les envoyiez.

Néfertiti acquiesça. Puis, ce fut Tiyi qui poursuivit :

— Tout ceci est la mission que t'assigne la reine Néfertiti. Mais j'ai la mienne aussi.

La réplique dans la bouche de Neby fusa aussitôt :

— Que voulez-vous que je fasse d'autre ?

— Puisque tu parles l'akkadien et la langue sumérienne, tu serviras d'interprète à ceux qui partiront avec toi.

Elle attendait un mouvement d'acquiescement de la part de la jeune scribe. Mais, elle réfléchissait silencieusement et ne disait rien.

— Qui d'autre que toi pourrait mieux remplir cette tâche ?

— En effet, remarqua Neby. Qui fera partie de cette expédition ?

— Deux ambassadeurs désignés pour apaiser les impatiences et, peut-être même, les colères du roi de Babylone et celles du roi du Mitanni.

— Puis-je émettre quelques autres conditions ?

— Oui, si elles ne sont pas contraires à la réussite de ta mission.

— Alors, je veux partir sur « La Croix d'Ankh ».

— Non, tu partiras sur ton propre bateau.

Cette fois, Neby arrondit les yeux de surprise, tant celle-ci était grande.

— Mon propre bateau !

— Oui, « L'œil d'Aton ». Il est prêt et t'appartient désormais. Nous te donnerons l'équipage qu'il te faut.

— Je préfère « La Croix d'Ankh ». Ma fille y est habituée.

A nouveau, elle déplia les jambes, se leva et fit quelques pas en direction de la terrasse qui exhalait des parfums de tamaris et de réséda.

— Et moi aussi, dit-elle à voix basse le dos tourné. J'y ai toutes mes attaches sentimentales.

Tiyi qui avait parfaitement entendu semblait réfléchir. Elle se gratta la tempe gauche avec le bout de son ongle passé au henné, puis eut un petit rictus que l'on pouvait interpréter de multiples manières.

— J'ai décidé, quant à moi, de supporter tes exigences. Ce bateau qui se nomme « La Croix d'Ankh » te suivra donc, mais à une condition. Qu'il transporte des cadeaux pour le roi du Mitanni et pour celui de Babylone avec qui tu devras t'entretenir, il faudra me rapporter ce qu'ils te diront.

Neby parut surprise et revint à la question des rois asiatiques :

— Des présents ! Ce n'est là qu'une question de transport qui n'est pas insurmontable et « La Croix d'Ankh » peut fort bien s'en charger.

— Ce n'est pas une question de simple transport, c'est du commerce, rétorqua Tiyi. Mais, rassure-toi, j'ai pris mes renseignements et je connais le vaisseau de ta batelière. C'est un navire confortable qui supportera le voyage et Minhotep est une personne sérieuse qui n'a jamais fait l'objet d'une fraude quelconque. Elle a toujours payé ses droits de péage et, à aucun moment, l'administration n'a eu de redressement à lui faire.

— Alors ? s'enquit Neby.

— Alors, tu peux partir avec elle. On dit que Minhotep est une fine commerçante. Elle devra s'arrêter au Sinaï pour acheter des turquoises et du basalte destinés à Tushratta, le roi du Mitanni. Puis, elle devra aussi se fournir en cuivre à Chypre et acquérir du cèdre à Byblos, au Liban.

— Elle n'y verra aucune objection.

— Je sais. Elle devra faire aussi l'acquisition de poteries crétoises.

— Tout ceci pour le roi du Mitanni ?

— Oui, car il faut impérativement remplacer les deux statues en or massif, grandeur nature, promises par Aménophis III avant sa mort. Tushratta est en colère à la suite de ce manquement qui, pour lui, est une faute grave.

Neby se tourna vers Néfertiti.

— Majesté, je sais que vous avez engagé Inéni pour travailler à la création de votre bibliothèque. Or, j'aimerais emmener Menwy le Syrien qui, j'en suis sûre, pourra m'aider dans de multiples occasions, car si la princesse Choutarna m'a appris à parler le langage syrien, je ne suis jamais allée à Babylone.

— Marché conclu, accorda la reine.

— Inéni demandera sans doute à l'accompagner. Que dois-je lui dire ?

— Que j'attendrai son retour.

La reine-mère commençait à se détendre. Pour elle, tout se passait bien. Elle sourit même à sa belle-fille et lui dit d'une voix décontractée :

— Tu peux faire venir tes servantes.

Puis, se tournant vers Neby, elle ajouta :

— Peut-être auras-tu une ou deux longues traversées dans le désert. C'est chose courante lorsqu'on se rend dans les pays de l'Est.

— Peu importe, rétorqua Neby, je parle l'arabe.

— Où as-tu appris ? questionna Tiyi en arrondissant ses yeux de surprise.

— J'ai séjourné presque deux ans dans un camp de Bédouins. Nous étions...

Elle s'arrêta, un demi-sourire aux lèvres, puis reprit en dardant ses yeux sur ceux de Néfertiti :

— Nous étions une petite équipe avec la princesse Choutarna, perdue en plein désert arabique lorsque nous nous sommes faits surprendre et attaquer par une bande de pillards. La princesse, votre sœur, voulait retourner dans son pays. Tous les hommes de l'expédition ont été tués. Il ne restait qu'elle, Myriam et moi. Ce sont des bédouins qui nous ont sauvées toutes les trois. Nous sommes restées deux années entières avec eux.*

Elle sourit à la reine-mère et poursuivit, sûre d'elle :

— J'ai eu le temps d'apprendre l'arabe.

* Lire : LES THÉBAINES, *Les Dieux indélicats.*

CHAPITRE XIII

Thoueris regardait Menkaf étaler le filet. Il le faisait avec patience et minutie, tout en jetant des petits coups d'œil furtifs en direction de la jeune fille qui ne lui avait pas encore adressé la parole.

Partagée entre un sentiment de bien-être — presque de bonheur — à regarder un garçon qui lui plaisait — chose qui ne lui était pas arrivée depuis presque trois ans — et un sentiment d'angoisse à l'idée qu'elle avait laissé les deux enfants à Minhotep qui, certes avait trop de travail pour les surveiller d'un œil attentif, elle se dit qu'avant de repartir, il fallait absolument réussir une entrée en matière autre que celle qui consistait à se jeter des œillades, si hardies fussent-elles.

Aussi leva-t-elle résolument la tête et comme elle s'était accroupie, elle redressa le buste et cala ses bras sur ses cuisses.

— Tu vas jeter ce filet dans le fleuve ? dit-elle d'une petite voix qui se voulait timorée, bien qu'elle fût pleine de hardiesse.

— Oui, répondit le garçon, dès que le soir va tomber.

— Tu vas le faire seul ?

— Non. Moi, je le déplie et le prépare avant de commencer la pêche.

Le filet comportait de grosses mailles assez fines et s'étendait sur une superficie d'environ vingt coudées de long sur dix de large. Confectionnés en fibres de lin, les filets destinés pour de telles pêches étaient d'une incroyable résistance.

— Il faut que je regarde si les mailles sont en bon état et si aucune d'entre elles n'est cassée. Si c'est le cas, je les raccommode.

— Cela arrive souvent ?

— Chaque fois que j'étends le filet, il y a des trous. Ils sont faits par des poissons trop gros qui se débattent et qui, de leur mâchoire acérée, cisaillent les mailles des filets.

— Et après, que fais-tu ?

— Oh ! fit le garçon. Il y a parfois tant de trous que, le soir venu, j'ai tout juste terminé mes réparations. Alors, les autres arrivent. Ils tirent le filet dans l'eau. Il faut l'étendre à plat, le distendre et fixer les bords au sol tout en prenant soin de le recourber à l'aide des planchettes qui l'entourent, afin que les poissons ne s'échappent plus lorsqu'ils sont pris à l'intérieur. Il faut être fort et résistant pour maintenir les extrémités du filet relevées, sinon une grande partie des poissons se sauve.

— Comment peuvent-ils rester à l'intérieur ?

— Regarde ces cordes-là, répondit le garçon en désignant les bords du filet étalé sur toute sa longueur. Quand le filet est plein, on les tire d'un coup sec et il se resserre.

— Et comment savez-vous qu'il est plein ?

— Il se soulève au centre et l'eau fait des remous incroyables.

Thoueris se leva. Elle défroissa les plis qui s'étaient formés sur sa robe et releva les manches de sa tunique. Menkaf examina quelques instants ses gros seins gonflés qui tendaient le tissu fin du corsage. Etonné de son audace, il baissa les yeux, mais Thoueris n'était nullement gênée.

— Tu aimes ton métier ? s'enquit-elle d'un ton détaché.

— Oui, mais je préférerais avoir d'autres responsabilités que de raccommoder les trous des filets de pêche. Je commence à me lasser de cette besogne.

Elle gonfla son buste, ce qui attira de nouveau l'attention du garçon. Il semblait décidément très attiré par ces beaux et gros seins qu'il devinait doux et blancs.

— N'aimerais-tu pas travailler sur un bateau ?

— Si, bien sûr. Mais je n'accomplis que de petits voyages en barque pour livrer le poisson au port le plus proche. Et toi, que fais-tu ?

— Je suis nourrice et je vis sur « La Croix d'Ankh », le bateau que tu vois là-bas avec une poupe recourbée en bois doré.

Menkaf n'était pas un gars costaud, plutôt petit et chétif il possédait cependant un visage pétillant et malicieux qui plaisait toujours au premier abord. De toute évidence, c'était bien cette figure avenante et ce regard droit et franc qui attiraient Thoueris. Jeune, il devait avoir à peine vingt ans. Un âge qui fait frémir le sang bouillonnant de la jeunesse quand rien ne l'arrête.

Il vint à elle et lui prit la main.

— Ton bateau va-t-il repartir ?

— Oui. Dans quelques jours. Ma maîtresse est partie fermer sa résidence de Thèbes, car nous partons pour un long voyage.

— Alors, je ne te reverrai pas !

— Non.

Elle hésita.

— A mon retour, peut-être !

Elle oublia la sueur qui perlait sur son corps et qui, sous l'amulette qu'elle avait suspendue à son cou, laissait une impression de frisson dès qu'elle bougeait les épaules et le buste.

Quand il vint près d'elle, elle ne fit aucun geste pour s'écarter, bien au contraire, elle s'en approcha davantage. Ah ! Que la déesse Thoueris à tête d'hippopotame, déesse de la femme et de la fécondité, l'écoute et lui fasse à nouveau un petit ! Ce ne serait certes pas dans ce pays d'Asie, peut-être un pays de sauvages, qu'elle allait trouver un beau mâle pour le lui faire.

Le garçon l'allongea sur le sol et toucha son cou, caressa son épaule, son torse. Puis, ses mains descendirent le long de ses seins qu'il dégagea d'un mouvement presque trop lent. Ses mamelons réagirent et il les trouva prêts à frémir. Sans plus penser qu'au bonheur qui submergeait son corps, Thoueris tendit son buste, lui fit prendre une courbe semblable à un arc qui se tendait. Il en saisit les cordes fragiles et frémissantes. Puis, il releva la robe légère pour loger sa main entre les cuisses tièdes et moelleuses.

Le sol amolli de la berge du Nil qui n'était pas loin leur sembla un lit confortable et douillet. Les roseaux cachaient leurs corps et les tamaris exhalaient une odeur entêtante. Que faire quand on est épris l'un de l'autre et que l'on ne dispose que de quelques heures à peine ? Thoueris se rappela sa première expérience. Identique ! Oui ! Complètement identique ! Même désir violent, même parfum obsédant, même silence, même garçon troublant aux gestes qui devenaient volontaires et assurés au fil des secondes qui passaient. Seuls les prémices avaient changé. Il y avait cette fois plus de patience, plus de lenteur et Thoueris ne cultivait plus ce jardin secret, fermé, qu'elle avait autrefois. Elle se laissa aller à la volupté des caresses.

Le garçon était reparti après deux heures d'amour inépuisable qu'elle lui avait données. Un don ! Oui, il s'agissait bien d'un don, car elle ignorait encore si, dans cet élan de générosité que tout homme est capable d'accomplir, il avait réussi ce qu'elle attendait de lui. Hélas, elle devait attendre le mois suivant pour le savoir.

*

* *

Néfertiti dirigeait fort habilement l'esprit du pharaon et cela sans avoir attendu que ce dernier prît de l'âge en même temps qu'une fragilité maladive qui semblait s'intensifier avec les années qui passaient. Akhénaton ne bougeait presque plus de son palais. Il fallait que son épouse le poussât à sortir de temps à autre pour paraître en public, avec elle et ses filles, sur le fameux balcon qui, tant de fois, avait vu la généreuse distribution de cadeaux au peuple massé, ces jours-là, partout aux alentours. Il grouillait sous le pont qui soutenait le balcon, dans la grande cour carrée du palais et les larges allées qui menaient jusqu'aux portes centrales.

Une foule certes ignorante des dieux. Une foule prête à croire en qui lui offrait le plus. Aton ! Un terme qui ne signifiait rien pour elle. Rien qu'un globe solaire entouré d'une multitude de bras longiformes qui se terminaient par des petites mains. Le tout ressemblait à des tentacules suceuses de vie et d'énergie. Mais que dire puisque ces mains lilliputiennes, après avoir absorbé l'essence vitale d'un monde en transformation en redistribuaient la quintessence, l'élément divin qui, pour le pharaon, entretenait l'existence ici-bas plus encore que celle de l'au-delà.

Oui ! Le pharaon se gavait, se repaissait de cette idée. Aton était un dieu unique, un dieu libérateur, un dieu qu'il fallait laisser s'exprimer au plus haut de sa forme afin que le concept de la Vérité s'en dégageât.

Akhénaton était peut-être habité par de curieuses visions, mais qui eût pu dire que son épouse n'était pas une adepte convaincue de ce soleil vivifiant ? Sans doute sa foi était-elle plus ardente encore que celle du pharaon. Cependant, Néfertiti gardait la tête froide et l'esprit clair. Ses idées convergeaient d'une façon tellement plus concrète, plongeant dans la royauté qui ceignait son front lisse et blanc avec certes plus de réalisme que de mysticisme.

Et la reine Tiyi ? En qui croyait-elle ? Son époux, Aménophis le troisième, n'avait-il pas mis sur pied un « atonisme » naissant en faisant immortaliser des scènes de chasse profanes sur des scarabées commémoratifs ? Un procédé qui se situait bel et bien à l'opposé de la religion traditionnelle des Egyptiens, replaçant les rois divinisés sur le sol de la réalité. Tiyi ne pouvait que l'admettre. Son fils s'y prenait mieux encore. Il faisait peindre et sculpter des scènes familiales et quotidiennes représentant à tout bout de champ ses filles et son épouse. Elles étaient en train de manger, serrant dans leurs mains des oiseaux farcis ou des cuisses de canard rôti, se promenant debout sur leur char, nageant, dormant, assistant même aux événements politiques à l'intérieur du palais. Aucune scène quotidienne n'était oubliée. Partout où les fillettes étaient représentées, elles occupaient le devant de la scène.

Où étaient passées ces représentations de pharaon immobile, assis sur un socle de granit, les mains posées à plat sur les genoux et le regard dans le vide, aux côtés de la Grande Epouse ?

Oui ! Tiyi était bien à l'origine de cette transformation trop brutale. N'avait-elle pas accepté, autrefois, avec une joie non dissimulée, la statue d'une déesse asiatique quand son époux était malade, afin qu'elle fît ce que les dieux égyptiens ne pouvaient plus faire : guérir le pharaon de son mal. Mais Akhénaton, son fils, ouvrait trop grand devant lui la voie du mysticisme. La voie la plus invraisemblable qui fût. Car, où et quel était son monde ? Un monde fermé, clos dans toute sa grandeur. En vieillissant, le pharaon n'aimait plus que les oiseaux, les papillons, les fleurs, les libellules, les canards en liberté devant les roseaux et les hymnes dédiés à son dieu Aton.

La politique, qu'elle fût interne ou externe, ne l'intéressait plus. Elle ne l'avait jamais concerné, d'ailleurs, et c'était l'affaire de sa mère et de son épouse.

Seule une idée fixe l'obsédait, une obsession qui le hantait, le minait, le rongeait jusqu'à l'os, celle de marteler les inscriptions relatives au dieu Amon dans tous les temples de Karnak. Les listes de la scribe Neby entre ses mains longues et osseuses, il venait d'ordonner le début des opérations sacrilèges.

C'est ainsi qu'en l'an 6 de son règne, un désordre indescriptible régna dans les sanctuaires de Karnak. La véritable rébellion des prêtres d'Amon commençait et elle devait aller jusqu'à ce que les temples entiers se vidassent de tout ce qu'ils contenaient. Les prêtres n'avaient encore rien vu durant le passage de Neby à l'intérieur de leurs murs. Le bannissement de l'ancienne foi religieuse signifiait la fin de leur pouvoir, de leur force et de leurs immenses richesses. Néfertiti et Akhénaton allaient poursuivre impitoyablement tous les prêtres, les temples, les dieux, les offrandes qui leur étaient faites, jusqu'aux nécropoles enfermant les sépultures les plus profondément enfouies.

Le couple royal était soutenu par une foule fanatique composée d'anciens dignitaires, nobles, fonctionnaires, soldats de toutes sortes et autres gens du peuple qui retournaient leurs idées comme on change de peau lorsque sa vie est en jeu.

Pour grand nombre d'entre eux — du moins parmi la foule — c'était le moyen de se venger d'une caste sacerdotale qui, pendant des siècles, avait répandu la terreur et l'effroi dans le peuple. Pour les autres, ceux de la noblesse dont le Grand Prêtre Panehesy, c'était la façon la plus sûre de détruire une force religieuse devenue plus puissante que la société laïque.

Mais revenons au temple de Karnak dont l'agitation se faisait de plus en plus intense. Le vieux prêtre Ahmose, Porteur de Sceaux, était entré dans une rage folle lorsqu'il avait appris la ruse de Neby.

Il en avait été si perturbé qu'une forte hausse de tension l'avait totalement paralysé, lui ôtant l'usage des membres, du cerveau et de la parole.

Des équipes entières de petits prêtres, certes parmi ceux que la hiérarchie n'avait guère gâtés et qui se sentaient pour longtemps attachés à de trop ingrates besognes pour se sortir du lot, s'étaient enfuies en silence par les petites portes extérieures avant que les grands carnages ne commencent.

Restait une foule considérable de religieux, lesquels croyaient encore en leur divin pouvoir pour échapper aux griffes des soldats qui menaçaient de tuer tous ceux qui leur faisaient barrage. Et, cette fois-là, ce ne fut pas mince affaire que de voir l'armée entière de Horemheb, descendue de Memphis, ajoutée à la police de Mahou, se propulser comme des pillards dans les temples d'Amon.

Rumeurs, menaces, invectives, cris, tumultes, rien n'y faisait. Les équipes d'artisans engagées par

Akhénaton étaient formées pour accomplir l'inévitable et, bien entendu, toutes promues à de hautes fonctions lorsqu'elles auraient réintégré des postes plus calmes au sein d'une société où ne régnerait plus que le dieu Aton.

Chaque sanctuaire était systématiquement pillé par une centaine d'hommes qui effaçait, grattait, nettoyait et pillait ensuite. On ne murmurait même plus tant on criait à tout-venant, dans les rues de Thèbes, sur le port, dans les tavernes et sur les vaisseaux que tout devait revenir au pharaon hérétique.

Chaque artisan était pris d'un grain de folie et s'il n'était pas investi de cette lueur meurtrière, il mourait lui-même sous le coup d'une lance dirigée par un trop fougueux soldat du pharaon ou par celle d'un prêtre qui savait se défendre.

Leur nombre diminuait cependant, les plus récalcitrants restaient mais chaque jour un nombre incalculable fuyait cet endroit devenu maudit. Le Grand Prêtre s'était enfermé dans sa résidence et n'en sortait plus. Ipény, l'ancienne chanteuse sacrée, s'était retirée depuis longtemps dans sa maison personnelle hors de Thèbes.

*

* *

Un pressentiment étrange avait troublé Neby la veille de son départ et, de toute la nuit, elle n'avait pu fermer l'œil. A l'aube, elle dictait ses consignes que Minhotep ne pouvait qu'approuver.

On décida donc que Neby voyagerait sur « L'Œil d'Aton », seule avec ses gens et son nouvel équipage jusqu'aux frontières du Nord, là où les montagnes du Sinaï commencent à percer l'horizon et où la campagne prend des couleurs plus sèches et plus indéfinissables.

Il fut fait comme décidé et « La Croix d'Ankh » quitta le port, tôt le matin, alors que « L'Œil d'Aton » ne détacha ses amarres qu'une fois l'heure du zénith montée en plein ciel.

Sur le port, la population grouillait, bruyante, odorante et colorée. Mariniers, pêcheurs, armateurs se mêlaient aux scribes de toutes sortes qui arpentaient les quais, le calame et la palette à la main. L'agitation était à son comble, car on murmurait que la police de Pharaon venait de quitter la ville pour se rendre à Thèbes dans le quartier des temples afin d'y fermer les sanctuaires d'Amon. Les rumeurs les plus fantasques circulaient avec un aplomb qui n'avait pas d'égal et l'on disait même qu'il valait mieux ne pas tomber sous la botte de ces fameux « Metjaï », conduits par un certain Mahou qui faisait respecter l'ordre et la bonne conduite.

Le vent s'engouffra dans la grand-voile montée haut sur le mât. Le crissement des cordages se fit entendre et le bastingage de bois grinça sous les pieds de Neby. Elle aspira une grande bouffée d'air qui lui venait du fleuve. Un instant, elle ferma les yeux et rêva aux pays d'Asie qu'elle ne connaissait pas. Quel site allait-elle découvrir ? Comment allait-on l'accueillir ?

Elle refusa de s'accorder de fausses réponses, d'autant plus qu'elle pensait sans cesse à l'attitude étrange de Mahou qui l'avait quittée pour suivre ses hautes ambitions professionnelles, ce qui faisait vaciller ses esprits. Elle se reprit pourtant et goûta l'air parfumé. Une onde délicieuse l'envahit. Peu importe ce qu'elle laissait derrière elle. Elle partait avec sa fille et, dans quelques jours, lorsque les bateaux auraient dépassé le delta, Nephtys ne la quitterait plus.

Panehesy aurait beau s'attarder en espion dans le sillage de « L'Œil d'Aton », il n'y trouverait pas sa fille.

Debout, les mains accrochées sur la rambarde de la poupe, elle ferma les yeux. Le bateau que lui avait donné la reine Tiyi était large et spacieux. Construit en un bois solide et résistant, un bois du Liban qui ne laissait pas filtrer l'eau, il pouvait affronter la haute mer. La coque était longue, munie à l'avant d'un éperon qui terminait la poupe et, à l'arrière, d'une ombelle qui achevait la forme recourbée de la proue. De gigantesques câbles soutenus par des pieux fourchus reliaient les extrémités de la coque. Le mât se dressait au centre et, de chaque côté, deux postes d'observation élevaient leur promontoire recouvert de bois peint et de dorures. Quant à la cabine centrale, elle pouvait enfermer tout un équipage bien que celui de Neby se restreignît à trois, deux mariniers et un capitaine de bord.

Destiné à transporter des marchandises qui exigeaient une cale, grande et parfaitement étanche, « L'Œil d'Aton » disposait aussi d'un large pont avant et d'un autre à l'arrière où l'on pouvait accrocher la passerelle et les barques qui servaient à de multiples usages.

Les deux marins et le capitaine de bord qui

avaient été affectés sur « L'Œil d'Aton » semblaient de braves hommes. Comme Neby les assura aussitôt de son incompétence dans le domaine de la navigation et qu'elle leur donna tous pouvoirs sur la conduite du bateau ainsi que des moindres détails qui s'y rapportaient, ils ne lui firent pas grise mine et acceptèrent cordialement sa bonne compagnie.

Quand ils détachèrent les amarres qui retenaient le navire au quai du port de « La Cité d'Akhet-Aton » et que le bateau s'ébranla sur les eaux calmes du Nil, Neby fut presque saisie d'un vertige. Un éblouissement de joie, une onde délicieuse. Comment pouvait-elle vivre autrement que dans l'exaltation ce moment intense où elle s'apprêtait à retrouver définitivement sa fille ? D'autant plus qu'à ce bonheur s'ajoutait l'espoir d'un travail sans autre hiérarchie que celle de deux ambassadeurs qu'elle ne connaissait pas encore et qu'elle devait retrouver à Memphis. Des fonctionnaires qui, d'ailleurs, ne seraient pas ses chefs et dont les tâches étaient bien distinctes.

Le lendemain, les deux vaisseaux, espacés par quelques autres embarcations pour tromper les esprits malveillants, étaient à Hermopolis et passèrent devant le temple dédié à Toth. A gauche, les dunes libyennes commençaient à poindre sur un calcaire raviné qui laissait des traînées de sable rouge. A droite, une bande de désert arabique dont le climat s'adoucissait aux abords de la mer Rouge, s'étendait jusqu'au nord et se fondait dans les multiples lacs qui allaient se perdre au large de la Méditerranée.

Sur les bords du Nil, des villages de pêcheurs,

en briques séchées, se succédaient interminablement et, sur les berges ombragées par les roseaux, se tendaient à l'infini de grands filets que la nuit emplissait d'une incroyable variété de poissons.

Parfois se détachaient de grandes zones où pas une touffe d'herbe ne poussait et l'on ne voyait que du sable et des cailloux. L'air devenait pesant et sec. Les labourages et les semailles étaient achevés et la saison du Périt se terminait, amenant celle du Chemou. Passé Hérakléopolis, bien que le fayoum apportât toujours plus d'humidité qu'ailleurs, l'atmosphère restait assez pesante.

A Ilhaoun et à Meidoum, des troupeaux de chèvres par centaines et de grands bœufs blancs longeaient tranquillement le Nil, empruntant des berges où n'étaient pas tendus les filets de pêche. Il fallait dire qu'entre le fayoum et le delta, le Nil était un véritable vivier. La proximité de la Méditerranée apportait des espèces supplémentaires qui s'infiltraient dans les bras du delta et se rejoignaient à l'embranchement central.

La nuit, c'était une débauche de poissons qui gesticulaient dans les mailles resserrées des filets. Anguilles, mulets, carpes, tanches, perches, frétillaient les uns sur les autres empêtrés dans leur piège. Parfois, un trou dans le filet en laissait filer quelques dizaines. A l'aube, les hommes venaient retirer leur pêche. Ils se regroupaient, parfois une trentaine, pour tirer vers la berge les filets pleins à craquer. De l'eau jusqu'aux cuisses, des gamins couraient autour et tentaient de rattraper dans leurs mains resserrées les poissons qui réussissaient à s'échapper.

Deux jours plus tard, « La Croix d'Ankh » ancrait dans la mêlée des bateaux qui se serraient au port, et « L'Œil d'Aton » accostait un peu plus loin, près des vaisseaux appartenant aux grands dignitaires, dans le port de plaisance.

Ce fut le matin suivant que les deux ambassadeurs se présentèrent sur le bateau de Neby. Kenamon, le commandant, qui s'appelait à présent Kenaton car sur l'ordre du pharaon, il ne fallait plus que les noms se terminassent par « amon » mais « aton » sous peine de se voir haranguer par la nouvelle police « atonienne », les fit monter à bord. Rahotep et Merin, les deux hommes d'équipage, s'affairaient plus loin à leurs occupations.

Les deux envoyés de la reine Tiyi parlèrent peu. En apparence mal remis d'avoir appris, quelques heures plus tôt seulement, que Neby était une femme. Fort heureusement, ils ne lisaient ni ne comprenaient le langage syrien et, de toute évidence, étaient obligés de s'en remettre à la jeune femme pour ce qui touchait les questions asiatiques.

Les deux ambassadeurs qui devaient voyager sur « L'Œil d'Aton » demandèrent, avec la plus grande assurance, de quitter le port de Memphis dès l'aube suivante, mais décrétèrent qu'ils ne coucheraient pas à bord cette première nuit. En quittant Neby, ils affirmèrent donc qu'ils seraient à pied d'œuvre sur le bateau dès que les premières lueurs du jour apparaîtraient dans le ciel.

La journée passa très vite car la jeune femme n'avait pu résister au plaisir d'aller faire un saut sur « La Croix d'Ankh » afin de serrer sa fille dans ses bras. Puis, à peine revenue sur « L'Œil d'Aton », entrée dans sa cabine et allongée sur la natte qui lui servait de couche, Neby entendit l'un des mariniers crier :

— C'est un homme qui vous demande !

— Un homme ? s'étonna la jeune femme, en se levant brusquement. Est-ce l'un des ambassadeurs venus tout à l'heure ?

— Je ne crois pas, fit le commandant de bord qui venait derrière Rahotep. Ce doit être un prêtre, il porte la tunique dégagée sur l'épaule et le crâne rasé.

Neby pâlit, trembla, chancela, se mordit jusqu'au sang la lèvre supérieure, mais tint bon. Elle eut un geste automatique, celui de se retourner pour s'assurer que « La Croix d'Ankh » était amarré loin de son navire. Elle savait pourtant que d'ici, elle ne pouvait le voir. Aussi ses mains cessèrent de trembler et elle reprit une attitude sereine.

— C'est un ami. Fais-le monter par la passerelle.

Et tout à coup, Panehesy fut devant elle. Allait-il lui gâcher le plaisir qu'elle avait à partir dans les pays d'Asie, accompagnée de Nephtys ?

— Salut à toi, Grande Neby, fit-il cérémonieusement en courbant légèrement la nuque, tout en dardant ses yeux dans les siens.

— Salut à toi, Grand Prêtre de Memphis, répondit la jeune femme, en faisant signe discrètement aux hommes d'équipage de s'écarter.

— Je suis émerveillé devant ton splendide vaisseau. Tu as bien su mener ta mission et elle t'a rapporté gros.

— Certes, Panehesy, rétorqua-t-elle sans broncher, « gros » est le terme exact, parce que je n'ai rien et tout à gagner. Si, par suite d'un travail acharné pour le compte du pharaon, il t'avait donné ce même navire, personne ne l'aurait remarqué, tant tu es riche.

— Il me semble que tu as reçu, aussi, une très belle résidence.

— Où veux-tu en venir ?

— A ceci ! Tu ne reverras plus Mahou.

— Je n'avais pas besoin de ta visite pour me l'apprendre.

Il saisit son bras qu'elle avait nu sous la manche de sa courte tunique et le serra un peu trop violemment. Elle voulut se dégager, mais n'y parvint pas. Alors, il murmura en serrant les dents :

— Tu ne l'aimais pas.

— Tu me parais trop sûr de toi, s'insurgea-t-elle dans un sourire crispé.

— C'est un rustre et un inculte. Tu n'as aucun point commun avec lui.

Elle fit un brusque mouvement, se dégagea de sa forte poigne et recula vers la rame de gouverne calée dans une sorte d'étau en bois, afin qu'elle ne remuât pas pendant que le navire était à l'ancrage.

— Il était libre, lui !

Il maugréa, le front baissé, mais la prunelle maussade et relevée sous son épaisse paupière :

— Ose dire qu'il te plaisait plus que moi.

— Il me plaisait.

Il bondit et revint à elle en une immense enjambée.

— C'est faux. Il remplissait juste, comme un bon policier, la mission que lui avait assignée la reine Néfertiti. Veiller à ce qu'il ne t'arrive rien et jeter ses hommes sur les prêtres d'Amon dès que l'un d'eux te menaçait.

— Il a su me protéger.

Panehesy ricana et la saisit à l'épaule.

— Il effectuait consciencieusement son travail, pas plus. Le reste n'était qu'un agrément venant s'ajouter plaisamment à sa besogne. Pour lui, cette mission avait le même sens qu'elle avait pour toi, la mener au bout pour plaire à la reine.

Les larmes aux yeux, elle se jeta contre lui et lui frappa rageusement le torse de ses poings fermés.

— Que peux-tu savoir, toi, le Grand Prêtre qui n'as jamais eu à se débattre dans la misère et le besoin ? Tu as un père qui t'a tout donné. Tu étais riche et puissant avant même de naître. Je te hais, Panehesy. Je te hais.

Ses poings frappaient le buste de son compagnon avec fureur. Il les saisit presque avec douceur et les garda enfermés dans ses grandes mains brunes.

— Il t'a délaissée afin de patrouiller sereinement toute l'Egypte, du nord au sud, et prêcher la mission du dieu Aton. Ose dire le contraire !

— Je ne le blâme pas. Il fait ce que moi, je suis en train de faire.

— Ah ! constata Panehesy d'un ton bref, presque sec, tu reconnais donc que tu ne l'aimes pas.

Elle esquissa un haut-le-corps.

— Serais-tu partie s'il t'avait retenue ? reprit-il sèchement encore.

— Il n'a pas eu à me retenir.

— Alors, c'est pire. Tu n'as pas attendu pour le lui dire.

— Non.

Il écarta lentement ses lèvres et esquissa un sourire ironique qui plissa ses yeux où l'ombre des sourcils était absente. Seuls, ses longs cils noirs passés au khôl bougèrent.

— Tu n'éprouves rien pour lui. Et je sais que tu m'aimes.

Un grand silence plana dans l'air et la nuit leur répercuta le cri d'un oiseau qui devait se poser sur un roseau des alentours.

— Nous en avons maintes fois parlé, Panehesy. Tu appartiens à une autre.

Ses cils se relevèrent en même temps que le pli de ses yeux, il se rapprocha lentement et l'attira vers lui d'un geste tendre. Puis, avant qu'elle eût le temps de reculer le buste, il avança son visage et plaqua sa bouche sur la sienne. Un brin de bon sens la fit d'abord hésiter, hélas suivi d'un brin de folie qui la fit ensuite accepter. Elle répondit à son baiser d'une manière farouche, insoumise et surtout incrédule. Puis, prenant ses forces dans l'énergie de son obstination, elle s'écarta et souffla plus qu'elle ne cria :

— Va-t'en Panehesy. Tu sais très bien que je ne suis pas plus à toi que je ne suis à Mahou. Je suis...

— A ta fille !

Elle rugit, bondit, rouge de colère, le poing levé, l'œil noir et hargneux.

— Oui, à ma fille.

— Où est-elle ? Ici ?

— Cherche-la et, ensuite, va-t'en si tu la trouves.

Il la poussa, refluant la pulsion de tendresse qu'il avait eue pour elle l'instant précédent, saisit la torche allumée qui se trouvait fixée entre deux cordages noués sur le pont et scruta les alentours. Pas un bruit si ce n'était le clapotis de quelques poissons dans l'eau et le sifflement d'un ou deux oiseaux dans les branchages avoisinants à moins que ce ne fût dans le ciel. Il fit quelques pas hésitants vers le bastingage, contourna les bas-côtés et s'arrêta devant la cabine.

— Entre, fit Neby d'un ton agressif, tu y trouveras les hommes d'équipage, mais sûrement pas ma fille.

Il se baissa et pénétra à l'intérieur de l'abri couvert où il ne vit que Rahotep allongé et endormi, ronflant légèrement. Merin était étendu non loin de la passerelle et semblait décidé à passer sa nuit sur le pont. Quant à Kenaton, il somnolait à présent à côté de la rame de gouverne.

Quand Panehesy eut fait le tour de la cabine, il souffla près de l'oreille de la jeune femme qui ne cessait de se féliciter pour avoir eu la bonne intuition de laisser Nephtys sur « La Croix d'Ankh ».

— Je retrouverai ma fille, dussé-je y passer ma vie.

— Si tu tardes trop, rétorqua Neby narquoise, elle risque d'être mariée quand tu la connaîtras !

Il passa devant Rahotep qui ronflait de plus belle et prit ses pieds dans les siens, ce qui lui fit pousser un juron. Il se rattrapa au rebord de la cabine et jura de nouveau.

— Tu ne gagneras pas toujours sur ce point, Neby.

— Instruit et cultivé comme tu l'es, Grand Prêtre de Ptah, tu n'ignores pas qu'aucune loi ne m'oblige à te donner ma fille. En Egypte, et tu le sais, les filles appartiennent à leur mère. C'est elles qui transmettent l'hérédité à la famille et c'est par elles que les héritages se transmettent. Ce n'est pas pour rien que les pharaons se marient avec leurs sœurs qui sont de pures princesses afin de conserver intégrale la lignée de la royauté. L'ignorais-tu, Grand Prêtre de Ptah ?

— Cesse de m'appeler Grand Prêtre de Ptah ! hurla-t-il. Je ne suis plus prêtre de Ptah.

— Pharaon t'a-t-il donc déjà enrôlé dans la caste de ceux d'Aton ?

— Peu importe ce qui m'arrive, dit-il sombrement, puisque tu m'enlèves la seule joie qui puisse me réconcilier avec la vie.

Elle fut saisie d'une ombre de panique. S'il disait vrai ! S'il n'aimait plus son épouse et si, à présent, il désirait la répudier ? Non ! Ça ne pouvait être vrai. Ces pensées-là n'étaient pas la réalité. Jamais Panehesy n'aurait la petite Nephtys et jamais une autre femme que Neby n'aurait le droit de regarder l'enfant avec des yeux de mère.

— Va-t'en ! souffla-t-elle, des larmes dans les yeux.

Il acquiesça et Neby vit ses épaules trembler.

— Ta mission est très dangereuse, petit scribe, laissa-t-il tomber tristement. Fais attention à toi.

AVERTISSEMENT

Après la célèbre Hatchepsout, la Mitannienne Moutmouia, la grande reine Tiyi, et l'inoubliable Néfertiti, ce neuvième tome *A l'est le port* poursuit l'histoire de la XVIIIe dynastie de l'Egypte Ancienne.

On sait que les origines de Néfertiti sont troubles. Qui est-elle ? D'où vient-elle ? Mais on ne conteste pas la remise en cause de toute une religion composée de multiples dieux pour en imposer un seul, le disque solaire Aton.

La saga *Les Thébaines* est une reconstitution historique et romanesque qui met en scène les femmes égyptiennes au cœur du peuple des pharaons de la XVIIIe dynastie.

Les personnages des Thébaines se mêlent aux personnages réels, restituant ainsi, avec la plus grande rigueur possible, l'atmosphère de l'époque, les événements authentiques et, bien sûr, l'histoire de ces femmes qui revendiquent leur liberté dans les diverses classes sociales auxquelles elles appartiennent : on connaît ainsi des chefs d'entreprise, tisserandes, prêtresses, batelières, femmes d'affaires, administratrices de biens, femmes médecins, femmes scribes, hauts fonctionnaires...

Tout en décrivant leur vie quotidienne, rien n'est laissé au hasard dans cette immense fresque car se déchaînent, en parallèle, les grands fléaux de l'époque : sécheresse, épidémie, famine, crues dévastatrices, grèves, esclavage, etc. pour donner une vision réaliste de ce que fut cette période de l'Egypte Ancienne.

Si *Les Thébaines* ressortent de la pure fiction, on peut comprendre qu'elles auraient pu exister et marquer leur histoire telle que je l'ai racontée. Dans ce cas, le réel peut se mêler harmonieusement à la fiction, laissant rêver les lecteurs.

Le récit est basé sur des faits historiques et la plupart des personnages, à l'exception des Thébaines, ont existé.

Le tome 10 des Thébaines — L'Impossible Soleil — *poursuivra cette saga sur la XVIIIe dynastie de l'Egypte Ancienne. Quant aux Thébaines, elles revendiqueront toujours leur indépendance dans les différentes couches de la société de cette époque.*

DÉESSES ET DIEUX DE L'ÉGYPTE ANTIQUE

AMON : dieu de Thèbes, à tête de bélier.

ANOUKIS : dieu de la première cataracte (île de Sehel).

ANUBIS : dieu à tête de chacal / dieu des nécropoles, temple de Denderah.

ATON : dieu du disque solaire.

BASTET : déesse à tête de chat, région de Bubastis.

BES : dieu nain / dieu qui préside à la naissance.

GEB : dieu de la terre.

HAPY : dieu hermaphrodite / dieu du Nil.

HATHOR : déesse à tête de vache symbolisant la vie terrestre, déesse de Denderah.

HORUS : dieu à tête de faucon symbolisant les rois des premières dynasties, fils d'Osiris.

ISIS : l'initiatrice, la première des déesses / épouse d'Osiris et mère de Horus.

KHEPRI : le dieu scarabée / dieu de l'aube.

KNOUM : dieu à tête de bélier / dieu des potiers, dieu de Philaé et d'Éléphantine.

KONSOU : fils d'Amon, région de Thèbes.

MAÂT : déesse de la justice, création théologique, coiffée d'une plume d'autruche.

MIN : dieu de la fécondité, pourvu d'un énorme phallus. Dieu de Coptos.

MOUT : épouse d'Amon.

NEKBET : déesse vautour, maîtresse des oueds désertiques.

NEITH : déesse issue de l'eau.

NEPHTYS : sœur d'Isis et amante d'Osiris / mère d'Anubis.

NOUT : déesse des étoiles, région d'Héliopolis.

OSIRIS : dieu des morts.

PTAH : dieu des artisans / temple de Memphis.

RÊ ou RÂ : dieu du soleil. Dieu d'Héliopolis.

SATIS : déesse de la première cataracte / fille d'Anoukis.

SECHAT : déesse de l'écriture / épouse de Thot.

SEKHMET : déesse à tête de lionne / déesse de la défense.

SELKIT : déesse scorpion.

SETH : dieu du désert / dieu du mal, des forces obscures.

SOBEK : dieu crocodile / dieu du fayoum.

THOT : dieu à tête d'ibis / dieu de la connaissance / dieu d'Hermopolis.

THOUERIS : déesse hippopotame / préside à l'accouchement.

GLOSSAIRE

ABYDOS : ville de Haute Egypte où réside le dieu Osiris.

AKKADIEN : habitant d'Akkad, importante cité de Mésopotamie.

AMON : dieu installé par les princes thébains à la libération de l'Egypte envahie par les Hyksos.

ANKH (croix d') : amulette, symbole de vie.

APIS : taureau sacré.

ATON : ou dieu soleil qui remplaça le dieu Rê ou Râ au temps d'Aménophis IV ou Akhénaton.

BÂ : Âme oiseau à tête humaine. Les Egyptiens pensaient qu'à la mort, le Bâ et le Kâ se libéraient du corps en continuant à vivre dans la tombe.

BARQUES SOLAIRES : nefs cosmiques qui permettaient de passer de la vie terrestre à la vie de l'au-delà.

BUBASTIS : ville de la Basse Egypte, située dans le delta du Nil.

CALENDRIER : l'année se décomposait en douze mois. Chaque mois comptait trente jours divisés en trois décades.

CANAAN : terme qui désignait une région de Palestine.

CANOPE : vase dans lequel on enfermait les viscères du mort momifié.

CHADOUF : système d'arrosage des terres.

CHOLERA : quand les rivières, les canaux ou les fleuves étaient taris, absorber de l'eau sale pouvait provoquer le choléra.

CLEPSYDRE : horloge.

DEIR-EL-BAHARI : temple de la pharaonne Hatchepsout.

DEIR-EL-MEDINEH : nécropole de la Vallée des Rois / village des Artisans.

DROMOS : allées majestueuses bordées de statues monumentales.

EMBAUMEMENT : ou momification, procédé qui permettait de préserver les corps selon des techniques qui évoluèrent au fil des siècles.

EDFOU : ville entre la Basse et la Haute Egypte.

ELAM : région du sud-ouest de l'Iran actuel.

ELECTRUM : métal fait d'un mélange d'or et de cuivre fort prisé des Egyptiens.

ELEPHANTINE : ville près de la première cataracte.

ESNA : ville située sous Thèbes et Karnak.

FAYOUM : région d'étangs et de fourrés grouillant de poissons et de volatiles située sur le flanc occidental de la Moyenne Egypte, communiquant avec la vallée par un bras naturel du Nil.

GALENE : sulfure de plomb dont on fait le khôl qui servait au maquillage.

HAREM : lieu réservé aux femmes dans les maisons de maîtres, qui n'étaient pas des gynécées à la grecque.

HERMOPOLIS : ville de Basse Egypte où réside le dieu Thot.

HIERATIQUE : système d'écriture simplifiée.

HIEROGLYPHE : signe idéographique de l'écriture sacrée.

HITTITES : peuple d'origine indo-européenne venu des Balkans.

HYKSOS : peuplades de l'Est ayant envahi l'Egypte au Moyen Empire.

IRRIGATION : arrosage artificiel des cultures dans les pays arides.

ISIS : déesse initiatrice / nœud d'Isis : amulette, symbole.

JUBILE : fête qui consiste à réaffirmer la puissance du pharaon.

KÂ : âme, force vitale, énergie spirituelle, rejoint les dieux dans l'au-delà. Afin que la personne soit immortelle, le Bâ et le Kâ devaient pouvoir reconnaître le corps sinon ils ne pouvaient le réintégrer.

KARNAK : temple de Thèbes, où réside le dieu Amon.

LIBYE : désert à l'ouest du delta.

LOTUS : symbole de la renaissance.

MASATABA : chambre funéraire. Tombeaux qui se regroupaient en quartiers dans un lieu déterminé.

MEDINET-HABOU : nécropole et village dans la Vallée des Rois et la Vallée des Reines.

MEMNON (de) : colosses édifiés sous Aménophis III.

MEMPHIS : ville de Basse Egypte où réside le dieu Ptah.

MITANNI : puissant État qui s'étendait au Nord-Est de la Syrie et englobait les vallées du Tigre et de l'Euphrate.

NAOS : salle centrale du temple, abritant la statue du dieu.

OBELISQUE : monolithe de forme quadrangulaire, symbole solaire gravé de hiéroglyphes à la gloire des pharaons.

OUDJAT (l'œil de) : œil fardé, amulette, symbole / œil du dieu de la voyance, œil magique d'Horus.

PHILAE : île de la première cataracte où réside Knoum, le dieu des potiers.

POUNT : pays d'Afrique qui, actuellement, pourrait être la Somalie ou l'Ethiopie.

PSHENT : double couronne / large couronne rouge sous la mitre blanche.

PYRAMIDE : élément principal du complexe funéraire pharaonique, Saqqarah fut la première de ces constructions, puis suivirent Khéops, Khéphren et Mykherinos.

SAISON : Périt, époque des labours et des semailles. Chemou, époque des récoltes. Akhit, époque de la crue et du dépôt du limon sur les terres.

SCARABEE : symbole, amulette de l'éternel retour / cachet servant de sceau.

SCEAU : en argile ou en faïence, permettant de tamponner les documents.

SCRIBE : fonctionnaire chargé de la rédaction des actes administratifs, religieux ou juridiques.

SPHINX : monstre mythique, à corps de lion et à tête humaine, préposé à la garde des sanctuaires funéraires sous forme de statue.

TANIS : ville de la Basse Egypte, située dans le delta.

THEBES : capitale de l'Egypte de la XVIIIe dynastie, située entre la Haute et la Basse Egypte.

URAEUS : couronne au cobra / serpent sacré.

BIBLIOGRAPHIE

— *Littérature historique sur l'Ancien Empire Egyptien,* de A. Roccati, Ed. du Cerf, Paris 1982.

— *Les Flabellifères dans l'Egypte Ancienne,* document du CNRS, 1979, Paris.

— *La Littérature Egyptienne,* Paris PUF, 1982, Collection Que sais-je, n° 192.

— *L'Empire de Ramsès*, de Claire Lalouette, Ed. Fayard, 1985.

— *Egypte, Merveilles du Monde,* texte de Claudio Barocas, Traduction de Dominique Versini, préface d'Oscar Niemeyer, Ed. Fernand Nathan, Paris, 1970.

— *Histoire de la Vallée des Rois*, de John Romer, Ed. Philippe Lebaud.

— *Habitation des Prêtres dans le Temple d'Amon,* de Pierre Anus (extrait de la revue Kémi), 1971.

— *Karnak, Egypte, Domaine du Divin,* de J. Lauffrey, Préface de Christiane Desroches-Noblecourt, C.N.R.S.

— *Les Bâtisseurs de Karnak*, de Jean-Claude Golvin et Goyon, Les Presses C.N.R.S., 1987.

— *Les Secrets des Bâtisseurs Egyptiens,* de Manuel Minguez, Ed. Tallandier.

— *L'Art de l'Egypte,* de Kazimierz Michalowski, Ed. Citadelles Paris, Mazenod, 1994.

— *Le Nil,* de Bruce Brandier, National Geographic Society, Ed. Flammarion, 1977.

— *La Vallée des Reines, Tombes Royales Identifiées*, Les Dossiers d'archéologie, Fontaines-les-Dijon.

— *La Vallée des Rois,* d'Otto Neubert, Ed. Robert Laffont, 1977.

— *L'Archéologie et l'Histoire de la Vallée des Reines,* Les dossiers d'archéologie, Fontaines-les-Dijon.

— *Her-Back Pois Chiche,* de Schwaller de Lubicz, Ed. Champs Flammarion, Visages vivants de l'Ancienne Egypte.

— *Her-Back Disciple,* de Schwaller de Lubicz, Editions Champs Flammarion, Visages vivants de l'Ancienne Egypte, 1955.

— *Rituels Funéraires de l'Ancienne Egypte,* de J.-Cl. Goyon, Ed. du Cerf, Paris, 1972.

— *Pouvoirs et Sagesse selon l'Egypte Ancienne,* de Christian Jacq, Ed. du Rocher.

— *Famine et Sécheresse,* de Jane Walter et Christine Leplae-Couwez, Ed. Gama, 1992.

— *Histoire de la Civilisation Egyptienne,* de J. Pirenne, Ed. La Baconnière, 1963.

— *Naissance et Rivalités des Premiers Empires*, Ed. Rencaut, Lausanne (Vol. 1).

— *Images de la Vie Quotidienne, Egypte au Temps des Pharaons*, de Guillemette Andri, Ed. Hachette, 1992.

— *Contes et Récits de l'Egypte Ancienne*, de C. Lalouette, Ed. Flammarion, 1995.

— *Les Contes Populaires de l'Egypte Ancienne*, traduits et commentés par Jean Maspéro, Ed. Maison-Neuve et Larose, 1988.

— *Les Créateurs d'Eternité, (Chronique du Village des Artisans de la Vallée des Rois*), de John Romer, Ed. Philippe Lebaud, 1984.

— *La Restauration du Village des Artisans*, Les Dossiers d'Archéologie, Fontaines-les Dijon.

— *L'Esprit du Temps des Pharaons*, de Erik Homung, Egyptologie, Mythes, Civilisation, Ed. Philippe Lebaud.

— *Le Temple de l'Homme*, Etude de la pensée pharaonique, Dervy livres.

— *Le Livre de l'Egypte Ancienne*, du British Museum, Collections Egyptologie, Mythes et Civilisations.

— *Au Temps de Babylone*, de Harry W.F. Saggs, Ed. Philippe Lebaud, 1995.

— *L'Egypte Interdite*, Sciences et Avenir, décembre 1999, n° 634 bis.

— *Eternelle Egypte de Newby*, photos de Maroon, Ed. Fernand Nathan.

— *Connaissance de l'Egypte Ancienne*, de J. Sturm, Bruxelles, 1996.

— *La Nouvelle Egypte Ancienne,* Sciences et Avenir, n° spécial n° 30.
— *L'Egypte des Pharaons*, Editions Géo, novembre 1998, n° 129.
— *Les Egyptiens, l'Empire des Pharaons*, de Cyril Aldred, Ed. Armand Colin, Coll. Civilisations, 1985.
— *Néfertiti,* de Philippe Vandenberg, Ed. Belfond, 1987.
— *Dictionnaire de l'Egypte Ancienne,* Encyclopédie Universalis, Ed. Albin-Michel, 1988.
— *Le Monde des Pharaons*, textes et photographies par Henri Stierc, Ed. Princesse, 1978.
— *Les Fouilles du Tell-El-Amarna et l'Epoque Amarnienne*, traduction H. Wild, Ed. Payot, Paris, 1936 (Extraits).
— *Akhénaton et sa Légende,* de C. Traunecker, Ed. Bordas, Paris, 1984.
— *L'Empire des Conquérants, l'Egypte au Nouvel Empire,* 1979, sous la direction scientifique de J. Leclant, Ed. Gallimard (Vol. II).
— *L'Egypte du Crépuscule de Tanis à Méroé,* 1980 (T***).
— *Les Sagesses de l'Egypte Pharaonique et Hiéroglyphes,* Réunion des Musées nationaux, 1982.
— *L'Egypte,* de Janine Monnet, Ed. Fernand Nathan, 1963.
— *Une Nécropole de Thèbes-ouest,* de Ch. Leblanc, Documentation Le Caire.
— *Les Momies,* de Ange-Pierre Leca, Librairie Hachette, Coll. Marabout Université, 1976.

— *Le Livre des Morts des Anciens Egyptiens,* par Grégoire Kolpatchy, Dervy Livres.

— *La Médecine Egyptienne,* de Ange-Pierre Leca, Ed. Dacosta, 1971.

— *Parfums et Aromates de l'Antiquité,* de Pierre Faure, Ed. Fayard, 1991.

— *La Vie Quotidienne en Egypte au Temps de Ramsès*, de Pierre Montet, Ed. Hachette, 1946.

— *Voyage dans la Haute et Basse Egypte,* de Denon Vivant, Ed. Pygmalion, 1990.

— *Voyage en Egypte et en Nubie,* de G. Belzoni, Ed. Pygmalion, 1979.

— *Atlas de l'Egypte Ancienne*, de J. Baines, Ed. du Fanal, 1990.

— *La Pharaonne de Thèbes, Hatchepsout Fille du Soleil*, de Francis Fèvre, Les Presses de la Renaissance, 1986.

— *La Civilisation Egyptienne,* de Adolph Erman et Hermann Ranke, Ed. Payot, Coll. Histoire, 1948.

— *Thèbes ou la Naissance d'un Empire,* de Claire Lalouette, Ed. Fayard, 1986.

— *La Littérature Egyptienne,* de Claire Lalouette, Paris PUF, Coll. Que Sais-Je, 1982.

— *La Sagesse Vivante de l'Egypte Ancienne,* de Christian Jacq, Ed. Robert Laffont, 1998.

— *La Thèbes des Pharaons,* de C. Nims, Ed. Albin Michel.

— *La Religion des Egyptiens,* de A. Erman, Ed. Payot, Paris 1952.

— *Textes Sacrés et Textes Profanes de l'Ancienne Egypte,* de Claire Lalouette, Ed. Gallimard, Coll. Unesco, 1984.
— *Les Prêtres de l'Ancienne Egypte,* de Serge Sauneron, Ed. Perséa, Paris, 1988.
— *Les Epouses des Pharaons*, de Léonard Cotrell, Ed. Robert Laffont, 1968.
— *Les Egyptiennes,* de Christian Jacq, Ed. Perrin, 1996.
— *La Femme au Temps des Pharaons*, de Christiane Desroches-Noblecourt, Ed. Stock, Coll. dirigée par Laurence Pernoud, 1986.
— *Les Pharaons, les Noms, les Thèmes, les Lieux,* de Pascal Vemuset, Jeanyotte Ma Ed., 1988.
— *Découvertes et Mystères de l'Egypte Ancienne.*
— *Le Nil au Temps des Pharaons*, Historia, spécial n° 9612.
— *L'Art Egyptien, l'Encyclopédie d'Aujourd'hui*, par Serge Donadoni, Livre de Poche, 1993.
— *L'Egypte des Pharaons*, Historia, spécial n° 495, mars 1988.
— *L'Ombre d'Egypte, le Peuple de Pharaon*, Guide archéologique du musée « Malgré Tout », Ed. du Cédarc, Belgique, 1999.
— *Egypte, Merveilles du Monde,* texte de Claudio Barocas, Ed. Fernand Nathan, 1976.
— *Voyage en Egypte Ancienne,* de Jean-Claude Golvin, Ed. Actes Sud, Coll. Errance, Paris, 1999.
— *Dictionnaire de la Civilisation Egyptienne,* de Georges Posener, Ed. Hazan, Paris.

— *Le Trésor des Pharaons, La Joaillerie Egyptienne de la Période Dynastique*, par Cyril Aldred, Ed. Tallandier.

Du même auteur :

LE PAYS D'ALICE EST À QUELQUES DÉRIVES D'ICI — *Poèmes, Préface de Denise Miège*, Editions Millas-Martin.

RETENDRE LA PEAU DES PAVÉS — *Poèmes, Préface d'Andrée Appercelle, Illustrations de l'auteur*, Editions La Bruyère.

LÉONOR FINI OU LES MÉTAMORPHOSES D'UNE ŒUVRE, — *Biographie, étude de l'œuvre*, Editions Le Sémaphore (Traduit en italien aux Editions L'Altra metà dell Arte).

DHUODA LA CAROLINGIENNE — *Roman historique*, Editions Le Sémaphore.

LES THÉBAINES

La Couronne insolente *

De roche et d'argile **

Vents et parfums ***

L'Ombre du Prince ****

La Seconde Epouse *****

Les Dieux indélicats ******

Le Chant de la Terre *******

La Vallée des artisans ********

A paraître :

L'Impossible Soleil

Editions STOCK

LYS en VAL de LOIRE
— La nuit des démons (t. 1)
— La revanche des dieux (t. 2)
— La trahison des anges (t. 3)

Collection de Poche

« *Les Amours des Femmes Célèbres* »
• Les Amours de George Sand
• Les Amours d'Isabeau de Bavière
• Les Amours de Sarah Bernhardt
• Les Amours d'Aliénor d'Aquitaine

[illegible]

Composition réalisée par JOUVE

IMPRIMÉ EN ESPAGNE PAR LIBERDUPLEX
[illegible]
Dépôt légal édition [illegible]
LIBRAIRIE GÉNÉRALE FRANÇAISE [illegible] PARIS [illegible]
ISBN [illegible]

Composition réalisée par JOUVE

IMPRIMÉ EN ESPAGNE PAR LIBERDUPLEX
Barcelone
Dépôt légal éditeur : 40685 - 02/2004
LIBRAIRIE GÉNÉRALE FRANÇAISE - 43, quai de Grenelle - 75015 Paris.
ISBN : 2 - 253 - 06812 - 8

30/3048/3